KB239212

검은 개들의 왕

마윤제 소설

문학동네

차 례

1

저 수 지 의   개

　나는 외딴 농장의 말라비틀어진 사과나무에 묶여 있었다. 초여름의 햇살은 살갗이 따가울 정도로 강했다. 가시울타리를 뚫고 들어온 후덥지근한 바람이 얼굴에 끈적끈적하게 달라붙었다. 침을 삼킬 때마다 모래 알갱이가 서걱거렸다. 가시나무 너머로 엄청난 크기의 저수지가 보였다. 하지만 버드나무들만 수면에 머리를 풀어 담근 채 서 있을 뿐 그 흔한 낚시꾼 한 명 보이지 않았다. 저수지 뒤에는 을씨년스러운 황무지가 펼쳐져 있었다. 농장 뒤편에서 우렁차게 울리던 매미 소리가 뚝 그치자 저수지 일대는 기묘한 정적에 휩싸였다. 몸을 움직일 때마다 손목을 묶은 밧줄이 살을 파고들었다. 다시 외딴 농장을 살펴보았다. 아무리 둘러봐도 눈에 보이는 광경은 낯설고 생소했다.

내 옆에서 동치 녀석이 땀을 줄줄 흘리며 거칠게 욕을 퍼붓고 있었다. 녀석의 몰골은 그야말로 처참했다. 새카만 삼각형 얼굴의 광대뼈가 시퍼렇게 멍이 든 채 부어 있고 옷은 흙투성이였다. 게다가 학교 아이들이 은밀하게 놀려 대는 뾰족한 귀도 벌겋게 부어 있었다. 녀석을 쳐다보며 길게 한숨을 내쉬었다. 이 화창한 주말 오후에 외딴 농장의 사과나무에 묶인 것은 모두 동치 때문이었다.

"왜 그랬어?"

"야구부 녀석들이 날 놀렸어."

동치는 호빗족의 귀처럼 뾰족하게 생긴 귀를 감추기 위해 한동안 머리를 길렀다. 하지만 얼마 못 가서 밤송이머리로 돌아갔다. 다혈질 성격 때문에 갑갑함을 견디지 못한 것이었다.

학기 초, 장거리 육상 선수인 선배 하나가 동치의 귀를 보고 놀렸다. 육상 선수는 동치보다 머리통 하나가 더 크고 체격이 좋았다. 동치는 낄낄거리는 육상 선수에게 다가가 다짜고짜 주먹을 날렸다. 예상치 못한 일격을 당한 육상 선수가 반격에 나서자 동치는 곧바로 수세에 몰렸다. 후배에게 얻어맞은 육상 선수는 거의 이성을 잃은 채 주먹을 휘둘렀다. 다른 아이라면 당장 무릎을 꿇을 테지만 동치는 달랐다. 코피가 터질 정도로 흠씬 두들겨 맞아도 오뚝이처럼 벌떡 일어나서 상대에게 달려들었다. 결국 육상 선수는 동치의 집요함에 무릎을 꿇고 말았다.

동치는 간간이 말썽을 피우긴 했지만 비교적 평범한 아이였다. 그런 동치가 악바리 싸움꾼으로 변한 것은 동치의 엄마가 읍내에 무허가 춤 교습소를 차리고부터였다. 어느 날 한 아이가 동치를 향해 손가락질했다.

"춤쟁이 아들!"

동치를 노려보는 아이의 눈에 강한 적대감이 깃들어 있었다. 나중에 알게 된 사실이지만 동치 엄마에게 춤을 배운 여자들 몇 명이 심각한 추문에 휩싸였던 것이다. 동치에게 손가락질을 했던 아이의 엄마도 그중 한 명이었다. 읍내를 발칵 뒤집은 소문은 아이들에게도 퍼져 나갔고 그 원죄가 고스란히 동치에게 돌아왔다. 아버지의 얼굴을 모른 채 엄마와 단둘이 살아온 동치는 어릴 때부터 엄마에 대한 생각이 남달랐다. 또한 자존심이 굉장히 강한 동치는 그때부터 자신과 엄마를 비난하는 놈들에게 주먹을 휘두르기 시작했다. 따라서 동치가 선배들도 함부로 건드리지 못하는 싸움꾼이 된 것은 일종의 자구책이라고 할 수 있었다. 이런 동치를 인근 중학교 야구부 녀석들이 춤쟁이 자식이라고 놀린 것이었다.

"대체 여기가 어디야?"

사과나무에 묶인 지 삼십 분이 지났지만 농장에서는 아무런 인기척이 없었다. 다시 농장을 둘러보았다. 저수지 갓길과 맞닿은 가시울타리가 농장 입구로 이어져 있었다. 입구에는 커다란 목조 창고가 있었는데 창문은 모두 두꺼운 비닐로 막혀 있고 지붕에는 폐타이어가 여기저기 던져져 있었다. 그 옆으로 허름한 양옥집 하나가 보였다. 양옥집 뒤에 허물어진 축사 하나가 있고 그 뒤로 쇠창살로 만든 우리 수십 개가 보였다. 우리는 모두 텅텅 비어 있었다. 비릿한 냄새가 저수지로 날아왔다. 트럭 한 대가 지나다닐 수 있는 비포장 길이 황무지를 가로질러 철길로 이어지고 있었다. 골짜기 안쪽에 웅크린 농장은 어딘지 모르게 음산한 기운을 물씬 풍겼다. 그때 동치가 혼잣말을 중얼거렸다.

"저수지 농장이야."

나는 마른침을 꿀꺽 삼키고 되물었다.

"혹시, 그 저수지 농장?"

동치가 고개를 끄덕였다.

읍내 외곽에 위치한 저수지 농장은 예전에는 식용으로 사용되는 개들을 사육하는 곳이었다. 하지만 문을 닫은 지금은 사람들의 눈을 피해 은밀하게 투견 시합을 벌인다고 알려졌다. 내가 저수지 농장을 또렷하게 기억하는 것은 농장에서 키우는 검은개 한 마리 때문이었다. 그 검은개는 예전 농장에서 사육하던 수백 마리의 개 가운데 살아남은 마지막 개였다. 천성적으로 난폭한 검은개가 같은 우리에 있던 개 다섯 마리를 물어 죽이자 농장 주인이 투견으로 조련한 것이었다. 실제 보지는 못했지만, 읍내에는 검은개에 관한 소문들이 파다하게 퍼져 있었다. 한밤중에 눈에서 불이 뿜어져 나오는 것을 봤다는 아이도 있었고 저수지에 들어가서 팔뚝만 한 잉어를 잡아먹는다는 황당한 소문도 나돌았다. 아무튼 저수지 농장은 이런저런 이유로 사람들이 기피하는 공간이었다.

침묵에 휩싸인 농장을 돌아보며 동치에게 물었다.

"검은개는 어디 있어?"

"그걸 내가 어떻게 알아."

동치는 검은개 따위는 관심 없다는 듯 심드렁하게 대답했다. 그러자 기이하게도 한 번도 본 적 없는 검은개의 형상이 머릿속에 떠오르기 시작했다. 날카로운 송곳니에 내 뼈와 살점이 우두둑거리며 찢겨 나가는 소리가 들리면서 검붉은 피를 흘리는 검은개의 모습이 생생하게 살아나는 것이었다. 갑자기 사타구니가 근질거리며 바짝 죄어 왔다. 이러고 있을 때가 아니었다. 검은개가 나타나기 전에 저수지 농장을 빠져나가야 했다. 하지만 뒤로 묶인 팔 때문에 꼼짝도 할 수 없었다. 그 순간 어디선가 철컹철컹하는 쇳소리가 났다.

"철문이 흔들리는 소리야."

동치의 말에 먹물을 뒤집어쓴 것처럼 머릿속이 먹먹했다. 저수지 농장 어딘가에 숨어 있던 검은개가 튀어나와 목을 물어뜯을 것 같았다. 나는 식은땀을 비칠비칠 흘리며 농장을 벗어날 수 있는 방법을 찾기 위해 머리를 쥐어짰다. 그러자 홍두의 납작한 얼굴과 틀창코가 떠올랐다.

"홍두!"

"똥쟁이 자식은 우리가 여기에 묶여 있는 줄 몰라."

"아니야. 분명 우릴 찾아올 거야."

"천만에. 아직도 똥을 누고 있을 거야."

홍두는 하루에 세 번 똥을 쌌다. 그런 홍두를 동치는 똥쟁이라고 불렀다. 어쨌든 우리를 저수지 농장에서 탈출시켜 줄 수 있는 사람은 홍두밖에 없었다. 나는 목을 길게 빼고 저수지 갓길을 눈알이 빠지도록 살폈다.

수업을 마치고 책가방을 챙기는데 동치와 홍두가 나란히 서 있었다. 두 녀석을 보자 머리가 어질어질했다. 녀석들은 따로 떼어 놓으면 그럭저럭 봐 줄 만했지만 나란히 세워 두면 눈이 아플 지경이었다. 홍두의 콧구멍이 벌름거리는 걸 보니 나를 찾은 이유가 짐작되었다. 유월에 들어서면서 갑자기 날씨가 무더워졌다. 그러자 매미들이 서둘러 세상으로 튀어나왔고 읍내 똥개들은 전전긍긍하며 사람들 눈길을 피해 골목길로 숨어 다녔다. 그러니까 녀석들은 내게 강으로 놀러 가자는 것이었다.

"난 갈 수 없어."

곧장 집으로 가서 마당의 잡초를 모조리 뽑아야 했다. 그것은 숙모의 추상같은 명령이었다.

"왜 그래?"

"둘이 다녀와."

녀석들을 따라가고 싶었지만 숙모의 눈빛을 떠올리자 엄두가 나지 않았다. 동치가 앞으로 나섰다.

"그럼 야구 시합 구경 가자."

"야구 시합?"

나는 갈등에 빠졌다. 숙모의 얼굴이 어른거렸지만 야구 시합을 직접 구경한다는 것은 거부하기 힘든 유혹이었다. 결국 두 녀석을 따라나서고 말았다.

큰길을 한참 거슬러 올라가자 읍내에서 유일하게 야구부가 있는 중학교가 나타났다.

"어느 학교랑 시합하지?"

"그건 모르겠어."

동치의 대답이 시원찮았다.

"오늘 시합하는 건 맞아?"

"물론이시."

동치가 정색하고 나섰다. 기분이 묘했다. 동치의 삼각형 뒤통수를 보니 미심쩍은 생각이 꼬리에 꼬리를 물었던 것이다.

운동장 한쪽에 높은 그물망이 세워져 있고 그 앞에 홈플레이트가 박혀 있었다. 하얀 유니폼을 입은 선수들이 한창 연습 중이었다. 우리는 운동장을 우회하여 삼루 스탠드로 올라갔다. 스탠드의 가장 높은 곳에 올라서자 선수들 움직임이 한눈에 보였다. 그런데 다른 색깔 유니폼을 입은 선수들은 보이지 않았다.

"어떻게 된 거야?"

"조금 있으면 올 거야."

동치의 큰소리에 나는 입을 다물었다. 시합과 상관없이 운동장에 있는 선수들을 지켜보는 것만으로도 기분이 좋아졌다.

우리는 스탠드 맨 위쪽에 나란히 앉아서 운동장을 내려다보았다. 홈플레이트에서 덩치가 우람한 주장이 운동장을 향해 공을 때려 날리고 있었다. 내야수들이 수비 위치를 잡고 날아오는 공을 향해 몸을 던졌다. 그들의 수비 동작이 눈에 익을 무렵 주장이 좌익수를 향해 공을 날렸다. 공은 포물선을 그리며 외야를 향해 날아왔고 좌익수가 주춤거리며 글러브를 갖다 댔다. 그런데 공이 좌익수의 글러브를 살짝 비껴서 담장 근처로 날아가고 말았다. 공을 놓친 좌익수가 머리를 긁적이며 홈플레이트를 바라보는 순간 운동장을 쩌렁쩌렁 울리는 고함 소리가 터져 나왔다.

"이 자식아, 똑바로 못 해!"

나는 혼비백산했다. 고함을 친 사람은 바로 동치였다. 녀석이 벌떡 일어나서 공을 놓친 좌익수에게 손가락질을 하고 있었다. 좌익수의 얼굴이 벌겋게 달아올랐다. 운동장의 모든 선수들이 동작을 멈추고 우리를 쳐다보았다. 그들의 표정에 당혹감이 가득했다. 옆을 돌아보니 홍두 또한 아무것도 모르는 듯 어리둥절한 표정이었다. 가슴이 철렁했다. 더 늦기 전에 손을 써야 했다. 홍두와 나는 동치의 허리를 잡아끌어 앉혔다. 하지만 녀석은 탄력 좋은 스프링처럼 우리의 손을 뿌리치며 다시 튀어 올랐다.

"이 멍청한 자식아!"

동치 녀석이 제대로 미쳤다. 날마다 밥 먹듯 싸움을 하는 녀석이지만 지금 행동은 도저히 이해할 수 없었다. 아무리 뜯어말려도 녀석은 고삐 풀린 망아지처럼 날뛰며 선수들에게 야유를 퍼부었다. 그제야 속은 것을 알아차렸다. 동치는 야구 시합 구경이 아니라 처음부터 시비를 걸기 위해 작정하고 온 것이었다.

사태는 걷잡을 수 없는 상황으로 치달았다. 운동장의 선수들이 매서운 눈빛으로 쏘아보는 가운데 좌익수가 스탠드로 걸어오고 있었다. 잡초가 무성한 숙모 집 마당이 절실하게 그리웠다. 그때 공 하나가 우리를 향해 눈부신 속도로 날아왔다. 내가 반사적으로 머리를 숙이는 순간 쾅 소리가 들려왔다. 눈을 뜨자 스탠드 아래로 공이 데굴데굴 굴러가고 있었다. 동치의 광대뼈가 이스트를 한껏 머금은 밀가루 반죽처럼 부풀어 올랐다. 그것은 삼각형의 한 변이 터진 형상과 같았다.

그다음 상황은 공이 날아온 속도보다 빠르게 진행되었다. 벌떡 일어난 동치가 홈을 향해 돌진했는데 그 모습은 마치 짧은 안타에 홈으로 쇄도하는 야구 선수 같았다. 동치가 삼루 베이스를 밟기 직전 주장이 다시 배트를 휘둘렀다. 경쾌한 소리를 내며 삼루 선상을 직선으로 날아온 공이 동치의 가슴팍을 강타했다. 결국 동치는 삼루를 밟아 보지도 못한 채 비명횡사하고 말았다. 다음 수순은 뻔했다. 선수들이 뛰어들자 삼루 베이스에 흙먼지가 자욱하게 일어났다. 갑자기 코를 찌르는 지독한 똥 냄새가 나서 돌아보니 홍두가 엉덩이를 씰룩거리고 있었다.

"똥 마려워."

홍두의 엉덩이에서 피슉, 피슉 가스가 분출되고 있었다. 머리가 어질어질했다. 나는 코를 틀어막고 손을 내저었다. 홍두가 의미심장한 미소를 지으며 서둘러 스탠드를 내려갔다. 홍두의 똥은 지진을 감지하는 동물의 예지능력과 비슷했다. 홍두가 퍼질러 놓은 똥 냄새가 사라진 뒤에야 나는 정신을 차리고 스탠드 맨 아래쪽으로 내려갔다. 어느덧 삼루 베이스에 자욱했던 먼지가 가라앉았고 동치는 돌 맞은 개구리처럼 운동장에 좍 뻗어 있었다.

"비겁한 놈들……."

선수 두세 명의 눈두덩이 시퍼렇게 멍들어 있는 걸로 봐서 일방적으로 두들겨 맞은 것은 아닌 모양이었다.

선수들 가운데 한 녀석이 동치를 살폈다.

"지난번에 소란 피운 그놈이잖아?"

"맞아. 춤쟁이 아들이네."

또 한 녀석이 히죽거리며 끼어들었다.

"한 번만 더 그딴 소리 하면 가만 안 둔다고 했지?"

동치가 벌떡 일어나서 녀석의 사타구니를 덥석 물었다. 외마디 비명이 터지면서 또다시 삼루 베이스에 먼지가 일기 시작했다.

"무슨 짓이야!"

운동장을 울리는 쩌렁쩌렁한 고함 소리와 함께 감독이 나타났다. 감독의 등장에 선수들이 후다닥 뒤로 물러났다. 감독은 오리 궁둥이를 씰룩거리며 다가와 소리쳤다.

"주장!"

주장이 쭈뼛거리며 걸어 나왔다. 주장의 얼굴을 본 감독이 기가 막힌다는 듯 혀를 찼다. 주장의 눈두덩이 시퍼렇게 멍들어 있었다. 땅바닥에서 배추벌레처럼 꿈틀거리는 동치를 뒤늦게 발견한 감독이 흠칫 놀라 물러났다.

"이게 뭐야?"

배추벌레가 천천히 일어났다. 마치 아무 일 없었다는 듯 옷을 툭툭 털면서 입을 열었다.

"한창 재미 보는데 방해하시는군요."

"넌?"

"감독님, 오랜만이에요."

감독이 놀란 눈으로 동치를 바라보았다.

"내가 여기 오지 말라고 했을 텐데?"

"난 감독님 부하가 아니에요."

"뭐, 뭐라고?"

동치의 당돌한 대답에 충격을 받은 감독은 한동안 말을 잇지 못했다. 동치가 다시 입을 열었다.

"아저씨, 부하들 실력이 이래서 야구가 되겠어요?"

"아……저……씨?"

감독의 눈이 확 뒤집어졌다. 짙은 눈썹이 꿈틀거리고 콧구멍이 벌렁거렸다. 동굴처럼 커진 콧구멍을 확인한 선수들의 표정이 어두워졌다. 감독이 곰 발바닥 같은 손으로 동치의 머리통을 후려치려는 순간 주장이 달려들어 팔을 붙잡았다.

"감독님! 진정하세요."

주장의 만류는 적절한 타이밍이었다. 만약 주장이 나서지 않았다면 동치의 삼각형 머리가 수박처럼 으깨졌을 것이다. 그제야 자신이 지나치게 흥분했다는 사실을 깨달은 감독이 슬그머니 팔을 내렸다. 그때 동치가 슬금슬금 다가가 감독의 손을 툭툭 건드렸다.

"방금 무슨 짓을 하려 했지요?"

"……."

동치의 시건방진 말투에 감독은 인상을 찡그렸다. 우주인처럼 뾰족한 귀를 팔랑거리는 동치 때문에 자꾸만 헷갈리는 듯했다. 잠시 호흡을 고른 감독이 다시 질문을 던졌다.

"너, 야구 좋아하지?"

동치가 천천히 고개를 끄덕였다. 질문과 대답이 조화를 이루자 감독이 흐뭇한 웃음을 지었다. 감독은 모든 게 동치가 야구를 좋아해서 벌어진 불상사라고 판단한 듯했다. 야구를 사랑하는 사내아이의 치기 어린 마음을 이해할 수 있다는 표정이었다. 오랜만에 감상에 빠져든 감독이 그윽한 눈길로 동치를 바라보며 부드럽게 말했다.

"야구부에 들어오고 싶은 거냐?"

아무래도 감독은 삐뚤어진 아이를 야구의 세계로 이끌어 교화시키는 것도 지도자의 덕목이라고 판단한 모양이었다.

동치가 고개를 가로저었다. 예상치 못한 동치의 반응에 감독은 당황한 눈치였다. 잠시 뒤 감독은 달콤한 목소리로 회유를 시작했다.

"우리 학교로 전학 오면 테스트 없이 바로 입단시켜 줄게."

"싫어요."

동치의 단호한 거절에 감독이 의아한 표정을 지었다.

"그럼 여긴 왜 왔어?"

동치가 입을 다물었다. 차마 자신의 입으로 말할 수 없었던 것이다.

"좋아, 어쨌든 연습을 방해하지 않겠다고 약속해라."

"난 방해하지 않았어요."

선수들이 동치가 한 짓을 앞다투어 감독에게 일러바쳤다.

"선수들한테 소리 지르는 게 바로 방해야."

"실수를 지적했을 뿐이에요."

"그건 야유야."

"충고일 수도 있잖아요?"

"뭐라고?"

감독이 어이없다는 듯 동치를 노려보았다.

"어쨌든 앞으론 두 번 다시 여기 오지 마."

"무슨 권리로 그렇게 명령하는 거죠?"

"권리?"

은근한 회유에도 동치가 꼼짝 않자 감독의 얕은 인내심이 금방 바닥을 드러냈다. 콧구멍이 벌렁거리고 오리 궁둥이가 들썩거리기 시작했다. 나는 가슴이 답답했다. 그냥 잘못했다고 말하면 그만인데 똥고집을 부리는 녀석을 이해할 수 없었다. 그때 주장이 감독에게 다가가서 귓속말을 소곤거렸다. 동치를 흘끔거리는 주장의 눈빛이 음흉했다. 갑자기 불길함이 엄습했다. 감독이 선수들을 돌아보며 소리쳤다.

"오늘 시합은 취소다. 대신 러닝 훈련을 한다!"

"예!"

선수들이 우렁찬 목소리로 대답했다. 주장에게 동치를 맡긴 감독은 운동장을 떠나갔다. 감독의 뒷모습이 점점 멀어지고 선수들이 둘러싸자 동치가 소리쳤다.

"무슨 수작이야?"

“넌 알 필요 없어.”

나는 그때까지도 스탠드에 그대로 앉아 있었다. 동치가 시비를 건 것은 나와 상관없는 일이었다. 따라서 나는 도망칠 이유가 없었다. 하지만 그것은 순진한 착각이었다. 녀석들이 나를 내버려두지 않고 포획했던 것이다.

“러닝 준비!”

주장의 명령이 떨어지자 우리 입에는 재갈이 물렸고 사로잡힌 멧돼지처럼 나무에 꿰어졌다. 얼굴에는 때가 꼬질꼬질한 보자기가 덮였다.

“출발!”

마른하늘에 날벼락이었다. 대체 녀석들은 우리를 어디로 데려가는 것일까. 기우뚱거리는 몸을 가누며 귀를 기울였다. 자동차 경적 소리가 났지만 곧 선수들의 구령 소리만 들릴 뿐 주위는 조용해졌다. 얼마나 지났을까. 갑자기 철길 건널목의 차단기 소리가 들려왔다. 읍내에서 차단기가 있는 장소를 떠올렸다. 모두 세 곳이었다. 하지만 어딘지는 알 수 없었다. 기차의 굉음이 귓전을 울렸다. 곧이어 차단기가 올라가는 소리가 들리고 선수들이 다시 달리기 시작했다.

아무리 짧게 잡아도 삼십 분 정도 달려온 것 같았다. 녀석들이 달리기를 멈추고 우리를 땅바닥에 내동댕이쳤다.

“농장 주인은?”

"외출했어."

녀석들이 수군거렸다.

"이 근처 맞지?"

"잘 찾아봐."

"너희는 위쪽으로 더 올라가 봐."

녀석들이 뛰어가는 소리가 들렸다.

잠시 뒤 누군가 소리쳤다.

"여기다!"

그로부터 십여 분이 지나고 얼굴에 덮인 보자기가 벗겨졌다. 낯선 농장이 눈앞에 펼쳐져 있고 우리는 말라비틀어진 사과나무에 팔이 묶여 있었다.

"이게 무슨 짓이야? 빨리 풀어!"

동치가 주장에게 소리쳤다.

"농장 주인한테 풀어 달라고 해."

"뭐라고?"

"컹컹컹!"

뒤에 서 있던 녀석들이 갑자기 개 짖는 흉내를 냈다. 주장이 동치의 이마를 손가락으로 강하게 때리자 그것을 신호로 선수들이 번갈아 가며 동치의 이마를 때렸다. 그러고는 하나둘 덤불 사이로 모습을 감추었다. 마지막까지 남아 있던 주장이 엄포를 놓았다.

"제대로 혼 좀 날 거야."

"무슨 개수작이야? 빨리 풀어. 가만두지 않을 거야."

"호호호."

주장은 음흉한 웃음을 남기고 덤불 사이로 사라졌다. 이렇게 해서 우리는 외딴 농장에 본의 아니게 무단으로 침범하고 말았던 것이다.

"트럭이 오고 있어."

가시울타리 너머를 쳐다보고 있던 동치가 말했다. 트럭 한 대가 자욱한 먼지를 날리며 황무지를 달려오고 있었다. 순간 트럭에 검은개가 타고 있다는 예감이 스쳐 지나갔다. 주장이 우리를 저수지 농장으로 끌고 온 것은 바로 검은개 때문이었다.

"빨리 도망쳐야 해."

"걱정 마. 농장 주인이 우릴 풀어 줄 거야."

나는 할 말을 잃었다. 녀석은 그러면서 엉뚱한 이야기를 떠벌렸다.

"놈들한테 어떻게 복수할까?"

나는 동치와 달리 농장 주인이 우리를 발견하기 전에 도망쳐야 한다고 생각했다. 하지만 아무리 머리를 굴려도 뒤로 묶인 팔을 풀 방법이 없었다. 얼마나 단단하게 묶어 놓았는지 손목을 아무리 비틀어도 밧줄은 꿈쩍하지 않았다.

그때 가시울타리 너머로 붉은색이 휙 스쳐 지나갔다. 불현듯 머릿속에 오늘 홍두가 입은 붉은색 티셔츠가 떠올랐다. 역시 홍두는 우리를 그냥 내버려 두고 집으로 도망칠 그런 녀석이 아니었다. 눈을 부릅뜨고 울타리 너머를 쳐다보았다. 하늘이 무너져도 솟아날 구멍이 있다는 말은 사실이었다. 저수지와 맞닿은 갓길에 홍두가 서성거리고 있었다. 나는 힘껏 소리쳤다.

"여기야!"

홍두가 저수지 수문을 뛰어넘어 가시울타리 앞까지 바람처럼 달려왔다.

"거기서 뭐 해?"

설명할 시간이 없었다.

"빨리 들어와서 풀어 줘!"

내 성화에 덩달아 마음이 급해진 홍두가 가시울타리를 마구 들쑤셨다.

"멀었어?"

"들어갈 틈이 없어!"

가시울타리에 비집고 들어올 틈이 없었던 것이다. 야구부 녀석들이 어떻게 들어온 건지 알 수 없었다. 황무지를 돌아보니 트럭이 가까이 오고 있었다. 그리고 느닷없이 개 짖는 소리가 적요한 농장을 격렬하게 뒤흔들었다.

"컹! 컹! 컹!"

공기를 북북 찢는 듯한 소리를 신호로 지금까지 조용하던 농장이 서서히 깨어났다. 그것은 멈췄던 기계가 굉음을 토하면서 가동을 시작하는 것과 같았다. 목조 창고가 흔들리면서 개들이 움직이는 소리가 들려왔다. 농장의 녹슨 철문이 철커덩거리고 갑자기 나타난 까마귀들이 불길하게 울며 공중을 선회했다. 저수지에서도 놀라운 일이 벌어졌다. 커다란 잉어 한 마리가 수면을 박차며 솟구쳐 올랐다. 그러자 기다렸다는 듯 붕어와 메기, 가물치가 여기저기에서 뛰어올랐다. 홍두의 몸이 뻣뻣해지고 있었다. 홍두가 기절하면 모든 게 끝이었다. 나는 젖 먹던 힘을 다해 소리쳤다.

"개구멍을 만들어!"

흰자위를 드러내며 까무러쳐 가던 홍두가 다시 정신을 되찾았다. 홍두가 긴 막대기로 가시울타리를 헤집기 시작했다. 나는 눈을 질끈 감고 숫자를 백까지 센 다음 번쩍 떴다. 마침내 기적이 일어났다. 홍두가 개구멍 사이로 기어 오고 있었다. 그때 농장의 철문을 통과한 트럭이 목조 창고 앞에 멈춰 섰다. 맹렬하게 짖어대는 개 소리가 비로 코앞에서 들려왔다. 이상한 분위기를 감지한 동치의 표정이 딱딱하게 굳어졌다.

"검은개⋯⋯."

동치의 중얼거리는 소리에 나는 목조 창고를 돌아보았다. 트럭 문이 벌컥 열리면서 한 늙은이가 비틀거리며 내려서고 있었다. 트럭 뒤로 돌아간 늙은이가 짐칸에서 검은개를 끌어냈다. 굵은 쇠사슬의 목줄이 팽팽하게 당겨졌다. 검은개가 맹렬하게 짖으며 발버둥 쳤다. 늙은이는 신경질적으로 검은개를 걷어찼다. 검은개가 계속 날뛰자 마침내 늙은이가 몽롱한 눈빛으로 우리 쪽을 쳐다보았다. 목조 창고와 우리 사이의 거리는 백여 미터 남짓이었고 중간에 잡목과 덤불이 가로막혀 시야가 가려 있었다. 하지만 우리 쪽에서는 그곳이 훤히 내다보였다.

늙은이가 목줄을 움켜쥐고 망설이는 순간 마침내 가시울타리를 통과한 홍두가 우리 앞에 도착했다. 나는 홍두를 향해 미친개처럼 으르렁거렸다.

"빨리 풀어!"

그런데 홍두가 허둥거리며 주위를 맴돌았다.

"뭐 해?"

"칼, 칼이 안 보여."

간신히 커터 칼을 찾은 홍두가 우리 뒤로 헐레벌떡 돌아갔다. 거기까지가 홍두의 한계였다. 내 손목에 묶인 밧줄을 잘라 낸 홍두는 칼을 집어 던지고 가시나무 개구멍에 머리를 처박았다. 나는 얼른 칼을 주워 들고 동치의 밧줄을 잘라 냈다. 그리고 돌아서는 순간 우리는 동시에 비명을 질렀다.

"으아아악!"

늙은이의 손을 뿌리친 검은개가 우리를 향해 흙을 팅기며 달려오고 있었다. 목에 걸린 쇠사슬이 공중에서 부딪쳐 불꽃이 튀었다. 하늘이 노랗게 변하면서 스르르 회전했다. 홍두가 두더지처럼 미친 듯 땅을 파들어 갔다. 나는 홍두가 들어간 개구멍에 냅다 머리를 집어넣었다. 겨우 어깨가 들어갈 정도로 작은 구멍이었다. 날카로운 가시가 살갗을 찔렀다. 아픔을 느낄 겨를이 없었다. 머리를 최대한 숙이고 손으로 땅바닥을 파헤치며 앞으로 기었다.

공중을 선회하던 까마귀들이 일제히 카악, 카악 울어 대며 날개를 퍼덕거렸다. 어디선가 종소리가 희미하게 들려왔다. 처음에는 뎅 하고 울리던 종소리가 점차 빨라지더니 나중에는 종을 때려 부술 것처럼 뎅뎅뎅뎅 난타했다. 까마귀가 눈알을 파먹고 물고기들이 살점을 모두 뜯어 먹은 백골이 떠올랐다. 똥구멍이 간질간질했다. 정신없이 바닥을 기었다. 눈앞에 홍두의 엉덩이가 있었다. 녀석의 사타구니 사이가 물에 젖은 것처럼 축축하게 번져 갔다. 겁에 질려 오줌을 싼 것이다.

마침내 홍두의 엉덩이가 개구멍을 쑥 빠져나갔다. 뒤이어 내가 울타리 밖으로 얼굴을 내밀었다. 그런데 몸이 빠져나가질 않았다. 가시나무에 어깨가 걸린 것이었다. 뒤로 물러났다가 다시 앞으로 돌진했다. 그 순간 나는 공중을 날아서 저수지 갓길에 내동댕이쳐졌다. 숨을 헐떡거리며 울타리 개구멍을 돌아보았다. 동치가 보이지 않았다. 미처 빠져나오지 못한 동치는 가시나무를 등진 채 검은개와 맞서고 있었다. 동치의 배짱은 놀라웠다. 어찌 된

일인지 검은개는 선뜻 동치를 공격하지 않고 낮게 으르렁거리며
지켜보고만 있었다.

나는 그때 처음으로 저수지 농장의 검은개를 자세히 살펴볼
수 있었다. 외양은 영락없는 도사견이었다. 축 늘어진 턱에 눈두
덩이 솟아 있고 귀는 절반이 치켜세워져 있었다. 순간 나는 이 검
은개가 단순한 동물이 아니라는 생각이 들었다. 무언가 알 수 없
는 존재가 검은개의 외피를 뒤집어쓰고 있는 것 같았다. 그것의
정체는 알 수 없지만 근원적인 공포와 닿아 있다는 게 강하게 느
껴졌다.

검은개는 좌우로 천천히 움직이면서 샛노란 눈으로 동치를 쏘
아보았다. 마치 독 안에 든 쥐를 느긋하게 잡겠다는 것 같았다.
한편 뒤늦게 침입자를 눈치챈 늙은이가 곡괭이 자루를 들고 다
가오고 있었다.

"어이 똥개, 덤벼!"

나는 잘못 들었다고 생각했지만 그것은 엄연한 현실이었다. 동
치가 검은개를 향해 굵직한 막대기를 빙글빙글 돌리고 있었다.
하지만 검은개는 동치의 도발적인 선동에도 불구하고 움직이지
않았다. 그저 낮게 으르렁거리며 동치를 노려볼 뿐이었다. 마침
내 술에 취한 늙은이가 비틀거리며 도착했다. 늙은이의 머리카락
은 놀랍게도 붉은색이었다. 늙은이는 성난 멧돼지처럼 숨을 헐떡
거리며 다짜고짜 고함을 질렀다.

"요런 도둑놈의 새끼!"

농장 주인이 자신을 풀어 줄 거라던 동치의 기대가 박살 나는 순간이었다. 졸지에 도둑으로 몰린 동치는 당황했다.

"난 도둑이 아니에요!"

"아니긴 뭐가 아니야. 뭘 훔치러 왔어?"

"그게……."

"물어!"

늙은이의 공격 명령이 떨어지자 검은개가 땅을 박차고 뛰어올랐다. 동치는 공격을 예상했다는 듯 나무 막대기로 검은개의 주둥이를 강하게 후려쳤다.

"컹!"

전기에 감전된 것처럼 검은개가 몸을 부르르 떨었다. 코에서는 핏물이 뚝뚝 떨어졌다. 늙은이가 믿을 수 없다는 표정으로 검은개를 바라보았다. 하지만 그대로 물러날 검은개가 아니었다. 검은개는 곧바로 동치의 옆구리를 노리고 달려들었다. 날카로운 이빨에 동치의 셔츠가 찢겨 나갔다. 찢어진 옷 사이로 피가 비쳤다. 동치의 표정이 딱딱하게 굳었다. 동치는 몸을 더 낮추고 막대기를 앞으로 내밀었다. 검은개는 이빨에 낀 셔츠 자락을 꿀꺽 삼키고 한 걸음 앞으로 나왔다. 그러고는 날카로운 이빨을 드러냈다. 늙은이가 음침하게 지껄였다.

"쥐새끼 같은 놈!"

　검은개와 늙은이의 협공이 시작되었다. 늙은이가 곡괭이 자루를 흔들며 다가서고 검은개가 눈빛을 번뜩이며 천천히 움직였다. 동치의 표정이 흔들렸다. 늙은이가 곡괭이 자루를 휘두르는 것과 동시에 검은개가 동치의 발목을 노리고 달려들었다.

　"으악!"

　나는 동치의 비명에 눈을 질끈 감고 귀를 틀어막았다. 그리고 열까지 숫자를 천천히 헤아린 다음 눈을 떴다. 내 예상과 전혀 다른 상황이 펼쳐져 있었다. 늙은이는 흙더미에 처박히고 동치는 우리가 빠져나온 개구멍에 머리를 들이밀고 검은개는 동치의 청바지 아랫단을 물고 있었다. 동치는 혼신의 힘을 다해 개구멍을 기었다. 그러자 뒤쪽에서 검은개가 질질 끌려왔다. 동치의 손이 불쑥 튀어나왔을 때 나는 반사적으로 손을 잡고 힘껏 당겼다. 하지만 동치의 몸은 꼼짝도 하지 않았다. 농장 안에서 검은개가 잡아당기고 있었던 것이다. 동치의 몸이 농장 안으로 쑥 끌려들어 갔다. 나는 홍두에게 황급히 소리를 질렀다.

　"내 허리를 잡아!"

　홍두가 달려들어 내 허리를 잡아당겼다. 농장 안으로 끌려가던 동치의 몸이 다시 우리 쪽으로 끌려 나왔다. 그때부터 우리와 검은개는 치열한 힘겨루기에 들어갔다. 우리가 힘이 빠지면 동치의 몸이 농장 안으로 끌려들어 갔고 검은개의 힘이 떨어지면 다시 밖으로 끌려 나왔다.

홍두의 숨소리가 점점 거칠어지고 나도 팔에 힘이 빠졌다. 그 순간 흙더미에 처박혀 있던 늙은이가 벌떡 일어났다. 곡괭이 자루를 들고 다가오는 늙은이의 얼굴에 분노의 불길이 활활 타오르고 있었다. 가시덤불에 낀 동치를 본 늙은이가 곡괭이 자루를 높이 치켜들었다. 동치의 발목이 박살 나려는 찰나 나는 괴성을 지르며 동치의 손목을 확 잡아당겼다. 늙은이가 내리친 곡괭이 자루가 검은개의 귀를 때리자 동치의 몸이 쑥 하고 빠져나왔다.

"으아아아아아아아악!"

갓길에 내동댕이쳐진 동치의 몰골은 처참하기 짝이 없었다. 부어오른 광대뼈에 가시가 박혀 있고 셔츠는 찢어져서 너덜거리고 엉덩이에는 긁힌 자국이 선명했다. 부스스 몸을 일으킨 동치가 자신의 발가벗은 아랫도리를 보고는 비명을 질렀다. 동치의 바지와 속옷은 검은개가 갈기갈기 찢고 있었다.

"이놈들!"

늙은이가 곡괭이 자루를 집어 던졌다. 가장 먼저 저수지 갓길을 달리기 시작한 것은 홍두였다. 나는 동치와 어깨를 나란히 하고 눈썹이 휘날리도록 뛰었다. 홍두가 먼저 저수지 수문을 훌쩍 뛰어넘었다. 갓길이 오른쪽으로 크게 휘어졌다. 우리 몸이 오른쪽으로 기우뚱 기울어졌다. 갓길을 벗어나서 황무지로 들어서자 뒤에서 늙은이의 고함 소리가 들렸다.

"저놈들 잡아라!"

우리는 절대 돌아보지 않았다. 먼지가 흩날리는 황무지를 미친 듯 달릴 뿐이었다. 흙이 튀고 돌멩이가 날아갔지만 멈추지 않았다. 숨을 헐떡거리며 달려가는데 어디선가 이상한 소리가 들려왔다. 탁, 탁, 탁. 옆을 돌아보니 동치의 번데기 고추가 허벅지에 부딪치고 있었다. 나는 너무 우스워서 털썩 주저앉을 뻔했다. 발가벗은 동치가 미친 듯이 황무지를 질주하고 있었다.

철길이 나타났다. 두 녀석이 먼저 철길로 뛰어들었다. 그때였다. 나도 모르게 스르르 목이 뒤로 돌아갔다. 그리고 저수지 갓길을 달려오는 한 남자를 보았다. 남자는 늙은이가 아니었다. 어깨가 떡 벌어진 건장한 청년이었다. 순간 무시무시한 공포가 와락 몸을 덮쳐 왔다. 나는 비명을 지르며 철길로 뛰어들었다.

2

귀 신 사 냥

"소문 들었어?"

"소문이라니?"

"철교 밑에서 사내아이 시체가 발견됐대."

홍두가 본부에 얼굴을 들이밀고 우리를 빤히 쳐다보았다. 땡볕을 헐레벌떡 달려온 홍두의 납작한 이마에서 땀방울이 뚝뚝 떨어졌다.

중학교에 올라와서 처음으로 맞는 여름방학이 코앞으로 다가오자 우리는 마을 앞 개울가에 본부를 만들었다. 아카시아 그늘 아래 평평하게 땅을 고르고 기둥을 세웠다. 그리고 잎이 많은 나뭇가지로 지붕을 만들고 바닥에는 홍두가 가져온 비닐 장판을 깔았다. 그러자 아이들 서너 명 정도가 둘러앉을 수 있는 아늑한 공간이 만들어졌다. 우리는 학교 수업이 끝나면 본부에서 만화책을 읽거나 라디오에서 나오는 노래를 들었다. 동치는 의외로 팝송을 좋아했고 반면 홍두는 트로트를 좋아했다. 서로 좋아하는 채널이 다른 두 녀석은 늘 채널 싸움을 벌였다.

"시체의 장기가 없어졌어."

"뭐라고?"

동치가 눈을 치켜떴다. 개울가를 스윽 돌아보던 홍두가 다시 입을 열었다.

"그게 말이야……."

"뭔데?"

"정신병자의 소행인 것 같아."

홍두가 읍내에 떠도는 소문을 늘어놓았다. 읍내 서쪽에 동해로 흘러드는 큰 강이 있었다. 얼마 전 그 강을 가로지른 철교 밑에서 서너 살 정도의 사내아이 시체가 발견되었다. 철교 아래는 물살이 거칠고 잡초가 우거져 인적이 드물었다. 낚시꾼 하나가 우연히 철교 밑으로 들어갔다가 사내아이의 시체를 발견한 것이었다. 곧바로 경찰이 시체를 수습했지만 그때부터 사내아이의 사인에 관한 소문이 나돌기 시작했다. 누군가 달리는 기차에서 아이를 집어 던졌다는 설과 장기를 노린 정신병자의 소행이라는 의견이 팽팽하게 엇갈렸다.

"그런데……."

“뭐?”

“시체를 수습한 다음 날 밤, 밤낚시 갔던 사람들이 철교 밑에서 이상한 것을 목격했대.”

우리는 침을 삼키며 홍두를 쳐다보았다.

“그건 바로······.”

홍두가 번들거리는 눈으로 우리를 쏘아보았다. 바짝 웅크리고 있던 동치가 벌떡 일어나서 홍두의 머리를 후려갈겼다.

“이 자식아, 빨리 말해.”

그제야 홍두가 머리를 긁적이며 입을 열었다.

“명도귀야!”

“그게 뭐야?”

“사내아이 귀신!”

홍두는 할아버지와 함께 살았다. 부모님은 홍두가 초등학교에 입학하던 해 뺑소니차에 치여 동시에 돌아가셨다. 선천적 소아마비를 앓은 홍두는 왼손의 엄지와 검지를 제외한 나머지 세 손가락이 뭉툭하게 짜부라져 있었다. 엄마 배 속에서 성장이 멈춘 것이다. 그런 탓인지 모르지만 체격이 왜소하고 겁이 많았다.

홍두는 일요일이 가장 바빴다. 아침 일찍 교회에 도착한 홍두는 앞자리에 앉아서 열성적으로 기도하며 찬송가를 불렀다. 목사님의 말끝마다 아멘을 외쳤고 성경 공부 또한 열심히 했다. 알 수 없는 구절은 빨간색 밑줄을 쳐 두었다가 목사님에게 답을 구하곤 했다. 교회에서 돌아온 홍두는 간단한 점심을 먹고 다시 집을 나섰는데 이번에는 읍내 동쪽 산중턱에 자리한 절을 찾아갔다. 감로수 한 잔을 마시고 대웅전으로 들어가서는 경건한 마음으로 부처님에게 절을 올렸다. 어떤 날은 삼백 배를 올리기도 했다. 파김치가 되어 집으로 돌아온 홍두는 저녁을 먹은 다음 다시 성당을 찾아가서 미사에 참석했다.

이처럼 홍두가 일요일에 세 곳의 성지순례를 하는 이유는 딱 한 가지였다. 짜부라진 손가락 세 개가 다시 펴지는 기적을 원했기 때문이다. 하지만 예수님과 부처님, 그리고 성모님은 워낙 공사다망하신 분들이어서 홍두가 원하는 기적을 내려 줄 시간이 부족했다. 나는 홍두에게 한 분을 선택해서 집중적으로 공략하라고 충고했다. 그런데도 홍두는 내 말을 듣지 않았다. 한 분을 선택하면 그만큼 기적이 발생할 확률이 줄어든다는 것이었다. 어쨌든 수년 동안 각고의 노력을 기울여도 세 분에게 응답이 없자 홍두는 다른 곳에 눈을 돌렸는데, 바로 귀신들이었다.

세상에는 헤아릴 수 없을 정도의 많은 귀신이 있었다. 홍두는 무자귀, 미명귀, 달기 귀신, 금부대왕, 멍석 귀신, 지박령, 아귀, 식인귀, 총각 귀신, 처녀 귀신, 물귀신을 비롯한 이 땅에 존재하는 귀신들을 모조리 파악해서 자신의 손가락을 고쳐 줄 수 있는지 조사했다. 그뿐만이 아니었다. 서점과 도서관을 돌아다니면서 귀신에 관한 자료를 섭렵해 나갔다. 또한 귀신과 밀접한 관계를 맺은 무당들과도 빈번하게 접촉을 시도했다. 굿이 열리는 집 한 구석에는 홍두가 떡하니 자리를 잡고 앉아 있기 일쑤였다. 처음에는 성가셔하던 무당들도 홍두가 보이지 않으면 서운하게 생각했다.

홍두는 특별한 능력을 지닌 귀신들을 직접 찾아 나서기도 했다. 귀신이 출몰한다는 흉가를 방문해 밤을 새우는 것은 흔한 일이었고 한 명의 귀신이라도 더 만나기 위해 밤마다 공동묘지를 돌아다녔다. 홍두의 방에는 방울, 작두칼, 부채, 십자가, 염주와 수백 장에 달하는 갖은 부적과 온갖 잡다한 물건들이 쌓여 있었다. 홍두네 집 좁은 마당에는 짝짝이 신발, 찌그러진 양은 냄비, 너덜너덜하게 찢어진 가죽 가방, 용도가 불분명한 옷가지들이 가득했다. 홍두는 그것들을 조사하면 그에 연관된 귀신들의 성향과 능력을 파악할 수 있다는 황당한 주장을 늘어놓았다. 하지만 내가 보기에는 모두 쓰레기장으로 직행해야 할 물건들이었다.

홍두의 할아버지는 괴이하기 짝이 없는 손자의 행동을 수수방관했다. 종이 박스를 주워 근근이 생활을 꾸려 나가는 할아버지로서는 홍두에게 아무런 도움을 줄 수 없었기 때문이다. 어쨌든 그 누구도 기적을 향한 홍두의 뜨거운 열망을 꺾을 수 없었다. 이러한 과정을 거쳐서 홍두는 심령과 사후 세계, 그리고 귀신 전문가가 되었다.

언젠가 홍두에게서 천국과 지옥에 대한 설명을 들은 적이 있었다. 홍두의 말에 따르면 사람이 죽으면 가장 먼저 죽은 영혼을 인도하기 위해 정령계에서 사자가 찾아온다고 한다. 불현듯 시커먼 모습의 저승사자가 떠올랐다.

"저승사자 말이야?"

"비슷하지만 아니야."

사람들이 흔히 알고 있는 저승사자는 무서운 이미지가 덧칠해져 원래의 의미가 퇴색되었다고 한다. 한편 사자의 인도를 받아 정령계에 도착한 영혼은 사후 세계에 적응하기 위해 일종의 오리엔테이션을 받는단다. 이 과정에서 먼저 온 선배 영혼들의 도움을 받게 되는데 혈연이 아닌 비슷한 성향의 영혼들이 도움을 준다는 것이다. 즉 부모나 형제라도 성향이 다르면 도움을 줄 수 없다는 뜻이었다. 이처럼 일정 교육을 수료한 영혼은 정령계를 떠나서 다른 세계로 나아가는데 그곳이 바로 우리가 알고 있는 천국과 지옥이다. 영혼의 세계에는 아홉 개의 태양이 있다. 지상 아홉 개, 지하 아홉 개의 구역에서 높낮이에 따라 빛을 받게 되는데 중요한 것은 얼마나 빛을 받느냐였다. 간단히 말하면 빛을 많이 받을 수 있는 지상은 천국이며 그렇지 못한 지하는 지옥이었다.

언젠가 아침, 옆구리에 두툼한 신문지를 끼고 걸어오는 홍두를 발견했다. 녀석은 맨발이었고 여기저기 긁힌 자국투성이였다. 이름을 부르자 녀석이 완전히 풀린 동공으로 쳐다보았다.

"어디 갔다 오는 거야?"

"저기."

홍두가 손으로 가리킨 곳에는 공동묘지가 있었다. 나는 떨리는 목소리로 다시 물었다.

"공동묘지?"

"응. 밤새 놀다 오는 길이야."

동치와 나는 서로 얼굴을 돌아보며 침을 꿀꺽 삼켰다. 다시 조심스럽게 홍두에게 물었다.

"거기서 뭐 했어?"

"친구랑 이런저런 얘기 나눴어."

"친구?"

홍두는 서 있기가 힘이 든 듯 땅바닥에 털썩 주저앉았다. 그리고 천천히 간밤의 일을 들려주기 시작했다.

홍두가 지난밤 개울가에 있는데 뒤에서 부르는 소리가 들렸다. 돌아보니 한 소년이 서 있었는데 어두워서 얼굴이 보이지 않았다. 소년은 길을 물었다. 다행히 홍두가 잘 알고 있는 곳이었다. 홍두는 자신이 직접 그곳까지 데려다 주겠다며 앞장섰다. 둘은 칠흑 같은 어두운 밤길을 나란히 걸어갔다. 마을의 불빛이 아득하게 멀어질 즈음 소년을 돌아보자 놀랍게도 얼굴의 반이 없었다. 홍두는 단번에 소년의 정체를 알아차렸다. 보통 사람들이라면 입에 거품을 물고 기절했겠지만 홍두는 소년의 손을 덥석 잡왔다.

"그럴 줄 알았어."

깜짝 놀란 소년이 황급히 손을 뺐다.

"내가 누군지 알아?"

"물론. 맞혀 볼까?"

"뭘?"

"너, 죽은 지 석 달 됐지?"

"네가 그걸 어떻게 알아?"

"설명은 나중에 해 줄 테니까 우선 여기에 사인부터 해."

"사인?"

"그래. 사인이 뭔지 알지?"

반쪽 얼굴의 소년이 울상을 지으며 홍두가 내민 수첩을 바라보았다.

"난 사인이 없어."

"네 이름을 적어. 그게 바로 사인이야."

소년에게 수첩과 몽당연필을 쥐어 주며 홍두가 말했다. 소년은 마지못해 낡은 수첩에 자신의 이름을 적었다. 수첩을 건네받은 홍두는 미소를 지으며 자신이 알고 있는 귀신에 관한 모든 것을 들려주었다. 잠시 뒤 소년이 고개를 끄덕였다.

"네 말대로 난 석 달 전에 얼굴 반쪽이 없어지는 교통사고를 당했어. 처음에는 내가 죽은 사실을 알지 못했어. 뭘 해야 할지 몰라서 한동안 사고 현장에 머물러 있었지. 그런데 어제 어떤 죽은 사람이 산골짜기의 공동묘지를 찾아가면 날 도와줄 사람이 있을 거라고 알려 줬어. 그래서 지금 거기를 찾아가는 길이야."

홍두가 심각한 표정을 지었다.

"회선 장애 현상이군."

"그게 뭐야?"

"쉽게 말하면 전화 혼선하고 같은 거야. 네가 죽을 때 곧바로 정령계에서 사자를 보내야 하는데 주파수에 문제가 생겼어. 즉 그쪽에선 네가 죽은 줄 모르고 있다는 거지."

소년이 한숨을 내쉬며 다시 물었다.

"그럼 어떻게 하지?"

"걱정 마. 공동묘지에 있다는 그 사람이 도와줄 거야."

그제야 소년의 반쪽 얼굴에 안도의 빛이 떠올랐다. 둘은 손을 잡고 골짜기로 들어섰다. 마침내 공동묘지 입구에 도착한 홍두와 소년은 헤어지기가 아쉬웠다. 그래서 결국 공동묘지에 자리를 잡고 토론에 들어갔다. 둘은 나이도 비슷하고 관심 분야도 같았다. 미스터리 현상과 초자연적인 사건, 그리고 우주인의 존재 유무에 관한 서로의 생각을 털어놓았다. 대화는 점점 깊이를 더해 갔다. 마침내 세상을 쥐락펴락하는 부처와 예수, 성모님에 관한 토론으로 넘어갈 무렵 새벽을 알리는 닭 울음소리가 들려왔다. 작별의 시간이 다가온 것이다. 둘은 손을 잡고 이별의 아쉬움을 달래야 했다. 소년이 홍두에게 다시 만나서 오늘의 대화를 이어 가자고 제안했다. 홍두는 자신의 손가락을 치유해 줄 수 있는 귀신을 만나면 알려 달라고 부탁했다. 소년은 마지막으로 홍두에게 선물을 주고는 손을 흔들며 공동묘지로 들어갔다.

여기까지 말한 홍두의 눈에 눈물이 그렁그렁했다. 나는 신문 뭉치를 가리키며 물었다.

"그럼 이게 그 친구가 준 선물이야?"

"응. 보여 줄까?"

홍두가 흐릿한 눈길로 신문지를 바닥에 내려놓았다. 왠지 모르게 불안했다. 홍두가 주섬주섬 신문지를 풀어 헤치더니 선물을 꺼내 들었다. 그것을 본 순간 우리는 바짝 달아오른 솥뚜껑을 밟은 고양이처럼 파다닥 튀어 올랐다. 신문지 속에서 나온 것은 뼈다귀였다.

동치와 나는 골목을 빠져나와 서로의 벌어진 턱을 꿰맞춰 주며 심각한 대화를 나누었다. 우리가 다시 돌아갈 때까지 홍두는 뼈다귀를 진귀한 보물처럼 쓰다듬고 있었다. 우리는 셋을 센 다음 사정없이 홍두를 두들겨 팼다. 뼈다귀를 움켜쥔 홍두가 입에 거품을 물고 기절했다. 나는 얼른 집으로 달려가서 굵은 소금을 가져와 홍두의 몸에 뿌렸다. 이윽고 정신을 차린 홍두가 주위를 두리번거렸다. 우리는 말없이 홍두를 지켜보았다. 녀석은 자신이 들고 있는 뼈다귀를 보며 중얼거렸다.

"이게 뭐야?"

홍두는 정체 모를 뼈다귀를 풀숲에 집어 던졌다. 그리고 몸에 묻은 소금을 입에 집어넣더니 퉤하고 내뱉으며 또렷한 표정으로 우리를 쳐다보았다.

"너희 여기서 뭐 하는 거야?"

우리를 한심하다는 눈빛으로 본 홍두는 자리를 털고 일어나 집으로 들어가 버렸다. 그날 이후 우리는 홍두가 조금이라도 이상하면 무조건 두들겨 팼다.

"명도귀는 세상을 경험하지 못하고 어린 나이에 귀신이 되었기 때문에 굉장히 착해. 그래서 사람들이 궁금하게 여기는 걸 잘 알려 줘."

귀신이라는 말에 동치가 슬금슬금 뒤로 물러났다. 싸움질이라면 자다가도 벌떡 일어나는 동치지만 귀신은 질색을 했다. 동치가 귀신을 무서워하는 이유는 간단했다. 눈에 보이지 않는다는 사실 때문이었다. 형체가 없는 귀신하고는 싸움 자체가 불가능했던 것이다. 우리를 쳐다보는 홍두의 눈빛이 활활 타오르고 있었다.

"오늘 밤에 명도귀를 잡으러 가자."

"뭐라고?"

우리는 기겁을 했다. 세상에 귀신을 잡는다는 게 말이 되는가. 나는 벌떡거리는 심장을 간신히 진정시키고 되물었다.

"명도귀를 잡아서 어쩌려고?"

"그야……."

녀석은 대답 대신 자신의 뭉개진 손가락을 내려다보았다. 나는 고개를 끄덕였다.

"명도귀가 내 손을 고칠 수 있는 방법을 알지 못한다면……, 사인이라도 받아 와야지."

"사인?"

"너희도 알다시피 내 수첩에는 많은 귀신들의 사인이 있어. 그런데 아직까지 명도귀와 처녀 귀신의 사인만 없어."

녀석이 애지중지하는 낡은 수첩에는 이상한 글씨가 잔뜩 적혀 있었다. 그것을 귀신들의 사인이라고 보기는 힘들었다. 홍두가 제 마음대로 써 갈기고는 귀신의 사인이라고 우긴다고 생각했다. 어쨌든 우리가 믿거나 말거나 '귀신 사인 수집'은 홍두의 유일한 취미였다. 하지만 우리는 귀신 따위에는 손톱만큼도 관심이 없었다.

"우린 안 가!"

동치와 나는 카드를 꺼내 들고 마주 앉았다. 동치가 내게 굉장히 친근한 목소리로 속삭였다.

"블랙잭 어때?"

"좋아."

우리는 블랙잭을 시작했다. 홍두가 슬금슬금 다가와서 우리의 얼굴을 빤히 들여다보았다. 홍두를 무시한 채 계속 카드를 주고

받았다. 그런 우리를 향해 홍두가 한마디 던졌다.

"너희, 해골 못 봤지?"

"……."

귀를 단단히 틀어막았지만 자꾸만 헷갈려서 엉뚱한 카드를 내놓았다. 홍두가 다시 중얼거렸다.

"좋아. 이불 속에 해골바가지 하나씩 넣어 주지."

홍두의 말이 끝나기 무섭게 우리는 카드를 집어 던지고 두 손을 번쩍 들었다. 다른 사람은 몰라도 홍두라면 정말로 공동묘지에서 가져온 해골바가지를 우리 이불 속에 집어넣을 놈이었다. 결국 동치와 나는 홍두의 협박에 굴욕적인 패배를 선언할 수밖에 없었다.

개울가 미루나무 꼭대기에서 새가 울고 있었다. 골목을 빠져나가자 멀리서 개 짖는 소리가 아스라이 들려왔다. 어둠의 바다에 섬처럼 둥둥 떠 있는 가로등 불빛을 밟고 마을 어귀로 나갔다. 홍두와 동치가 나를 기다리고 있었다. 두 녀석의 표정은 아주 대조적이었다. 콧노래를 흥얼거리는 홍두와 달리 동치는 똥 씹은 표정이었다.

홍두가 주머니 속에서 부스럭거리며 무언가를 꺼내 우리에게 한 장씩 나눠 주었다.

"주머니에 넣어 둬."

가로등에 비춰 보니 싯누런 종이에 붉은 글씨가 적힌 부적이었다. 홍두가 느물거리며 말했다.

"몸에 지니면 무섭지 않아."

우리가 머뭇거리자 홍두가 부적을 빼앗아서 우리 주머니에 직접 넣어 주었다. 부적의 효과인지는 알 수 없지만 정말 무서운 기분이 서서히 사라지는 것 같았다. 우리는 한동안 낄낄거리며 장난을 쳤다. 그렇게 한바탕 떠들고 나니 갑자기 명도귀라는 사내아이 귀신이 궁금해졌다. 홍두가 나직하게 소리쳤다.

"출발!"

우리는 마을을 벗어나서 읍내가 아닌 서쪽으로 방향을 틀었다. 길을 따라 한참을 거슬러 올라가자 강으로 이어지는 넓은 들판이 펼쳐졌다. 달빛에 주위의 사물이 환하게 드러났다. 홍두가 앞장서고 우리가 뒤를 따랐다. 들판을 지나고 나니 강둑이 나타났다. 우리는 제법 가파른 강둑을 기어올랐다.

강둑에 올라서자 전혀 다른 세상이 눈앞에 펼쳐졌다. 햇빛을 받으면 몸이 녹아 버린다는 물의 요정 아스라이가 소곤거리고 풀벌레 소리가 강을 뒤덮고 있었다. 달빛에 잘게 부서진 강물이 고요하게 흘러가는 모습이 한눈에 들어왔다. 강 건너에는 낚시꾼들이 밝혀 놓은 랜턴 불빛이 일렁거렸다.

"명도귀 만나면 묻고 싶은 거 있어?"

나는 홍두의 말에 밤하늘을 올려다보았다.

"글쎄……."

나는 말끝을 흐리며 아버지의 얼굴을 떠올렸다. 홍두가 동치를 쳐다보았다.

"넌?"

곰곰이 생각하던 동치가 천천히 입을 열었다.

"엄마가 언제 돌아오는지 알고 싶어."

"좋아, 그것도 물어보자."

홍두가 선심 쓰듯 큰소리를 쳤다.

우리는 강둑을 따라 걸어갔다. 어둠 속으로 길게 뻗어 나간 둑길은 검은 도화지에 한 줄기 하얀 선을 그어 놓은 것처럼 빛났다. 이십 분 정도 강둑을 걸어 상류 쪽으로 올라가자 강을 가로지른 다리가 나타났다. 그 다리는 읍내를 빠져나가는 도로와 연결되어 있었다. 다리 위에는 일정한 간격으로 가로등이 줄지어 서 있어서 주변이 환하게 밝았다. 우리는 마침내 다리에 올라섰다.

"네가 말한 곳이 어디야?"

나는 다리 난간에 몸을 기대고 홍두에게 물었다. 홍두가 짙은 어둠에 잠긴 강의 상류를 손으로 가리켰다. 그 어둠 속에 검은 형체가 희미하게 보였다.

"저게 철교야."

"너무 멀다."

"아니야. 조금만 더 가면 돼."

철교를 가만히 바라보았다. 그곳에는 빛을 먹어 치우는 괴물이 커다란 아가리를 벌리고 있었다. 괴물이 쩝쩝거리는 소리를 내며 우리가 서 있는 다리 쪽으로 서서히 다가오고 있었다. 까맣게 잊고 있던 공포가 슬금슬금 기어 나왔다.

"어서 가자."

홍두의 밝은 목소리에 우리는 다시 걸음을 재촉했다. 얼마쯤 걸었을까. 갑자기 달이 구름 속으로 사라지자 주변이 칠흑처럼 캄캄해졌다. 홍두가 주머니에서 플래시를 꺼내 켰다. 플래시 불빛이 주변을 훑었다.

"철교다!"

플래시 불빛에 강을 가로지른 철교가 모습을 드러냈다. 철교는 살아 움직이는 괴물처럼 보였다. 우리는 어둠 속에 우뚝 선 철교에 압도되어 한동안 걸음을 떼지 못했다. 플래시 불빛이 덤불을 지나 강바닥을 빠르게 훑어갔다. 강물은 날카로운 소리를 일으키며 흐르고 있었다. 강둑 가까운 곳에는 풀이 우거져 있었다. 갑자기 주위가 캄캄해졌다. 플래시가 꺼져 버린 것이었다. 동치와 나는 그대로 얼어붙었다.

"이게 왜 이러지?"

홍두가 플래시를 손바닥에 탁탁 두들겼다. 숨이 막혀 왔다. 그때 플래시가 깜빡거리더니 다시 켜졌다. 나는 그제야 숨을 길게 내쉬었다. 그리고 동치의 어깨를 두들겨 주었다.

“괜찮아?”

“응…….”

하지만 동치의 목소리는 떨리고 있었다.

어느새 강둑을 내려간 홍두가 소리쳤다.

“이리 와.”

나는 강둑을 조심스럽게 내려갔다. 잠시 머뭇거리던 동치가 뒤를 따랐다. 강둑 아래에 내려서자 성긴 잡초들이 발목을 감아 왔다. 강물 흐르는 소리가 손에 잡힐 듯 가깝게 들렸다. 발밑을 살피면서 홍두가 있는 곳으로 다가갔다. 홍두는 우리가 다가올 때까지 기다리며 플래시로 잡목이 우거진 곳을 이리저리 비춰 보고 있었다. 그때 멀리서 무언가 강물로 뛰어드는 소리가 났다. 홍두가 우리를 돌아보며 말했다.

“개구리야.”

잡목 사이로 자갈이 깔려 있었다. 홍두는 조금도 망설이지 않고 앞으로 걸어갔다. 우리는 홍두를 놓칠까 봐 서둘러 뒤를 따라갔다. 점점 물소리가 크게 들려왔다. 강바닥을 이리저리 날아다니던 플래시 불빛이 한곳에 멈추었다. 홍두가 나직하게 말했다.

“여기가 시체가 발견된 곳이야.”

플래시 불빛이 가리킨 곳에 하늘로 솟구친 거대한 콘크리트 기둥이 서 있었다. 철교를 떠받친 기둥은 거무칙칙했다. 상류에서 불어온 거친 바람이 얼굴을 때렸다. 동치가 움찔하며 내 옆에 바짝 붙었다. 교각 주위를 이리저리 비추던 플래시 불빛이 다시 한곳에서 멈추었다. 거기에는 무언가에 눌린 잡초가 있었다. 홍두가 바닥에 쪼그리고 앉아 뒤적거렸다.

사건 현장 탐문에 나선 형사처럼 심각한 표정을 짓고 있던 홍두가 교각 왼쪽의 잡목을 가리켰다.

"낚시꾼들이 이상한 걸 봤다는 곳은 바로 저쪽이야."

플래시 불빛에 빽빽하게 우거진 잡목이 나타났다. 잡목이 강바람에 천천히 흔들리고 있었다. 잡목 속에 범인이 숨어 있을지 모른다는 생각이 들었다. 갑자기 풀벌레 소리가 뚝 멈추었다. 잡목 속에서 하얀 물체가 날아올랐다. 우리는 소스라치게 놀라서 뒤로 물러났다. 나방이었다. 하얀 나방이 날개를 퍼덕이며 플래시 불빛에 달라붙었다. 옆에서 동치의 흐느끼는 목소리가 들려왔다.

"돌아가자."

공포는 빠르게 전염되었다. 나는 떨리는 목소리로 홍두에게 말했다.

"그만 돌아가면 안 될까?"

홍두가 우리를 무서운 눈빛으로 쏘아보면서 고개를 내저었다.

"둘이서 가."

홍두는 서늘한 목소리만 남긴 채 잡목 속으로 들어가 버렸다. 어둠이 우리를 덮쳐 왔다. 플래시는 하나뿐이었다. 겁에 질린 동치가 내 등에 얼굴을 파묻었다. 잡목 숲에서 플래시 불빛이 흔들리고 있었다. 우리는 한 걸음도 움직이지 못한 채 홍두가 돌아오기만을 기다려야 했다. 잡목 숲 여기저기를 떠돌던 플래시 불빛이 다시 돌아오고 있었다. 이윽고 잡목을 빠져나온 홍두가 우리 앞에 털썩 주저앉았다.

"아무것도 없어."

플래시 불빛이 그리 반가울 수 없었다. 그런데 갑자기 동치가 홍두에게 달려들었다. 우당탕하는 소리와 함께 플래시가 바닥으로 떨어졌다. 나는 재빨리 플래시를 주워 들었다.

"이 자식아, 내가 집에 가자고 했지?"

"입 닥쳐, 겁쟁이 자식아!"

평소 동치가 눈만 치켜떠도 꼼짝 못하는 홍두지만 지금은 상황이 달랐다. 소문난 싸움꾼 동치와 맞붙은 홍두는 전혀 밀리지 않았다. 오히려 괴력을 발휘하여 동치를 올라탄 채 주먹으로 동치의 머리통을 마구 때리고 있었다. 두 녀석을 말릴 생각은 전혀 없었다. 그때 잡목 사이로 무언가 하얀 물체가 휙 지나갔다. 머릿속에서 섬광이 번쩍거렸다. 입술만 달싹거려질 뿐 말이 나오지 않았다. 목구멍에서 가래 끓는 소리가 새어 나왔고 온몸의 털이 바늘처럼 일어섰다. 애초부터 홍두를 따라나선 게 잘못이었다. 어째서 두 녀석은 나를 이렇게 곤경으로 몰아가는 것일까. 아아, 이 괴물 같은 놈들. 갑자기 다리가 휘청거리는 바람에 철퍼덕 주저앉고 말았다. 나는 싸움질에 정신이 팔린 두 녀석을 향해 엉금

엉금 기어갔다. 뒤집기에 성공한 동치가 벌떡 일어났다. 그 순간 나는 동치의 옆구리에 얼굴을 처박으며 비명을 질렀다.

"귀, 귀, 귀신!"

벌떡거리는 심장이 목구멍을 타고 맹렬하게 솟구쳐 올라왔다. 홍두가 내 입을 틀어막고 속삭였다.

"플래시 꺼."

부들부들 떨리는 손으로 간신히 플래시를 껐다. 형형한 눈빛으로 어둠 속을 노려보던 홍두가 잡목을 향해 기어갔다. 잡목 입구에서 홍두가 우리에게 손짓했다. 우리는 개처럼 바닥을 기어 홍두 옆으로 다가갔다.

"귀신 맞아?"

"모르겠어. 다시 나타날 거야."

홍두의 목소리는 침착하고 여유가 있었다. 우리는 납작 엎드린 채 하얀 물체가 사라진 덤불을 주시했다. 하지만 오 분이 지나도록 덤불에서는 아무런 움직임이 없었다. 땅바닥에 귀를 대자 웅, 웅, 웅 소리가 들려왔다.

"야생동물 아닐까?"

"아니야, 귀신이 틀림없어."

"쉿, 조용!"

홍두가 우리에게 인상을 썼다. 다시 몇 분을 기다렸지만 풀벌레 소리만 요란할 뿐이었다. 홍두가 몸을 일으켰다.

"좀 더 앞으로 가 보자."

"미쳤어?"

그때였다. 덤불 속에서 무언가 바닥을 질질 끄는 소리가 들려왔다. 동치와 나는 황급히 머리를 땅바닥에 처박았다. 홍두는 살모사처럼 머리를 빳빳하게 치켜들고 소리가 나는 곳을 쏘아보고 있었다. 여차하면 앞으로 뛰어나갈 기세였다. 슬슬 불안감이 몰려왔다. 마침내 홍두가 벌떡 일어나서 덤불로 뛰어들었다. 어둠 속에서도 동치의 표정이 하얗게 변하는 게 또렷이 보였다.

"저 자식, 미, 미쳤어……."

"어떡하지?"

"빨리 도망가자."

"잠깐, 플래시가 없어."

귀신이 곡할 노릇이었다. 조금 전까지 들고 있던 플래시가 감쪽같이 사라진 것이다. 바닥을 더듬어도 손에 잡히지 않았다. 그렇다면 플래시를 가져간 것은 홍두였다. 빌어먹을, 우리는 도망은커녕 또다시 홍두가 돌아오기를 기다려야 하는 처지가 되었다. 공포가 극에 달한 동치는 부들부들 떨면서 흐느끼기 시작했다.

"아무리 생각해도 괜히 따라왔어."

"진정해."

"귀신이 우릴 잡아먹을 거야."

급기야 동치는 주머니에서 부적을 꺼내 들고 미친 듯 흔들어 댔다. 공동묘지에 다녀오던 홍두의 몽롱한 눈빛이 떠올랐다. 크게 심호흡을 한 다음 힘껏 동치의 뺨을 후려쳤다. 입 안 가득 거품을 게워 내며 기절하기 일보 직전이던 동치가 눈을 번쩍 떴다. 나는 침을 꿀꺽 삼키며 동치의 얼굴을 주시했다. 녀석은 주위를 스윽 돌아보더니 부적을 집어 던지고 내게 달려들었다. 동치가 날린 주먹을 가까스로 피하는데 갑자기 덤불 속에서 플래시 불빛이 깜빡거렸다. 나는 동치를 와락 밀치고 덤불을 향해 빠르게 기어갔다. 혼자 남겨진 동치가 두더지보다 빠르게 손을 움직이며 쫓아왔다.

"어디 있어?"

홍두가 손가락으로 입술을 누른 뒤 멀리 어둠 속을 가리켰다. 은색 가루를 뿌려 놓은 듯한 강의 정경이 한눈에 드러났다. 구름 속으로 들어갔던 달이 모습을 드러낸 것이다. 홍두가 가리킨 곳은 강둑 바로 아래였다. 흰옷을 입은 여자가 등을 보인 채 앉아 있었다.

"아이가 아니잖아?"

"모르겠어……."

홍두가 말끝을 흐렸다. 내 등에 달라붙어 있던 동치가 몸을 일으키더니 여자를 쳐다보았다.

"그냥 흰옷 입은 여잔데?"

"여자 귀신들은 다 흰옷을 입어."

홍두가 심드렁하게 중얼거렸다. 조금 전까지 번뜩이던 눈빛은 온데간데없이 사라지고 목소리에도 긴장감이 느껴지지 않았다. 동치가 여자를 흘끔거리며 말을 더듬었다.

"호, 혹시 구, 구미호 아닐까?"

머릿속에 구미호의 얼굴이 떠올랐다. 흰옷을 입고 시체의 간을 꺼내 우적우적 씹어 먹는 피 묻은 여자의 얼굴. 이렇게 깊은 밤에 혼자서, 그것도 흰옷을 입고 강을 돌아다니는 여자는 구미호가 틀림없었다. 여자의 어깨가 조금씩 흔들렸다.

"뭔가를 먹고 있어."

겁에 질린 동치가 비명을 질렀다. 홍두가 동치의 입을 틀어막고 으르렁거렸다.

"입 다물어, 겁쟁이 자식아."

"제발 돌아가자."

"시끄러워!"

고개를 드는 순간 숨이 턱 막혔다. 여자가 달빛 아래 우뚝 서 있었다. 여자는 우리가 숨어 있는 덤불을 천천히 돌아보았다. 달빛에 여자의 모습이 완전히 드러나는 찰나 우리는 깜짝 놀랐다. 머리가 하얗게 센 할머니가 불룩한 보따리를 들고 우리를 쳐다보고 있었다. 찌지직거리는 소리가 들려왔다. 그것은 내 두개골이 벌어지는 소리였다. 검은 갈고리 하나가 벌어진 두개골 속으로 쑤욱 들어와 머릿속을 휘저었다. 바로 그때 할머니가 몸을 돌려 강을 따라 걸었다. 팽팽하게 날 선 긴장이 툭 끊어지면서 갈고리가 머릿속을 빠져나갔다.

"이상해."

"뭐가?"

"우리를 보고 그냥 가 버렸어."

홍두의 말대로 점점 멀어져 가는 할머니의 뒷모습은 이상했다. 의혹이 구름처럼 피어올랐다. 콧구멍을 벌름거리며 깊은 생각에 잠긴 홍두의 어깨를 툭 쳤다.

"어떻게 생각해?"

홍두는 내 말을 무시하고 주머니에서 괴상하게 생긴 쇳덩어리를 꺼냈다. 그것은 시계와 비슷하게 생긴 물건이었다. 중심에 바늘이 있고 원을 따라서 한문이 적혀 있었다. 녀석은 그 쇳덩어리를 할머니의 등에 겨누고 정체 모를 주문을 외우기 시작했다. 동치와 나는 홍두가 하는 짓을 가만히 지켜보았다. 한동안 주문을 외우고 난 홍두가 쇳덩어리를 살펴보면서 고개를 갸웃거렸다. 그리고 무언가가 마음에 들지 않는다는 듯 다시 쇳덩어리를 흔드는 것이었다.

"이상해."

"또 뭐가?"

"저 할머니는 귀신이 아니야."

"그걸 어떻게 알아?"

"이 기계를 보면 알 수 있어."

"그게 뭔데?"

"귀신을 감별하는 기계야. 귀신이 나타나면 바늘이 저절로 움직여. 그런데 지금은 바늘이 전혀 움직이지 않아. 따라서 저 할머니는 귀신이 아니야."

귀신을 감별하는 기계가 있다는 말은 처음 들었다. 홍두가 들고 있는 쇳덩어리를 빼앗아 자세히 들여다보았다. 바늘이 움직이지 않았다. 나는 쇳덩어리를 유심히 살펴본 다음 그것의 정확한 용도를 동치에게 알려 주었다. 그러자 동치가 홍두의 머리통에 주먹을 날렸다.

"이 자식아, 고장 난 나침판이잖아."

그동안 공포에 짓눌려 있던 동치는 야수의 본능을 되찾은 듯 홍두에게 마구 주먹을 휘둘렀다. 홍두는 날아오는 주먹을 피해 할머니가 있던 곳으로 도망쳤다. 쫓아가 보니 녀석이 보따리를 꺼내 들고 있었다.

"여기서 찾았어."

홍두가 강둑의 돌무더기를 가리켰다. 할머니가 숨겨 둔 보따리였다.

"뭐가 들었는지 보자."

"이상한 거 있으면 어쩌려고?"

우리가 미처 말릴 틈도 없이 홍두가 보따리를 풀어 헤치기 시작했다. 동치와 나는 한 걸음 뒤로 물러나서 여차하면 도망칠 준비를 했다. 보따리 속에서 먹다 남긴 사람의 팔다리 조각이 나올지도 몰랐다.

보따리를 풀어 헤친 홍두가 우리에게 손짓했다. 조심스럽게 다가가서 들여다보았다. 거기에는 팔다리가 아닌 형형색색의 조각난 천들이 가지런히 놓여 있었다. 긴 것과 짧은 것, 그리고 색깔별로 정리되어 있었다. 우리는 안도의 한숨을 내쉬었고 홍두는 잔뜩 실망한 표정을 지었다.

"쓸모없는 천 조각이잖아."

"왜 이런 걸 여기 숨겨 둔 거야?"

아무리 생각해도 천 조각의 용도가 떠오르지 않았다. 홍두가 보따리를 다시 묶어 원래 있던 돌무더기 속에 집어넣었다. 그러고는 하늘에 휘영청 떠 있는 달을 올려다보았다. 그런 홍두의 모습은 사냥에 실패한 한 마리의 고독한 늑대 같았다. 동치가 보름달처럼 밝은 표정으로 말했다.

"귀신 따위는 없어. 집에 가자."

동치의 말이 끝나기 무섭게 홍두가 점점 멀어져 가는 할머니를 가리켰다.

"따라가 보자."

"뭐라고?"

홍두가 빠른 걸음으로 할머니를 쫓아갔다.

“어떡하지?”

“저 미친놈……”

결국 우리는 어기적거리며 홍두의 뒤를 따라갈 수밖에 없었다. 이백 미터 정도 강둑을 따라 거슬러 올라가자 또 다른 돌무더기 사이에 쪼그려 앉은 할머니를 발견할 수 있었다. 할머니는 다른 보따리를 풀어 놓고 무언가를 뒤적거리고 있었다. 홍두가 할머니 바로 등 뒤까지 접근했다. 동치와 나도 쭈뼛거리며 다가갔다. 할머니는 갑자기 나타난 우리를 쳐다보지도 않았다. 말없이 보따리 속을 헤집고 있을 뿐이었다. 홍두가 플래시를 비추었다. 불빛 아래 형형색색의 천 조각들이 드러났다. 나는 할머니 얼굴을 살펴보았다. 입가에 핏자국도 없고 옷도 아주 깨끗했다. 홍두가 할머니에게 말했다.

“이제 잘 보이죠?”

할머니가 하얀 이를 드러내며 웃었다. 그리고 다시 천 조각들을 색깔과 크기별로 맞추는 일을 계속했다. 그때 눈을 동그랗게 치켜뜨고 할머니를 보던 동치가 입을 열었다.

“나, 이 할머니 알아.”

“누군데?”

동치는 내 말에 대답도 하지 않고 홍두를 보았다.

“너도 알지?”

“조금 전에 알았어.”

동치는 홍두가 시들하게 대답하자 이번에는 내 어깨를 툭 쳤다.

"시장 앞 상가에서 봤잖아."

"상가?"

그제야 시장을 돌아다니던 할머니 모습이 떠올랐다. 사람들은 할머니가 실성했다고 수군거렸는데, 나는 의아하게 생각했다. 할머니는 미친 사람처럼 횡설수설하지 않았고 옷차림도 깨끗해서 시장에 나온 여느 사람들과 같았기 때문이다. 우리 앞에 앉은 할머니는 시장에서 봤던 그 할머니가 분명했다.

할머니가 하던 일을 멈추고 플래시에서 쏟아지는 불빛을 어루만졌다. 불빛이 신기한 모양이었다.

"예쁘다……."

할머니가 불빛을 만지며 해맑게 웃었다. 어린 소녀가 웃는 것 같았다. 이윽고 할머니는 천 조각을 정리한 뒤 보따리를 정성스럽게 묶어 돌무더기 틈에 집어넣었다. 그런 다음 우리를 돌아보며 말했다.

"비밀……."

우리는 동시에 고개를 끄덕였다. 문득 울긋불긋한 작은 천 조각들이 할머니의 보물이라는 생각이 들었다. 할머니가 우리에게 가까이 오라고 손짓했다. 동치는 머뭇거리며 뒤로 물러났고, 홍두와 나는 가까이 다가섰다. 할머니는 손에 들고 있던 또 다른 보따리에서 사탕을 꺼내 우리에게 하나씩 건네주었다. 노란색과

빨간색의 나선형 무늬가 있는, 설탕이 듬뿍 묻은 굵은 사탕이었다. 비닐을 벗기고 입에 넣자 할머니가 활짝 웃었다.

동치가 미적거리며 다가왔다.

"뭐야?"

할머니가 동치의 오른손을 끌어와 사탕 하나를 쥐여 주었다. 눈치를 살피던 동치가 사탕을 입에 넣었다.

할머니와 우리는 강변에 나란히 앉아 흐르는 강물을 바라보았다. 강물 위로 푸르스름한 달빛이 쏟아져 내렸다. 강 건너에서 개구리들이 한꺼번에 물에 뛰어드는지 풍덩풍덩하는 소리가 들려왔다. 아직 잠들지 못한 새가 날카롭게 울었다. 한순간 눈앞에 펼쳐진 강의 정경이 그대로 정지되었다. 혀를 적시며 온몸으로 퍼져 나간 단맛이 머릿속을 아득하게 만들었다.

동치가 할머니를 가만히 돌아보았다. 할머니가 주름진 손으로 동치의 손을 잡았다. 그리고 동치를 품에 안았다. 나는 깜짝 놀랐다. 동치는 다른 사람이 자신의 몸에 손을 대는 걸 굉장히 싫어했다. 그런 동치가 순한 양처럼 할머니의 품에 푹 안겨 있는 것이었다. 지그시 눈을 감은 동치의 얼굴이 편안하게 보였다. 아쉬운 표정의 동치를 품에서 떼어 낸 할머니가 이번에는 나를 안아 주었다. 할머니의 품에서 벚꽃 냄새가 났다. 눈을 감자 활짝 핀 벚꽃나무 아래에 서 있는 엄마 모습이 생생하게 떠올랐다. 옅은 미소를 머금은 엄마가 키 큰 벚꽃나무 가지 사이로 손을 내밀었다. 분분히 날리던 새하얀 꽃잎 하나가 엄마의 손바닥 위에 툭 떨어졌다. 엄마는 오랫동안 그 꽃잎을 들여다보았다. 나는 엄마를 따라서 손을 내밀었지만 이상하게도 꽃잎은 자꾸만 엉뚱한 곳으로 떨어져 내렸다. 할머니는 홍두를 안아 주며 뭉그러진 손가락을 어루만졌다. 홍두의 눈에 눈물이 맺혔다. 우리는 그렇게 입 안의 사탕이 녹아 없어질 때까지 고요하게 흘러가는 강물을 바라보았다.

고즈넉한 분위기를 먼저 깬 것은 할머니였다. 할머니가 천천히 일어나서 물가로 향했다. 그리고 신발을 벗고 강물로 들어갔다. 옅은 물살이 할머니의 정강이에 부딪쳐 길을 틀었다. 강물 위로 은색의 점들이 빠르게 생겨났다. 그리고 순식간에 강물 전체로 확 퍼져 나갔다. 갑자기 강물이 환해졌다. 우리는 고개를 갸웃거리며 넓게 퍼져 가는 은색의 점들을 바라보았다. 갑자기 강물 위로 유선형의 물체가 뛰어올랐다. 우리는 벌떡 일어나 동시에 소리쳤다.

"은어다!"

몇 년 전부터 읍내 사람들은 은어가 돌아오기를 기대하면서 대대적인 강 정화 작업에 들어갔다. 하지만 한번 사라진 은어는 쉽게 돌아오지 않았다. 그런데 그토록 오랫동안 사람들이 기다리던 은어가 마침내 강으로 돌아온 것이었다.

누가 먼저랄 것도 없었다. 우리는 신발을 벗어 던지고 한걸음에 강으로 뛰어들었다. 강물은 차가웠다. 바닥의 잔모래가 서걱거리며 발가락 사이를 비집고 들어왔다. 좀 더 깊은 곳으로 들어가자 강바닥에 굵은 자갈이 깔려 있었다. 은어들이 떼를 지어 물살을 거슬러 올랐다. 그때마다 물의 색깔이 차르륵, 차르륵 변했다. 은어가 내 정강이를 투둑, 투둑 건드렸다.

가슴이 터질 것 같았다. 동치와 홍두가 첨벙첨벙 뛰어다니며 괴성을 질러 댔다. 흐르는 강물에 손을 넣자 물살이 부드럽게 손을 때렸다. 돌멩이 사이에서 은어 한 마리가 손에 잡혔다. 손바닥을 폈다. 몸을 비틀며 공중으로 날아오른 은어가 지느러미를 털면서 다시 강물로 들어갔다. 손바닥에서 물고기의 촉감이 꿈틀거렸다. 나직한 목소리가 강물을 타고 들려왔다. 할머니가 무어라고 말하고 있었다. 물소리 때문에 잘 들리지 않았다.

"뭐라고 했어요?"

"놓아줘……."

동치와 홍두가 움직임을 멈추고 할머니를 쳐다보았다. 동치가 먼저 두 손과 입에 물고 있던 은어를 놓아주었다. 홍두도 주머니에서 은어를 꺼내 물에 놓았다. 은어 한 마리가 배를 뒤집은 채 떠내려왔다. 할머니가 팔을 뻗어 은어를 잡았다. 그러고는 손에 쥐고 기도하듯 눈을 감았다. 마치 죽은 물고기에 생명의 기운을 불어넣는 것 같았다. 잠시 뒤 할머니가 천천히 손을 폈다. 놀랍게도 지느러미가 조금씩 움직이더니 은어의 몸이 똑바로 섰다. 은

어는 곧장 강물 속으로 헤엄쳐 갔다.

　우리는 강에서 나와 자갈밭에 나란히 앉았다. 강은 다시 고요
를 되찾았다. 할머니가 아주 작은 목소리로 노래를 부르기 시작
했다.

　　푸른 달빛 가득한 언덕에

　　길 잃은 새 한 마리 슬피 울고

　　푸른 달빛 넘치는 강물에

　　집 떠난 고양이 길 찾아 헤매니

　　높은 산 넓은 바다 춤추는 달빛아

　　내게 젖 내음 가득한 달빛을 내려 다오.

　할머니의 노랫소리가 강물 위로 퍼져 나가자 화답하듯 강이
물살을 흔들었다. 그때마다 달빛이 공중으로 후드득 튀어 올랐
다. 우리는 어느새 할머니의 노래를 합창하고 있었다.

3

금 속 경 찰

역 광장을 빠져나와 횡단보도를 건너기 직전에 뒤를 돌아보면 파출소가 있다. 현상 수배범 사진이 나붙은 게시판을 잠시 구경하다 오른쪽 도로를 따라 올라가면 편의점이 나온다. 그 편의점 바로 옆에 자전거 가게가 있었다. 가게 앞 넓은 공터에는 녹슨 스프링이 튀어나온 안장과 폐타이어가 잔뜩 쌓여 있었다. 그것들을 지나서 안쪽으로 들어가면 형형색색의 자전거들이 쇼윈도 앞에 나란히 세워져 있었다. 우리는 그 번쩍거리는 새 자전거들을 구경하는 중이었다. 홍두가 바구니가 달린 빨간색 자전거를 고르자 동치가 시큰둥한 표정을 지었다.

"그건 여자들이나 타는 거야."

나는 최신형 경주용 자전거가 마음에 들었다.

자전거 가게 안에는 LA다저스 모자를 쓴 주인 남자가 땀을 뻘뻘 흘리며 자전거를 수리하고 있었다. 그는 우리가 신경 쓰이는지 가끔 밖을 흘끔거렸다. 이윽고 수리를 끝낸 주인 남자는 흰 천으로 자전거 구석구석을 세심하게 닦았다. 무명천이 지나가자 자전거 몸체가 크롬빛으로 번쩍거렸다. 주인 남자는 한 걸음 뒤로 물러서서 살피더니 만족한 표정으로 고개를 끄덕였다. 크롬빛 자전거는 우리 시선을 단번에 빼앗을 만큼 굉장했다. 주인 남자가 자전거를 끌고 나와 가게 입구에 조심스럽게 세워 놓았다.

"우와!"

동치가 안장에 손을 대는 순간 주인 남자가 득달같이 달려와 손을 후려쳤다.

"절대로 만지면 안 돼. 뒤로 물러서!"

주인 남자는 마음이 놓이지 않는지 계속 손을 내저었다. 그렇다고 순순히 물러날 우리가 아니었다. 주인 남자가 가게 안으로 들어가자마자 쇠파리처럼 슬금슬금 자전거로 다가갔다. 그리고 주인 남자가 기습적으로 홱 돌아볼 때마다 딴청을 피웠다.

한창 자전거를 구경하고 있는데 긴 그림자 하나가 머리 위에 떨어졌다. 한 남자가 우리를 내려다보고 서 있었다. 그는 수갑과 검은 곤봉이 꽂힌 가죽 벨트를 찬 경찰관이었다. 경찰관은 콧등이 불룩 솟은 매부리코에 눈은 움푹 꺼져 있고 턱은 사각형이었다. 경찰관의 몸에서 발산되는 강한 기운에 위협감을 느낀 우리는 주춤거리며 뒤로 물러났다. 파충류의 혓바닥이 얼굴을 더듬고 지나간 듯한 섬뜩한 기분이 느껴졌다. 경찰관을 발견한 주인 남자가 스패너를 집어 던지고 달려 나왔다.

"완벽하게 수리했습니다."

주인 남자가 작업복 뒷주머니에서 천을 꺼내 자전거를 닦으며 연신 굽실거렸다. 햇볕을 등진 경찰관이 주인 남자를 내려다보며 고개를 끄덕였다.

잠시 뒤 경찰관이 자전거를 끌고 공터를 걸어 나왔다. 우리 옆을 지나가던 경찰관이 갑자기 걸음을 멈추었다. 그리고 천천히 고개를 돌려 우리를 쏘아보았다. 순간 살갗을 뚫고 들어온 한기에 몸이 얼어붙었다. 경찰관의 움푹 꺼진 눈에서 튀어나온 시커먼 갈고리가 아래위로 흔들렸다. 그는 우리를 쏘아보며 무언가를 떠올리는 듯했다. 심장이 쿵쾅거리며 숨이 가빠 왔다.

경찰관의 입이 쩌억 벌어졌다. 입 안이 번쩍거렸다. 그것은 경찰관의 붉은 잇몸에 박힌 금속 이빨이었다. 경찰관이 천천히 입을 다물자 번쩍이는 빛이 사라졌다. 갑자기 경찰관이 차렷 자세를 취하면서 우리를 향해 거수경례를 했다. 턱이 덜덜 떨려 왔다. 절도 있게 팔을 내린 경찰관은 자전거에 올라타고 공터를 빠져나갔다.

가까스로 정신을 차린 우리는 멀어져 가는 경찰관을 지켜보았다. 그는 얼마 안 가 파출소 앞에서 자전거를 세웠다. 그리고 절도 있는 걸음으로 국기 게양대를 향해 다가갔다. 그는 차렷 자세를 취하더니 태극기를 보며 힘차게 경례를 붙였다. 그 모습은 굉장히 진지하고 엄숙했다. 머릿속에 애국심과 국가, 그리고 충성 같은 단어가 마구 떠올랐다. 국기에 대한 경례를 마친 경찰관은 다시 자전거에 올라 아주 느릿하게 도로를 달려갔다. 점점 멀어지는 경찰관을 쳐다보던 홍두가 혼잣말로 중얼거렸다.

"금속경찰 같아……."

그때부터 그는 우리에게 '금속경찰'이라는 이름으로 불리게 되었다. 옆을 돌아보니 동치가 침통한 표정으로 금속경찰의 뒷모습을 바라보고 있었다. 홍두가 의아하다는 듯 물었다.

"왜 그래?"

"아무것도 아니야……."

동치가 우울한 표정을 짓고 있는 이유를 알 것 같았다. 녀석은 금속경찰의 온몸에서 발산되는 강한 기운에 압도당한 것이다. 그의 흉포함은 동치가 도저히 도달할 수 없는, 상상조차 할 수 없는 영역이었을 것이다. 나는 축 늘어진 녀석의 어깨를 두들겨 주었다.

새벽녘, 갓난아기 울음소리에 눈을 떴다. 귀를 기울이니 도둑고양이가 우는 소리였다. 오줌이 마려웠다. 방문을 열자 마당에 달빛이 층층으로 쌓여 있었다. 무의식적으로 밤하늘을 올려다보았다. 두 개의 달이 빛을 뿌리고 있었다. 크기와 밝기, 표면의 음영조차 똑같은 두 개의 달은 완벽한 데칼코마니였다.

두 개의 달이 처음으로 나타난 것은 엄마가 돌아가시기 한 달 전이었다. 그날은 삼촌과 함께 엄마가 있는 병원에 다녀온 날 밤이었다. 엄마의 초췌한 얼굴이 떠올라서 몸을 뒤척이다 우연히 창밖을 바라보고 나는 깜짝 놀랐다. 두 개의 달이 밤하늘에 나란히 떠 있었던 것이다. 몇 번이나 눈을 비비고 뺨을 꼬집어 봤지만 꿈이 아니었다. 다음 날에도 어김없이 두 개의 달이 떠 있었다. 나는 도서관으로 달려가서 불가사의 현상에 대해 기록한 책들을 뒤졌다. 세상에는 과학으로 설명되지 않는 기상천외한 일들이 수없이 많았다. 하지만 두 개의 달이 동시에 출현했다는 기록은 어디에도 없었다. 나는 두 개의 달 때문에 혼란에 빠졌고 밤마다 두려운 눈으로 두 개의 달을 지켜봐야 했다. 다행히 혼란은 그리 오래가지 않았다. 엄마가 돌아가신 직후 달 하나가 저절로 사라졌기 때문이다. 시간이 흐르면서 나는 두 개의 달이 나타났던 사실을 점차 잊어 갔다. 나중에는 그와 같은 현상이 나의 불안에서 야기된 착각이라고 생각했다.

그렇게 완벽하게 잊어버린 두 개의 달이 귀신 사냥을 다녀온 지 이틀째 되는 밤에 다시 나타난 것이었다. 처음 두 개의 달이 나타났을 때처럼 당혹스럽지는 않았다. 나는 냉철한 시선으로 두 개의 달을 쳐다보았다. 그리고 결론을 내렸다. 두 개의 달 가운데 하나는 진짜고 또 다른 하나는 가짜, 즉 달의 환영이라고. 하지만 그뿐이었다. 무엇 때문에 달의 환영이 나타났는지, 왜 내 게만 기이한 현상이 보이는지는 알 수 없었다.

감나무 가지가 흔들리며 잎이 떨어져 내렸다. 마당을 가로질러 감나무 아래에서 바지를 내리고 오줌을 누었다. 바지를 추켜올 리는 순간 섬뜩한 기분이 들었다. 검은 도둑고양이 한 마리가 담 장 위에서 웅크린 채 나를 쏘아보고 있었다. 녀석이 천천히 일어 나더니 꼬리를 세우고 다가왔다. 다리와 등의 털이 벗겨지고 붉 은 살이 흉측하게 드러나 있었다. 머리카락이 곤두섰다. 나도 모 르게 입술을 깨물자 아릿한 통증이 퍼져 나가면서 정신이 번쩍 들었다. 나는 방을 향해 뛰었다. 방문을 닫아걸고 이불 속으로 기어들었다. 얼마가 지났을까. 가만히 귀를 기울였지만 고양이 울음소리는 더 이상 들리지 않았다. 방문을 살짝 열고 마당을 내 다보았다. 그때 삼촌 방에 불이 켜졌다. 유리창에 삼촌의 구부정 한 실루엣이 나타났다. 담배 연기를 내뿜는 그림자가 보이고 기 침 소리가 들려왔다.

내가 삼촌 집으로 들어온 것은 아버지 때문이었다. 아버지는 인근 도시에서 소규모의 주택과 상가를 짓는 건축업자였다. 임대 아파트 붐이 일자 아버지는 몇몇 사람들과 어울려 임대 아파트 사업에 뛰어들었다. 그런데 순조롭게 진행되던 임대 아파트 공사 가 3층 골조 공사에서 중단되고 말았다. 복잡하게 얽힌 지분과

배신, 그리고 횡령이 임대 아파트를 집어삼킨 것이었다. 곧바로 몸을 피한 아버지가 처음으로 연락을 해 온 곳은 중국의 '연태'라는 낯선 도시였다. 그 통화를 마지막으로 아버지와는 연락이 끊겼다. 그런 와중에 엄마마저 유방암으로 돌아가셨다. 장례가 끝날 때까지 아버지는 모습을 나타내지 않았다. 장례는 하나뿐인 삼촌이 치러 주었고 혼자 남은 나는 자연스럽게 바로 옆 동네에 살던 삼촌 집에 의탁하게 된 것이었다. 그나마 다행인 것은 삼촌에게 아이가 없다는 점이었다. 나중에야 알게 된 사실이지만 아이를 싫어한 쪽은 삼촌이 아니라 숙모였다.

아버지와 소식이 두절된 뒤 삼촌에게 불행한 일이 일어났다. 만취한 삼촌이 운전하던 자동차가 빗길에 미끄러져 절벽에 굴러떨어진 것이다. 간신히 목숨은 건졌지만 그 대신 삼촌은 다리 하나를 절단해야 했다. 집으로 돌아온 삼촌은 자신이 만든 성으로 들어가서 무거운 빗장을 걸어 버렸다. 많은 시간이 지났지만 삼촌이 걸어 놓은 빗장은 결코 열리지 않았다. 삼촌이 칩거에 들어가자 숙모의 얼굴에 서릿발 같은 냉기가 서리기 시작했고 그것은 고스란히 내게 날아왔다.

삼촌 방 앞에서 무언가가 번쩍거렸다. 가만히 들여다보니 그것은 달빛을 받은 삼촌의 금속 지팡이였다. 방문을 닫고 잠자리에 누웠지만 이상하게도 잠이 오지 않았다. 머릿속에 차가운 금속 이미지가 어른거렸다. 그 위로 금속경찰의 번쩍거리는 이빨이 생생하게 떠올랐다.

한 시간 동안 끙끙거리던 동치가 급기야 괴성을 지르며 자갈밭을 달려갔다. 녀석은 개울물에 뛰어들어 첨벙거리며 물을 튀겨 댔다. 동치가 이처럼 자학을 하는 이유는 딱 한 가지였다. 그것은 바로 야구부 놈들에게 복수할 방법을 찾지 못했기 때문이다. 그들과 힘으로 부딪치는 것은 불가능했다. 아무리 싸움을 잘하는 동치라 해도 운동으로 다져진 스물다섯 명의 선수를 상대할 수는 없었다.

홍두는 읍내 도서관에서 빌려 온 『기적을 만난 사람들』이라는 책을 읽느라 정신이 없었다. 지난 몇백 년 동안 세계 도처에서 일어난 기적의 사례를 모은 책이었다. 그 책에는 과학으로 설명할 수 없는 불가사의한 내용들이 수록되어 있었다.

동치가 본부 안으로 얼굴을 내밀었다.

"너희, 야구 구경 가지 않을래?"

온몸에 물을 뚝뚝 흘리며 서 있는 녀석은 마치 물귀신 같았다. 나는 동치의 젖은 이마를 손가락으로 밀어내며 단호하게 거절했다.

"난 야구가 싫어."

"넌 어때?"

홍두에게 슬금슬금 다가간 동치가 말을 걸었다. 하지만 홍두

역시 새끼손가락으로 콧구멍을 후비면서 심드렁하게 굴었다.

"관심 없어."

"비겁한 놈들!"

"맞아, 우린 비겁해."

동치가 겁쟁이라고 불러도 상관없었다. 두 번 다시 저수지 농장의 사과나무에 묶이는 그런 일에 끼어들고 싶지 않았다. 차라리 배신자 소리를 듣는 게 백번 나았다. 아무리 들쑤셔도 꿈쩍 않자 동치 녀석이 내 귀에 대고 고함을 질렀다.

"복수!"

"혼자서 해."

동치가 가위치기로 내 허리를 죄어 왔다. 나는 손바닥으로 바닥을 내리치며 항복을 선언했다. 그런데도 녀석은 항복 신호를 무시한 채 다리를 칭칭 감아 왔다. 그때 옆에서 우리를 물끄러미 보던 홍두가 책을 내려놓으며 말했다.

"이 방법 어때?"

보아뱀이 조르기를 멈추었다. 나는 동치를 밀어내고 공격 자세를 취했다. 하지만 녀석은 나를 거들떠보지도 않고 반짝이는 눈빛으로 홍두의 입을 빤히 보고 있었다.

"우리나라 국기가 뭐야?"

"뭔 소리야?"

홍두가 혀를 끌끌 차며 말을 이었다.

"우리나라 국기는 알다시피 태극기야. 그런데 태극기는 뭘 상징하지?"

"이 자식이 우릴 바보 취급해?"

"좋아. 그럼 야구부를 상징하는 건 뭐야?"

"야구부?"

동치와 나는 서로 얼굴을 돌아보며 고개를 갸우뚱거렸다. 도무지 감이 잡히지 않았다. 홍두가 한심하다는 듯 우리를 바라보았다.

"야구부의 상징은 야구부 깃발이야."

"그런데?"

"멍청한 녀석들. 아직도 내 말뜻을 모르겠어?"

"이 새끼야, 빨리 말해."

마침내 동치가 주먹을 치켜들자 홍두가 바로 입을 열었다.

"야구부 깃발을 훔쳐 내는 거야."

"또 귀신 어쩌고 하면 혼날 줄 알아."

동치가 얼굴을 찡그리며 소리쳤다.

"닥쳐, 멍청한 자식아!"

홍두도 물러서지 않았다.

"야구부 깃발로 뭘 하려고?"

보다 못한 내가 둘 사이에 끼어들었다. 그러자 홍두가 눈꼬리를 치켜뜨고 다시 설명을 시작했다.

"잘 들어. 야구부 깃발을 훔쳐서 너희가 묶였던 저수지 농장 사과나무에 걸어 두는 거야. 녀석들이 우릴 힘으로 제압했다면 우린 머리로 녀석들한테 복수하는 거지."

홍두가 의미심장한 표정을 지었다. 가만 생각해 보니 홍두의 제안은 아주 절묘했다. 야구부 녀석들과 맞닥뜨리지 않고 복수할 수 있는 기막힌 방법이었다. 하지만 동치의 반응은 냉랭했다. 상대를 주먹으로 두들겨 패야 직성이 풀리는 동치에게 깃발 따위를 내걸어 복수한다는 제안이 성에 차지 않는 건 당연했다.

나는 동치의 눈치를 살피다가 재빨리 선수를 쳤다. 야구부 깃발을 훔쳐 내서 복수하겠다고 선언해 버린 것이다. 차라리 그 편이 동치의 엉뚱한 계획에 휘말리는 것보다 나았다. 내가 적극적으로 나서자 심드렁하던 동치의 표정이 조금씩 바뀌었다. 따지고 보면 녀석도 뾰족한 방법이 있는 것은 아니었다.

"그런데 깃발을 어떻게 걸지?"

홍두는 저수지 농장의 검은개를 걱정하고 있었다. 순간 우리는 기묘한 침묵에 휩싸였다. 동치는 검은개에게 당한 상처의 딱지를 손가락으로 북북 긁어 댔고, 홍두는 다시 『기적을 만난 사람들』에 코를 처박았다.

그때 아이디어 하나가 떠올랐다. 나는 두 녀석에게 남아메리카 인디오들이 사냥할 때 사용하는 '볼라'를 알려 주었다. 볼라는 세 개의 돌멩이를 매단 밧줄인데 인디오들이 과나코를 잡을 때 사용하는 무기였다. 나는 깃발 양쪽에 작은 돌멩이를 매달아서 농장 안으로 집어 던지는 방법을 설명했다. 두 녀석의 얼굴이 환하게 밝아졌다. 만약 검은개가 있다 해도 저수지 갓길로 접근하여 깃발을 사과나무에 걸고 재빨리 도망친다면 미친개도 어쩌지 못할 것이다. 그런 다음 읍내에 소문을 퍼뜨리면 그만이었다. 우리는 머리를 맞대고 야구부실에 들어갈 수 있는 방법을 의논하기 시작했다.

그날 밤, 우리는 야구부가 있는 중학교 본관 앞 화단에 숨어들었다가 체육실이 있는 건물을 향해 조심스럽게 다가갔다. 화단 끝에 도착하자 어둠에 잠긴 별관 건물이 나타났다. 동치가 얼굴을 내밀고 경비가 있는지 확인했다. 학교는 쥐 죽은 듯 조용했다. 예상대로 출입문과 창문은 잠겨 있었다. 창문 한두 개 정도 열려 있을 거라는 예상이 빗나갔다. 건물 뒤편으로 돌아가자 화장실에 작은 창이 나 있었다. 다행히 잠겨 있지 않았다. 덩치가 큰 사람은 들어갈 수 없지만 우리는 충분했다.

"넌 여기서 망을 봐."

동치가 홍두에게 말했다.

"경비가 나타나면 어떡하지?"

"길게 휘파람을 불어."

"알았어."

우리는 화장실 창문을 통해 건물 안으로 들어갔다. 실내가 어두워서 아무것도 보이지 않았다. 동치가 플래시를 켰다. 화장실을 나가자 좌우로 두 개의 문이 있었다. 우리는 오른쪽 문을 열고 들어갔다. 체육 선생들의 책상이 중앙에 나란히 붙어 있고 벽에는 철제 캐비닛이 늘어서 있었다. 아무리 둘러봐도 야구부 깃발은커녕 야구 글러브 하나 눈에 띄지 않았다.

"잘못 들어온 거 아니야?"

"체육실이라고 쓰여 있었잖아."

우리는 체육실에서 나가 화장실 왼쪽에 있는 문을 열고 들어갔다. 각종 상패와 트로피가 진열된 커다란 유리 진열장이 한쪽 벽면 전체를 차지하고 있었다. 바로 우리가 찾던 야구부실이었다. 하지만 진열장에는 야구부 깃발이 없었다. 동치가 어두운 구석을 가리켰다. 삼각형 금속 받침대에 커다란 깃발이 꽂혀 있었다. 깃발 중앙에 금박으로 학교 이름이 박혀 있고 테두리에는 굵은 금술이 달려 있었다. 동치가 단숨에 깃발을 풀어서 가방에 넣었다.

"빨리 나가자."

"잠깐 기다려."

동치가 구석에 놓인 야구 장비를 뒤적거리더니 방망이 하나를 집어 들었다. 그러고는 트로피가 전시된 유리 진열장으로 걸어가는 것이었다. 나는 동치의 앞을 가로막았다.

"무슨 짓이야?"

"때려 부술 거야."

"미쳤어?"

나는 야구 방망이를 빼앗아 제자리에 갖다 놓았다. 동치가 못내 아쉬운 듯 입맛을 다셨다. 자꾸만 돌아보는 녀석을 끌고 야구부실을 빠져나와 화장실로 들어갔다. 창문을 열자 홍두가 기다리고 있었다.

"찾았어?"

"물론이지. 밖은 어때?"

"아무도 없어. 빨리 나와."

우리는 건물을 빠져나와 조심스럽게 주위를 살핀 다음 화단으로 들어갔다. 깃발을 꺼내 오는 데에 걸린 시간은 불과 십 분 남짓이었다. 이렇게 쉽게 야구부 깃발을 획득했다는 사실이 믿어지지 않았다. 이상하게도 동치와 같이 움직이면 늘 사고가 터지는데 오늘만은 예외였다.

우리는 홀가분한 마음으로 화단을 걸어갔다. 본관 앞을 지나 화단 끝에 이르렀을 때 두 발을 벌리고 팔짱을 낀 동상이 우리를 가로막았다. 학교 화단에는 위인들의 동상이 한두 개씩 있기 마련이다. 나는 처음에 그 동상이 이순신 장군이라고 생각했다. 그런데 칼도 없고 갑옷 차림도 아니었다. 세종대왕, 유관순 등 몇몇의 얼굴을 떠올렸지만 딱히 들어맞는 위인이 없었다. 물론 우리가 모르는 위인들은 얼마든지 많았다.

동상을 우회하는데 동상이 스르르 움직이면서 우리 앞을 가로막았다. 무언가 이상했다. 청동으로 만든 동상이 저절로 움직일 수 없었다. 나는 어둠 속에 우뚝 선 동상을 올려다보았다. 어두워서 얼굴이 보이지 않았다. 동치가 투덜거렸다.

"빨리 가자."

다시 걸음을 떼자 이번에는 동상의 다리가 우두둑 소리를 내며 움직였다. 동상을 올려다보는 순간 머리털이 쭈뼛 섰다. 우리를 가로막은 것은 동상이 아니라 살아 있는 사람이었다. 바로 자전거 가게에서 만난 금속경찰이었던 것이다. 반사적으로 동치를 돌아보다가 가슴이 철렁 내려앉았다. 가방 틈으로 삐져나온 깃발이 형광물질을 발라 놓은 것처럼 선명하게 빛나고 있었다.

금속경찰이 움직이자 시궁창 냄새가 확 풍겨 왔다. 뒷걸음치던 홍두가 돌부리에 걸려 넘어졌다. 금속경찰이 가죽 벨트에 꽂힌 검은 곤봉을 빼는 순간 나는 소리쳤다.

"도망쳐!"

공기를 찢는 파열음이 귓전을 때렸다. 금속경찰이 휘두른 곤봉이 머리를 아슬아슬하게 스쳐 지나갔다. 그는 그 어떤 경고도 없이 마치 쥐새끼 때려잡듯 우리를 향해 곤봉을 휘둘렀다. 벌떡 일어난 홍두가 화단 경계석을 뛰어넘었다. 이번에는 곤봉이 동치의 머리를 겨냥하고 날아갔다. 동치가 머리를 살짝 틀자 사철나무

잎이 파편처럼 튀어 올랐다. 우리는 화단을 넘어 교문을 향해 달렸다. 흙이 튀고 플라타너스 가지가 귓전을 스쳤다. 저 멀리 플라타너스길이 끝나는 곳에 교문이 있었다. 홍두가 사자에게 쫓기는 가젤처럼 무서운 속도로 달렸다. 가방을 움켜쥔 동치가 그 뒤를 따랐다. 뒤를 돌아본 나는 비명을 질렀다. 금속경찰이 곤봉을 치켜들고 바짝 쫓아오고 있었다. 그가 땅을 딛을 때마다 운동장이 쿵쿵 울리고 플라타너스 잎이 우수수 떨어져 내렸다.

홍두가 먼저 교문 틈으로 빠져나갔다. 뒤이어 동치가 교문을 향해 몸을 날렸다. 다음은 내 차례였다. 그런데 교문 사이를 빠져나가려는 순간, 철컹하며 문이 닫히고 몸이 끼어 버렸다. 금속경찰이 철문을 밀어붙이고 있었던 것이다. 내가 있는 힘을 다해 당겼지만 꿈쩍도 하지 않았다. 교문 앞은 2차선 도로였다. 곤봉을 든 금속경찰의 얼굴이 가로등 불빛에 완전히 드러났다. 그는 이백 미터를 뛰어왔는데도 숨소리 하나 흐트러지지 않았다. 금속경찰이 한 손으로 철문을 밀면서 다가왔다. 나는 덫에 걸린 쥐새끼였다. 그는 사정거리에 들어서자 곧바로 내 머리를 향해 곤봉을 내리쳤다. 나는 비명을 지르며 머리를 비틀었다. 검은 곤봉이 철문을 때리자 불꽃이 튀었다.

"아저씨, 왜 그러세요……."

나는 세상에서 가장 불쌍한 표정으로 흐느꼈다. 야구부실에 들어가서 깃발 하나 훔쳤다고 맞아 죽는 것은 너무나 억울했다.

하지만 나의 간절한 호소에도 불구하고 금속경찰은 아무 말도 하지 않았다. 그는 왼손으로 내 목덜미를 움켜쥐고 공중으로 들어 올렸다. 금속경찰의 움푹 꺼진 두 눈이 내 눈앞에 있었다. 악취가 진동했다.

"제, 제발…… 놔주세요……."

"……."

금속경찰이 무표정한 눈빛으로 나를 보았다. 몇 초의 시간이 아주 느리게 지나갔다. 금속경찰이 천천히 곤봉을 치켜들었다. 그가 나를 죽이려 한다는 사실을 깨달았다. 공포가 해일처럼 밀려들었다. 모든 게 끝장이었다. 그때였다.

"이봐, 뭐 하는 거야?"

체격 좋은 청년 세 명이 도로에 서 있었다. 그들이 교문 쪽으로 다가왔다. 나는 울먹거리며 소리쳤다.

"도와……주세요. 겨, 경찰이…… 날 주, 죽이려 해……요."

"그러면 안 되지."

머리를 빡빡 깎은 청년이 이 사이로 침을 찍 뱉으며 말했다. 세 사람의 몸에서 술 냄새가 났다. 금속경찰은 말이 없었다. 세 사람이 교문을 밀치고 학교 안으로 들어왔다. 곧이어 금속경찰의 얼굴을 확인한 그들이 웃음을 터뜨렸다.

"이게 누구야?"

"경찰 행세하는 미친놈이잖아."

　나는 청년들의 말에 깜짝 놀랐다. 금속경찰은 여전히 무표정한 얼굴로 서 있었다. 빡빡머리가 금속경찰의 가죽 벨트를 툭툭 건드렸다.

　"어, 수갑도 있네."

　"어디서 났지?"

　"난 수갑이 싫어."

　그들은 금속경찰을 가운데 두고 한 바퀴를 돌았다. 빡빡머리가 손가락으로 권총의 방아쇠를 당기는 시늉을 하면서 금속경찰에게 말했다.

　"권총은 없어?"

　두 청년이 킬킬거렸다. 동료의 웃음에 고무된 빡빡머리가 금속경찰의 배를 손가락으로 쿡쿡 찔렀다.

　"어디 숨겼어?"

　"……."

　"여기 숨겼어?"

　"……."

　그가 금속경찰의 사타구니를 가리키며 웃음을 터뜨렸다. 여전히 금속경찰은 묵묵부답이었다. 그러자 구레나룻을 기른 청년이 금속경찰의 모자를 벗겨 냈다. 그래도 금속경찰은 아무런 반응을 보이지 않았다. 이번에는 야구 모자를 쓴 청년이 금속경찰의 주머니를 뒤지기 시작했다. 그 순간 내 몸이 땅바닥에 내동댕이쳐졌다. 동시에 곤봉이 빡빡머리의 어깨를 내리쳤다.

"퍽!

둔탁한 소리와 함께 빡빡머리가 어깨를 거머쥐고 땅바닥에 쓰러졌다. 워낙 순식간에 벌어진 일이라 구레나룻과 야구 모자는 어리둥절한 표정이었다. 빡빡머리가 벌떡 일어나며 소리쳤다.

"이 새끼가!"

그들은 싸움에 익숙한 듯 금속경찰을 에워쌌다. 조용하던 운동장에 갑자기 팽팽한 긴장감이 떠올랐다. 그때 어디선가 쇳물이 끓어오르는 소리가 났다. 청년들이 흠칫 놀라서 주위를 돌아보았다. 운동장에는 아무도 없었다. 그 괴이한 소리는 바로 금속경찰의 입에서 흘러나왔다.

"동해……물과 백두……산이 마르……고 닳도록……."

음정과 박자를 무시한 애국가가 끓어 넘치는 쇳물처럼 운동장에 뚝뚝 떨어져 내렸다. 세 청년은 느닷없는 애국가에 당황한 표정이었다. 금속경찰이 앞으로 나오면서 곤봉을 위에서 아래로 강하게 내리쳤다. 야구 모자가 화들짝 놀라 곤봉을 피했다. 빡빡머리의 주먹이 금속경찰의 얼굴을 때렸다. 금속경찰이 금속 이빨을 드러내며 씨익 웃었다. 빡빡머리가 놀란 눈으로 금속경찰을 쳐다보았다.

"이 자식 완전 돌덩어리잖아."

이번에는 구레나룻이 금속경찰의 뒤통수를 후려쳤다. 천천히 돌아선 금속경찰이 구레나룻을 보며 히죽 웃었다. 다시 애국가가 이어지면서 곤봉이 춤을 추기 시작했다. 애국가와 곤봉은 한 쌍의 악기처럼 현란하게 움직였다. 구레나룻이 비명을 지르며 땅바닥을 나뒹굴었다. 구레나룻이 쓰러지자 남은 두 사람의 표정이 딱딱하게 굳어 갔다. 그들은 주머니에서 칼을 꺼내 들었다. 금속경찰은 별다른 동요 없이 애국가를 부르며 곤봉을 내리쳤다.

빡빡머리가 앞으로 달려들자 야구 모자가 금속경찰의 옆구리를 칼로 찔렀다. 경찰복이 찢어지며 피가 배어 나왔다. 금속경찰이 상처를 만지더니 손가락에 묻은 피를 핥으며 히죽 웃었다. 그러고는 곤봉을 왼손 바닥에 탁탁 내리치며 두 사람에게 다가갔다. 그들은 잠시 멈칫하는 듯했으나 이내 전열을 정비하고 다시 공격에 들어갔다.

야구 모자가 정면을 치고 들어가는 순간 이번에는 빡빡머리가 금속경찰의 옆구리에 칼을 박았다. 하지만 금속경찰은 아무렇지 않은 듯 무심한 표정으로 곤봉을 휘둘렀다. 잠시 뒤 팔목을 얻어맞은 야구 모자가 앞으로 고꾸라졌다. 이제 남은 사람은 빡빡머리 혼자였다.

"이 기상과 이 맘으로 충……성을 다하여……."

애국가 4절이 끝나 갈 무렵 빡빡머리가 단발마의 비명을 지르며 바닥에 나뒹굴었다.

한바탕 광풍이 지나간 운동장에는 세 명의 건장한 청년이 만

84

신창이가 되어 쓰러져 있었다. 금속경찰이 그들을 흘깃 쳐다보고
는 곤봉을 하늘 높이 치켜들었다. 금속경찰은 크게 울부짖으며
차렷 자세를 취했다. 그리고 운동장 정면의 국기 게양대를 향해
힘찬 동작으로 거수경례를 붙였다.

"충우웅……서어엉!"

나는 입을 다물지 못했다. 턱이 덜덜 떨리고 온몸의 구멍에서
땀이 줄줄 흘러내렸다. 다리는 뜨거운 콘크리트를 뒤집어쓴 듯
딱딱하게 굳어 가고 있었다. 가슴에서 뜨거운 불덩어리가 확 치
밀어 올랐다. 그때 누군가 내 팔을 잡아끌었다.

"나와."

동치가 창백한 얼굴로 철문 너머에 유령처럼 서 있었다.

내가 교문을 빠져나갈 때까지 금속경찰은 짜릿한 승리를 만끽
하고 있었다. 동치가 철문 사이로 손을 넣어 문을 잠갔다. 철컹하
는 소리에 금속경찰이 홱 돌아보았다. 우리는 가로등 불빛 사이
를 뛰었다. 정신없이 앞만 보고 뛰었다. 첫 번째 골목으로 뛰어
들어가자 겁에 질린 홍두가 있었다.

우리는 골목 가장 안 집 대문에 몸을 숨기고 금속경찰이 지나
가기를 기다렸다. 시간은 느리게 흘렀고 몸은 물을 잔뜩 머금은
솜처럼 자꾸만 가라앉았다. 집 안에서 텔레비전 소리와 웃음소
리가 흘러나왔다. 나는 고개를 살짝 내밀고 마당을 들여다보았
다. 방에서 흘러나온 따스한 불빛이 마당에 비치고 있었다. 언제

부터인가 내게서 멀어져 버린 그 불빛이었다. 한 뼘이면 충분한 거리였다. 나도 모르게 손을 내밀었다. 하지만 이내 잡힐 것 같은 불빛은 손에 닿지 않았다. 나는 허공을 향해 뻗은 손을 내리고 그 아득한 불빛을 오랫동안 바라보았다.

집들의 불빛이 하나둘 꺼져 갔다. 2차선 도로에는 인적이 끊어진 지 오래였다. 하지만 우리는 선뜻 골목을 나설 수 없었다. 금속경찰이 골목 어귀에 숨어서 우리를 기다릴지도 모른다는 불안감 때문이었다. 결국 우리는 대문 안 집의 텔레비전 소리가 꺼진 뒤에야 골목을 돌아 나왔다.

"봤어?"

내 말에 두 녀석이 고개를 끄덕였다. 홍두는 여전히 불안한 듯 계속 주위를 두리번거렸다. 동치는 야구부 깃발이 든 가방을 움켜쥐고 침울한 표정을 짓고 있었다. 자전거 가게에서보다 더 큰 충격을 받은 모양이었다. 옆구리에 칼이 박혔지만 청년 세 명을 가볍게 해치운 금속경찰의 광기에 질려 버린 것이다.

나는 동치에게 말했다.

"그는 경찰이 아니야."

"뭐라고?"

나는 청년들이 했던 말을 그대로 전했다. 동치는 믿을 수 없다는 표정을 지었고 홍두는 고개를 가로저었다.

"그럴 리 없어."

"무슨 말이야?"

"난 금속경찰을 파출소에서 봤어."

홍두의 말을 듣고 나자 더 혼란스러웠다. 홍두가 짧은 침묵을 깼다.

"이상하지 않아?"

"뭐가?"

"금속경찰이 어떻게 알고 우릴 기다린 걸까?"

"우연이겠지."

"나는 우연이 아니라고 봐."

홍두가 고개를 절레절레 흔들었다.

"무슨 말이야?"

"우리 계획을 안 것 같아."

"설마."

동치와 나는 고개를 가로저었다. 하지만 금속경찰이 화단에 있었던 상황을 설명할 수 없었다. 만약 홍두의 가정이 사실이라면 그는 어떻게 우리 계획을 알았을까. 문득 금속경찰이 사람의 머릿속을 들여다보는 게 아닐까 하는 생각이 들었다.

우리는 마을로 들어서는 길목에 도착했다.

"깃발, 어떻게 할 거야?"

"어떻게 하긴, 저수지 농장에 걸어야지."

"저수지 농장 말고 다른 곳에 거는 건 어때?"

동치가 의아한 표정으로 나를 보았다.

"왜 그래?"

"느낌이 좋지 않아."

그랬다. 저수지 농장에 깃발을 걸면 안 된다는 생각이 들었는데 그것은 순전히 예감이었다. 이상하게도 자꾸만 그런 생각이 들었다.

"그럼 어디에 걸어?"

"그 학교 플라타너스에."

동치는 잠시 생각을 하더니 단호하게 고개를 가로저었다.

"절대로 안 돼."

"왜?"

"그건 복수라고 할 수 없어."

"무슨 말이야?"

"저수지 농장에 걸어야 복수하는 거야."

"……."

"너, 그 개가 무서워서 그래?"

"그게 아니라……."

답답했다. 저수지 농장에 깃발이 걸리면 무서운 일이 벌어질 것 같은 예감이 들었지만 정확하게 뭔지는 알 수 없었다. 동치가 내게 말했다.

"내가 알아서 할게."

두 녀석과 헤어지고 집으로 돌아와 잠자리에 누웠다. 생각이 꼬리를 물고 이어져 잠이 오지 않았다. 우리 눈에 보이는 세상이 전부일까. 눈에 보이지 않는 다른 세계가 있는 것은 아닐까. 마녀가 구슬을 통해 다른 세계를 지켜보듯 금속경찰도 멀리 떨어진 곳에서 우리를 훤히 들여다볼 수 있는 것은 아닐까. 누가 어떤 생각을 하는지, 무슨 말을 하는지 낱낱이 지켜보고 있는 것은 아닐까. 그 순간, 나는 소스라치게 놀라서 벌떡 일어났다. 저수지 농장에서 도망치던 날, 갓길을 달려오던 남자가 누군지 생각났던 것이다. 그 남자가 바로 금속경찰이었다.

다음 날 저수지 농장에 야구부 깃발이 걸렸다는 소식이 읍내 거리로 퍼져 나갔다. 그러자 아이들 서너 명이 저수지 농장을 다녀갔고, 곧이어 야구부 선수들이 떼를 지어 몰려갔다. 하지만 야구부 선수들이 저수지 농장에 도착했을 땐 이미 늙은이의 손에 깃발이 갈기갈기 찢겨 나간 뒤였다. 결국 우리는 야구부 녀석들에게 통쾌하게 복수를 한 셈이었다. 이때까지만 해도 우리는 야구부 깃발이 강물의 흐름을 바꾸었다는 사실을 전혀 알지 못했다.

4

두 개의 세계

유리문 너머로 보이는 집 안은 엉망진창이었다. 방 여기저기에 옷가지들이 함부로 흐트러져 있고 부엌 입구에는 밥그릇들이 볼썽사납게 나뒹굴고 있었다. 안방 문을 벌컥 열어젖히고 나온 곱슬머리 사내가 냅다 주전자를 던졌다. 와장창하는 소리와 함께 물이 쏟아지고 주전자가 찌그러졌다. 사내는 손에 잡히는 물건을 마구 집어 던졌다. 그리고 한참 동안 욕설을 내뱉더니 다시 안방으로 들어가 벌렁 드러누웠다.

상가를 개조한 주택 입구 역시 아수라장이었다. 옆구리가 깨진 플라스틱 쓰레기통이 나뒹굴고 오물들이 어지럽게 흩어져 있었다. 골목 어귀에 동네 여자 서너 명이 모여서 동치네 집을 가리키며 수군거렸다. 작은 배낭을 어깨에 멘 동치가 도둑고양이처럼 살금살금 집 안을 빠져나오고 있었다. 동치가 현관문 손잡이를 잡는 순간 사내가 벌떡 일어나서 소주병을 던졌다. 아슬아슬하게 비껴 나간 소주병이 현관 유리를 와장창 박살 냈다. 현관문을 왈칵 젖히고 뛰쳐나온 동치는 쏜살같이 골목을 내려갔다.

"쥐새끼 같은 놈!"

사내의 고함에 동네 여자들이 놀라서 후다닥 흩어졌다. 사내가 엉거주춤하게 서 있는 우리를 홱 돌아보며 소리쳤다.

"네놈들은 뭐야?"

"동치 친군데요."

사내의 벌거벗은 가슴팍 근육이 꿈틀거렸다. 우리는 주춤주춤 뒷걸음쳤다. 사내가 주위를 흘끔거렸다. 빈 소주병을 찾고 있는 듯했다. 우리는 그 틈을 타서 골목을 뛰어 내려갔다. 골목 어귀에 도착하자 숨어 있던 동치가 얼굴을 내밀었다. 동치의 오른쪽 눈두덩이 시퍼렇게 멍들어 있었다.

우리는 골목 반대편으로 빠져나가 동네를 벗어났다. 걸음을 멈춘 곳은 개울가 아카시아 그늘이었다. 나는 조심스럽게 동치에게 물었다.

"다친 데 없어?"

"괜찮아."

동치가 아무 일 없다는 듯 대답했다. 하지만 대답과 달리 동치의 멍든 얼굴은 점점 부어오르고 있었다. 홍두가 눈물을 글썽거렸다.

"그 아저씨 왜 자꾸 널 때려?"

"……."

두 해 전 사교춤을 배우기 위해 동치네 집에 나타난 사내는 곱슬머리에 몸치였다. 사람들의 눈총에도 불구하고 사내는 순진한 웃음을 풀풀 날리며 하루도 빠짐없이 동치네 집을 찾아왔다. 그는 사교춤과는 전혀 어울리지 않는 외모였지만 춤을 향한 열정은 누구보다 강했다. 마침내 그 열정에 감복한 동치 엄마가 사내에게 개인 교습까지 해 주었다. 그렇지만 태생적으로 리듬감이 부족했던 사내는 그해 여름이 지나도록 지르박 스텝조차 제대로 밟지 못했다. 사람들이 그런 사내를 힐난할 때마다 이상하게도 동치 엄마는 사내를 두둔하고 나섰다.

그해 가을, 사내는 동치네 집으로 들어왔고 동치 엄마는 사내를 아버지라고 부르도록 종용했다. 엄마의 갑작스러운 변화에 동치는 충격을 받았다. 엄마의 마음을 돌리기 위해 갖은 노력을 기울였지만 아무런 소용이 없었다. 오히려 동치는 말썽을 피우는 아이로 치부되고 말았다. 동치의 절망은 서서히 분노로 바뀌어 갔다. 그때부터 사내는 꽁꽁 숨겨 놓은 무서운 발톱을 드러냈다.

이듬해 봄이 지나갈 무렵 읍내에 이상한 소문이 나돌기 시작했다. 동치 엄마가 약물에 중독되었다는 것이다. 어느 날 집으로 들이닥친 형사들이 사내와 동치 엄마를 데려갔다. 그리고 두 달이 지났을 때 사내 혼자서 집으로 돌아왔다. 사내의 말에 따르면, 동치 엄마는 약물중독 상태가 심해서 서울에 있는 병원으로 옮겨져 치료를 받고 있다고 했다. 한 달이 가고 두 달이 갔지만 동치 엄마는 집으로 돌아오지 않았다. 동치가 엄마를 만나게 해 달라고 매달렸지만 사내는 냉정하게 거절했다. 그 대신 동치에게 돌아온 것은 이유 없는 매질이었다. 동네 사람들은 동치가 얻어맞는다는 사실을 알고 있었지만 후환이 두려운 나머지 아무도 나서지 않았다. 동치의 소망은 한시바삐 엄마가 집으로 돌아오는 것뿐이었다. 하지만 동치 엄마는 일 년이 지나도록 아무런 소식이 없었다.

"이건 뭐야?"

내가 등에 멘 배낭을 가리키자 동치의 표정이 밝아졌다.

"엄마 만나러 가려고."

"어느 병원인지 알아?"

"곱슬머리 지갑 뒤져서 알아냈어."

동치가 작은 종이쪽지를 보여 주었다. 거기에는 서울 소재의 한 병원 이름과 병실 번호가 적혀 있었다.

"여길 혼자서 찾아간다고?"

"응."

동치가 활짝 웃으면서 대답했다.

"어떻게 가려고?"

"귀신 할머니 집에 있다가 서울로 가는 밤차를 탈 거야."

귀신 할머니는 우리가 귀신 사냥을 나갔다가 강에서 만난 할머니였다. 귀신 사냥에 실패하고 일주일 정도 지났을 때 동치가 우리를 할머니 집으로 데려갔다. 할머니는 정신이 오락가락했다. 비교적 정신이 맑은 날에는 사람도 알아보곤 했지만 온전치 못한 날은 읍내와 강을 헤매고 돌아다녔다. 참으로 이상한 것은 할머니가 우리의 얼굴을 기억하고 있다는 것이었다. 그날 우리는 할머니 집에서 하루 종일 시간을 보냈다. 그리고 여름방학이 시작된 뒤에는 개울가에 만든 본부를 팽개치고 날마다 할머니 집을 드나들었다. 우리가 그렇게 살다시피 할 수 있던 것은 할머니 집을 찾아오는 사람이 아무도 없었기 때문이다. 가끔 이장이 얼굴을 내비칠 뿐이었다.

우리가 드나들면서 할머니에게 작은 변화가 생겼다. 할머니가 맑은 정신을 유지하는 날이 점점 늘어난 것이다. 할머니의 정신 상태는 대여섯 살짜리 아이와 같았다. 할머니가 사용하는 단어는 바람, 달, 사탕, 강물, 조약돌, 꽃잎, 이슬과 같은 간단한 명사와 오다, 가다, 먹다와 같은 단순한 동사였다. 하지만 우리는 그 짧은 단어만으로 할머니가 무엇을 말하는지, 무슨 생각을 하는지 충분히 이해하고 소통할 수 있었다.

우리는 어깨를 나란히 한 채 귀신 할머니 집으로 갔다. 마을의 끝 집을 지나고 밤나무 숲을 통과하자 허름한 슬레이트집이 나타났다. 마을과 외따로 떨어진 할머니 집이었다. 대문을 열고 마당으로 들어서자 할머니가 툇마루에 앉아 먼 산을 바라보고 있었다.

"할머니, 저희 왔어요."

우리는 습관적으로 할머니의 눈을 들여다보았다. 눈빛이 흐린 날은 할머니의 정신이 온전치 못한 때였다. 우리를 돌아보는 할머니의 눈빛이 흐릿했다. 하지만 할머니는 이내 우리를 알아보았다. 할머니의 주름진 얼굴이 활짝 펴졌다. 나는 그것이 매번 신기하게 느껴졌다. 그런데 할머니의 얼굴이 다시 쭈글쭈글해졌다. 할머니가 애처로운 눈빛으로 동치 얼굴의 상처를 바라보다가 주섬주섬 몸을 일으켰다. 그러더니 방으로 들어가 약상자를 가지고 나왔다. 할머니는 우리에게 알사탕 하나씩을 쥐여 주고는 동치의 상처에 정성스럽게 약을 발라 주었다. 우리는 할머니의 손길을 지켜보면서 달콤한 사탕을 빨아 먹었다. 할머니의 손이 지나가자 동치의 상처가 눈 녹듯 아물어 갔다.

"내일 아침에 가는 거 어때?"

나는 치료를 마친 동치에게 말했다.

"왜?"

"오늘 밤은 할머니랑 보내고 아침 기차를 타도 되잖아."

동치가 혼자서 밤차를 타고 낯선 도시로 떠나는 것이 마음에 걸렸다.

동치가 할머니를 바라보았다. 영문을 모르는 할머니는 우리를 보며 하얀 이를 드러냈다. 환히 웃는 할머니를 쳐다보던 동치가 고개를 끄덕였다. 순간 우리 네 사람의 가슴으로 뜨거운 것이 울컥 쏟아져 들어왔다. 우리는 말없이 서로를 돌아보며 그 뜨거움을 천천히 음미했다. 잠시 뒤 홍두와 동치가 떠들기 시작했고 적막했던 집은 잔칫집처럼 떠들썩해졌다.

우리가 동치를 남겨 두고 할머니 집을 나선 것은 해질 무렵이었다. 방학을 맞은 아이들이 골목을 뛰어다니고 있었다. 우리는 시장을 지나서 낮은 담장이 이어지는 골목길로 접어들었다. 골목길을 나와 마을 입구에 들어서는데 갑자기 홍두가 걸음을 멈추고 내 팔을 잡아끌었다.

"저기 좀 봐!"

마을 앞 개울가에 한 남자가 하늘을 올려다보고 서 있었다. 어깨가 벌어진 남자의 뒷모습을 보는 순간 깜짝 놀랐다. 금속경찰이었다. 그의 옆에는 크롬색의 자전거가 세워져 있었다. 우리는 골목 안으로 급히 몸을 숨겼다. 잠시 숨을 고른 다음 다시 개울가 둑길을 살펴보았다. 금속경찰은 여전히 동상처럼 우뚝 서 있었다. 홍두의 목소리가 떨려 왔다.

"우리 동네에 왜 왔지?"

저수지 농장에 야구부 깃발을 걸고 난 뒤 공교롭게도 곳곳에서 금속경찰이 나타났다. 아이들 사이에 금속경찰에 관한 소문이 급격하게 퍼져 나간 것도 그즈음이었다. 금속경찰이 빈번하게 출몰하는 곳은 학교 운동장의 국기 게양대였다. 얼마 지나지 않아 금속경찰의 정체가 밝혀졌다. 그는 저수지 농장 늙은이의 쌍둥이 아들 가운데 하나였다. 그의 쌍둥이 동생은 읍내 파출소에 근무하는 진짜 경찰이었다. 사람들 말에 따르면 금속경찰은 오랫동안 정신병원에 입원해 있다가 최근에 증상이 호전되어 저수지 농장으로 돌아왔다고 한다. 홍두가 파출소에서 본 경찰은 바로 쌍둥이 동생이었던 것이다. 경찰복을 입고 읍내를 돌아다니는 쌍둥이 형제를 아이들은 헷갈려 했다. 하지만 나는 금속경찰을 확실하게 알아볼 수 있었다. 그것은 그의 몸에서 발산되는 흉포한 기운과 악취 때문이었다.

금속경찰의 몸이 스르르 움직였다. 자전거를 끌고 마을 입구로 들어가고 있었다.

"어떡하지?"

홍두가 와들와들 떨며 물었다.

"따라가 보자."

"어쩌려고?"

"우리 동네에 왜 왔는지 알아봐야지."

머뭇거리는 홍두를 끌고 마을 입구로 조심스럽게 다가갔다. 골목 어귀에 몸을 숨기고 살펴보니 금속경찰이 집집마다 대문에 걸린 문패를 확인하고 있었다. 혹시 우리가 착각했을지도 모른다는 생각이 들었다. 지금 골목길을 서성거리는 사람은 금속경찰이 아니라 그의 쌍둥이 동생인 진짜 경찰일지도 몰랐다. 하지만 멀리서도 뚜렷하게 느껴지는 강력한 기운에 나는 머리를 절레절레 흔들었다. 골목길 안쪽으로 올라가는 금속경찰의 뒷모습에 가슴이 철렁 내려앉았다. 골목길이 끝나는 곳에 홍두네 집과 삼촌 집이 있었다. 아무래도 심상치 않았다.

"우릴 찾고 있는 것 같아."

"정말이야?"

"집집마다 뒤지고 있잖아."

홍두는 골목을 내다볼 엄두도 내지 못한 채 몸을 부들부들 떨었다.

"왜 우릴 찾아왔을까?"

홍두의 엉덩이에서 피슉, 피슉 똥 냄새가 새어 나왔다. 그때 철커덕하며 자전거 세우는 소리가 울렸다. 우리는 깜짝 놀라서 담벼락에 몸을 붙였다. 잠시 뒤 다시 고개를 내미는 순간 머리털이 쭈뼛 섰다. 금속경찰이 우리가 숨은 쪽을 쳐다보고 있었다. 머리 위에서 투둑거리는 소리가 났다. 낯익은 고양이 한 마리가 지붕 위에서 우리를 노려보고 있었다. 심장이 덜컥 내려앉았다. 다시 고개를 내밀자 무언가 번쩍 빛을 발했다. 금속 이빨이었다. 거기서부터 어떻게 할머니 집까지 왔는지 모르겠다. 정신을 차려 보니 눈앞에 동치의 삼각형 얼굴이 있었다.

"그게 정말이야?"

"그렇다니까."

이야기를 들은 동치의 표정이 심각했다. 우리는 입을 굳게 다물고 고민에 빠졌다. 금속경찰이 집으로 들이닥쳤을 때의 상황을 떠올리자 눈앞이 캄캄했다. 홍두가 불쑥 동치에게 말했다.

"서울 같이 가자."

"응?"

동치가 나를 돌아보았다.

"너도?"

앞뒤 생각할 여유가 없었다. 언제 어디서 나타날지 모르는 금속경찰을 피하려면 그의 손길이 미치지 않는 곳으로 도망쳐야 했다. 서울이라면 금속경찰도 쫓아오지 못할 것이다. 나는 마른침을 꿀꺽 삼키며 고개를 끄덕였다. 동치가 다짐하듯 되물었다.

"너희, 괜찮겠어?"

우리는 동시에 고개를 끄덕였다. 주위를 두리번거리던 홍두가 조심스럽게 입을 열었다.

"그런데……."

"응?"

"금속경찰이 여기까지 찾아오는 거 아닐까?"

홍두의 말이 떨어지기 무섭게 나는 자리에서 벌떡 일어났다. 아무것도 모르는 할머니가 멀뚱한 눈으로 우리를 바라보았다.

홍두의 말은 일리가 있었다. 우리 마을을 쉽게 찾아왔으니 지금 우리가 할머니 집에 모여 있다는 사실도 알지 모른다. 그리고 자칫하면 할머니에게까지 화가 미칠 수도 있었다. 그것을 방지하려면 서둘러 할머니 집을 떠나야 했다. 연신 불안한 표정으로 대문을 흘끔거리던 홍두가 신발을 꿰차고 일어섰다.

"빨리 여기를 벗어나야 해."

결국 우리는 밤차를 타기로 결정했다.

동치가 서둘러 배낭을 챙겨 일어나자 할머니가 따라나섰다. 할머니는 우리 손을 쉬이 놓지 못하고 우리가 보이지 않을 때까지 손을 흔들었다. 할머니의 손에서 전해진 따뜻한 온기는 기차역으로 들어선 뒤에도 내내 손에 남아 있었다.

운 좋게도 삼십 분 뒤에 서울행 기차가 있었다. 동치가 배낭 깊숙이 숨겨 둔 돈을 꺼내 차표를 끊었다. 그동안 동치는 엄마를 만나기 위해 많은 준비를 한 모양이었다. 우리는 대합실 의자에 앉아 초조한 표정으로 벽에 걸린 시계를 올려다보았다.

"몇 분 남았어?"

"이십 분."

여전히 불안한 마음을 떨치지 못한 홍두가 몇 분 간격으로 시간을 물었다. 한참 동안 대합실을 서성거리던 홍두가 엉덩이를 붙잡고 인상을 찡그렸다.

"왜 그래?"

"똥 마려워."

"이런 똥쟁이! 빨리 갔다 와."

동치가 벌떡 일어나서 홍두의 엉덩이를 걷어찼다. 홍두가 어기적거리며 대합실 밖에 있는 화장실로 갔다.

대합실에는 대여섯 명의 사람들이 기차를 기다리고 있을 뿐 조용했다. 활짝 열린 대합실 문으로 후덥지근한 공기가 밀려들었다. 출발 시간이 가까워지자 이상하게도 금속경찰에 대한 공포심이 슬며시 사라졌다. 그 대신 낯선 곳으로 떠난다는 흥분감이 몰려들었다. 동치는 잔뜩 상기된 표정으로 개찰구를 응시하고 있었다. 아마도 일 년 만에 만날 엄마 생각을 하고 있는 듯했다. 그런 동치가 한없이 부러웠다.

시곗바늘이 무거운 돌을 매단 것처럼 느리게 움직였다. 답답한 마음에 의자에서 일어나려는 순간 얼굴이 하얗게 질린 홍두가 대합실로 뛰어들었다.

"금속경찰이 오고 있어!"

홍두의 고함 소리에 벌떡 일어나서 밖을 내다보았다. 멀리 금속경찰이 자전거를 타고 횡단보도를 건너오고 있었다. 우리는 재빨리 대합실을 나와 회양목 사이에 몸을 숨겼다.

횡단보도를 건넌 크롬색 자전거는 역 광장으로 미끄러지듯 달려와 대합실 앞에 멈춰 섰다. 철커덕, 자전거 세우는 소리가 고막을 울렸다. 자전거에서 내린 금속경찰은 섬뜩한 눈빛으로 광장

을 둘러보았다. 그렇게 광장을 노려보던 금속경찰은 허리를 꼿꼿
하게 세운 채 대합실로 들어갔다. 그제야 우리는 참고 있던 숨을
내쉬었다. 간발의 차이였다. 홍두의 똥이 아니었다면 꼼짝없이
금속경찰의 손에 잡힐 뻔했던 것이다.

“우리가 여기 있는 줄 어떻게 알았지?”

온몸에 소름이 돋았다. 우리 동네를 찾아온 것은 분명 우연이
아니었다. 그는 우리의 움직임을 손바닥 들여다보듯 훤히 파악하
고 있었다. 그때였다. 시멘트 바닥을 울리는 구둣발 소리와 함께
금속경찰이 대합실 밖으로 걸어 나왔다. 그는 날카로운 눈빛으
로 광장을 훑어보더니 역사 오른쪽에 붙은 화장실로 성큼성큼
걸어갔다. 금속경찰이 우리가 숨은 곳을 찾아내는 것은 시간문
제였다.

“어떡하지?”

“오, 예수님! 부처님! 성모님!”

“입 닥쳐! 똥쟁이 자식아!”

동치가 눈을 까뒤집고 기도하는 홍두의 머리통을 때리며 낮게
소리쳤다. 그러고는 역사 왼쪽으로 길게 이어진 담장을 가리켰다.

“저쪽으로 가자.”

동치가 먼저 어둠 속으로 뛰어들었다. 이백 미터 정도 가자 역
담장이 끝나고 키가 높은 회양목이 철로를 따라 줄지어 서 있었
다. 회양목 너머로 화물열차 한 대가 서 있고 플랫폼이 보였다.

우리는 동시에 안도의 한숨을 내쉬었다. 하지만 여전히 불안감을 떨쳐 버릴 수는 없었다. 금방이라도 금속경찰이 나타나서 곤봉을 휘두를 것 같았다.

"이쪽으로 들어가자."

"금속경찰이 플랫폼까지 들어오는 건 아니겠지?"

홍두가 떨리는 목소리로 말했다. 동치가 회양목 사이로 고개를 내밀고 개찰구를 살폈다.

"화물열차 뒤에 숨어 있다가 기차를 타자."

우리는 회양목 사이를 뚫고 안으로 들어갔다. 그리고 잠시 주위를 돌아본 다음 플랫폼 불빛이 닿지 않는 철로를 넘어갔다. 화물열차에 다가서자 쇠 냄새가 강하게 코를 자극했다. 화물열차 사이에 몸을 웅크리자 기차가 도착한다는 안내 방송이 흘러나왔다. 나도 모르게 자꾸만 뒤를 돌아보았다. 동치는 바짝 마른 입술을 연신 핥아 댔고 홍두의 납작한 이마에서는 굵은 땀방울이 빗물처럼 흘러내렸다. 갑자기 웅웅 소리가 들려왔다. 우리는 깜짝 놀라서 주위를 돌아보았다. 레일이 진동하는 소리였다. 투둑, 투둑 소리와 함께 기적 소리가 들려왔다. 곧이어 기차가 어둠 속에서 불쑥 튀어나왔다.

사람들이 기차에 오르기 시작했다. 플랫폼이 비어 갈 무렵 동치가 나직하게 소리쳤다.

"뛰어!"

우리는 철로를 뛰어넘어 플랫폼 반대편에서 기차에 올랐다. 우리가 난간에 올라서자마자 기차가 덜컹거리며 움직였다. 미처 숨돌릴 틈도 없이 기차는 속도를 올리면서 플랫폼을 빠져나갔다. 이상한 예감에 사로잡힌 나는 반대편 난간으로 가서 다가오는 개찰구를 쳐다보았다. 기차가 개찰구를 스쳐 지나가는 순간 하마터면 손잡이를 놓칠 뻔했다. 개찰구 앞에 금속경찰이 부동자세를 취한 채 기차를 노려보고 있었던 것이다. 금속경찰과 눈이 마주쳤다. 분노로 이글거리는 금속경찰의 눈빛이 내 가슴에 선명한 낙인을 찍었다.

읍내를 벗어난 기차는 속도를 올려 빠르게 달려갔다. 나는 다시 반대편 난간에 매달렸다. 어둠의 바다에 희미한 불빛 하나가 떠 있었다. 그것은 저수지 농장에서 흘러나온 불빛이었다. 한순간 불빛은 어둠 속으로 사라졌다.

"얘야, 어디까지 가니?"

낯선 목소리에 고개를 들었다. 맞은편 좌석에 한 남자가 앉아 있었다. 키가 작고 눈꼬리가 처진 남자였다. 아마 조금 전 정차한 역에서 기차를 탄 모양이었다. 동치와 홍두는 의자에 머리를 기댄 채 깊이 잠들어 있었다.

"서울이요."

"너희끼리?"

"네."

"용기가 대단하구나."

남자가 대견하다는 표정으로 고개를 끄덕였다. 나는 남자의 처진 눈꼬리와 불룩한 코가 하회탈을 닮았다고 생각했다. 보는 사람의 마음을 푸근하게 만드는 인상이었다.

"친척 집에 가니?"

"아니요. 병원에 가요."

남자가 놀란 표정을 지었다.

"누가 아프니?"

나는 차창에 머리를 기대고 잠든 동치를 가리켰다.

"쟤 엄마요."

"저런……."

남자가 혀를 끌끌 차며 동치를 보았다. 그러고는 잠시 놓았던 잡지책을 다시 펴 들었다. 객실 안의 승객들 대부분이 잠들어 있었다. 아무리 애써도 나는 잠이 오지 않았다. 눈을 감을 때마다 금속경찰의 불타는 눈빛이 떠올랐기 때문이다. 덜컹거리는 기차의 진동을 느끼면서 차창 밖으로 시선을 돌렸다. 작은 불빛 하나가 빠른 속도로 달려오더니 긴 꼬리를 남기며 사라졌다. 그 불빛은 깊은 밤 잠들지 못한 사람들이 밝혀 놓은 불빛이었다. 그들은 자신이 밝힌 불빛이 다른 사람들에게 어떤 영향을 끼치는지 모를 것이다.

조금 더 고개를 들어 밤하늘을 올려다보았다. 하늘에는 두 개의 달이 떠 있었다. 두 개의 달은 어두운 대지에 고요하게 빛을 뿌리고 있었다. 기차를 타고 읍내를 떠나면서 혹시나 하는 마음을 가졌다. 하지만 두 개의 달은 여전히 나를 따라오고 있었다. 가슴이 답답했다. 가슴을 옥죄어 오는 답답함은 누군가에게 비밀을 털어놓고 싶은 충동으로 이어졌다.

"애야, 뭐 할 말 있니?"

"예?"

나도 모르게 남자를 뚫어져라 쳐다보고 있었던 것이다. 남자가 읽고 있던 잡지책을 내려놓았다.

"말하고 싶은 게 있으면 하렴."

"예?"

순간 나는 남자가 다시 만나기 힘든 사람이라는 사실을 깨달았다. 그렇다면 두 개의 달에 관한 비밀을 털어놓아도 부끄러워할 필요도 없고 정신병자 취급을 받을 거라는 괜한 걱정을 하지 않아도 되었다. 거기까지 생각이 미치자 용기가 솟았다. 나는 조심스럽게 입을 뗐다.

"혹시……."

"응?"

"저기 달 보이세요?"

남자가 차창 너머를 바라보며 고개를 끄덕였다.

“달이 몇 개로 보이세요?”

그것은 참으로 엉뚱하고 괴상한 질문이었다. 어른을 놀린다는 핀잔을 듣지 않을까 걱정하는데 남자의 입에서 예상치 못한 말이 흘러나왔다.

“너, 달이 두 개로 보이니?”

“예? 그걸 어떻게……?”

남자가 내 얼굴을 뚫어지게 바라보았다.

“그것참, 놀라운 일이구나.”

“아저씨도 그렇게 보이세요?”

“아니, 난 하나만 보여.”

“그런데 어떻게……?”

남자가 두 개의 달을 알고 있다는 것이 놀라웠다.

“여기저기를 돌아다니다 보면 많은 사람들을 만나게 된단다. 모두 네 명이었어. 네가 다섯 번째가 되는구나.”

“다섯…… 번째라고요?”

남자는 무언가를 찾아내려는 눈빛으로 나를 뚫어지게 보았다. 나는 두 개의 달을 목격한 사람이 네 명이나 있다는 사실에 입을 다물지 못했다. 남자의 느릿한 목소리가 덜컹이는 기차 소리에 뒤섞여 흘러나왔다.

“처음으로 만난 사람은 목사였어. 원래 그는 자신이 목회자가 될 거라는 걸 꿈에도 생각하지 못했던 평범한 샐러리맨이었지.

하지만 두 개의 달을 본 이후 그의 삶은 완전히 바뀌어 버렸어.”

　남자가 만난 두 번째 사람의 사연은 더욱 놀라웠다. 그는 지금 세상을 떠들썩하게 만든 살인자가 되어 감옥에서 처형될 날을 기다리고 있다고 했다. 세 번째 사람은 평범한 직장인에서 기업가로 변신해 신문에 이름이 오르내릴 정도로 큰 부자가 되었다고 한다. 마지막 네 번째 사람은 중소기업 사장이었는데 부도가 나는 바람에 노숙자로 전락했다고 한다.

　도무지 종잡을 수 없었다. 분명한 것은 두 개의 달이 그것을 목격한 사람들에게 막대한 영향을 끼치고 있다는 사실이었다. 하지만 어떤 이유로 각기 다른 변화를 불러일으키는지는 짐작조차 할 수 없었다. 머리가 쪼개질 것처럼 아팠다. 나는 지끈거리는 머리를 만지며 다시 남자를 바라보았다.

　“저, 아저씨?”

　“왜?”

　“두 개의 달은 어떤 의미일까요?”

　“글쎄다…….”

　남자는 천천히 고개를 가로저었다. 나는 잠시 생각한 다음 다른 질문을 던졌다.

　“어른들은 세상의 모든 비밀을 알고 있나요?”

　“물론이지.”

　“어째서죠?”

"그들이 세상을 움직이니까."

세상을 움직인다는 말의 의미를 생각해 보았다. 어렴풋이 이해가 되었다.

"비밀을 모르면 세상을 움직이지 못한단다."

"그렇다면……."

나는 마른침을 꿀꺽 삼키며 천천히 입을 열었다. 남자의 처진 눈이 나를 보고 있었다.

"아이들의 생각도 읽을 수 있나요?"

마침내 내 머릿속에서 뜨거운 물처럼 솟아나는 의문을 털어놓았다. 그 순간 남자의 얼굴 근육이 꿈틀거렸다. 얼굴 피부가 부들부들 떨리더니 얼굴 아래서 또 하나의 얼굴이 쑤욱 튀어나왔다. 낯선 얼굴은 주위를 두리번거리며 객실을 훑어보았다. 누군가 다른 세계에서 이쪽 세계에 얼굴을 내민 것이었다. 심장이 쩡하고 얼어붙으면서 머리털이 빳빳하게 일어섰다. 눈꺼풀조차 움직일 수 없었다. 새로 나타난 얼굴의 눈에서 뿜어져 나온 기운이 살모사의 축축한 혓바닥처럼 내 목덜미를 핥더니 이내 머릿속으로 파고들었다. 끈적끈적한 촉수가 머릿속을 휘저으며 내 생각을 낱낱이 읽어 갔다. 정신이 번쩍 들었다. 그 얼굴은 바로 금속경찰이었던 것이다.

나는 벌떡 일어나서 화장실로 달려갔다. 세면기에 물을 틀어놓고 머리를 집어넣었다. 그제야 촉수가 서서히 머릿속을 빠져나가는 것이 느껴졌다. 다시 객실로 돌아왔을 때 하회탈을 닮은 남자는 자리에 없었다. 극심한 피로가 몰려왔다. 덜컹거리는 진동 소리에 몸을 맡기고 잠에 빠져들었다.

얼마나 지났을까. 홍두의 목소리에 눈을 떴다.

"차표 어디에 있어?"

"왜 그래?"

"차표 검사하고 있어."

동치가 부스스 일어나서 배낭을 열었다. 그런데 배낭을 뒤지던 동치의 표정이 하얗게 변했다.

"지갑이 없어."

"뭐?"

"차표랑 지갑이 통째로 없어졌어."

배낭 안에 든 물건을 전부 들어내고 찾아봐도 지갑은 없었다. 귀신이 곡할 노릇이었다. 누군가 손을 대지 않았다면 있을 수 없는 일이었다. 하회탈 남자의 얼굴이 떠올랐다.

"어떡하지?"

"일단 피하자."

우리는 자리에서 일어나 뒤쪽 객차로 넘어갔다. 세 번째 객차에 들어서는 순간 또 다른 차장과 마주쳤다. 키가 큰 차장이 웃으면서 손을 내밀었다.

"얘들아, 표를 보여 다오."

"그게······."

"무슨 일이냐?"

"표를 잃어버렸어요."

"뭐라고?"

웃음기가 사라진 차장의 얼굴이 일그러졌다.

"너희, 가출했지?"

"아닙니다."

"아니긴 뭐가 아니야. 여름방학이면 너희 같은 놈들이 하루에도 수십 명이야."

차장이 주먹으로 우리의 머리를 쾅쾅 내리쳤다. 머리가 어질어질했다. 표를 잃어버렸다고 아무리 말해도 차장은 믿지 않았다. 그에게 우리는 거짓말을 일삼는 가출 소년일 뿐이었다. 결국 모든 걸 체념한 나는 차장에게 물었다.

"우린 어떻게 되죠?"

"다음 역에서 파출소에 넘겨질 거다."

"파출소요?"

"세상에 공짜는 없어."

차장이 눈을 치켜뜨고 음산한 목소리로 협박했다.

낯선 간이역에 내린 승객은 우리 셋이 전부였다. 잠이 덜 깬 역무원이 짐짝처럼 우리를 인수했다. 역무원은 기차가 사라지자 우리에게 개찰구를 가리켰다. 파출소로 끌려간다는 생각에 눈앞이 캄캄했다. 어깨를 늘어뜨린 채 플랫폼을 빠져나가는데 역무원이 귀찮다는 듯 말했다.

"다음부턴 표를 끊어."

역무원은 그 말만 남기고 사무실로 들어가 버렸다. 갑작스러운 상황에 우리는 어리둥절했다. 그런데 무사히 풀려났다는 기쁨도 잠시였다. 간이역에서 나오는 순간 엄청난 사태에 직면했다는 사실을 깨달았다. 이미 시간은 자정을 넘긴 지 오래였다. 모든 교통수단이 끊어진 것이다. 설령 있다고 해도 우리는 빈털터리였다. 기차가 달려온 만큼의 거리를 걸어서 돌아가야 했다.

우리는 터벅터벅 낯선 거리를 걸었다. 지붕 낮은 집들은 모두 깊이 잠들어 있었다. 마치 유령의 도시에 들어선 기분이었다. 불행 중 다행인 것은 하늘에 떠 있는 달이었다. 만약 달마저 없다면 우리는 영원히 길을 잃었을지 모른다. 주위를 두리번거리던 홍두가 내게 물었다.

"어디로 가지?"

"남쪽."

"남쪽이 어디야?"

"저쪽."

나는 달빛에 드러난 2차선 도로를 가리켰다.

상상할 수 없는 거리를 떠올린 홍두가 고개를 흔들었다. 동치의 표정은 굉장히 침통했다. 그럴 수밖에 없었다. 오랫동안 준비한 엄마와의 만남이 어이없이 무산되었기 때문이다. 나는 실망감에 축 처진 동치를 위로해 주었다. 잠시 뒤 동치가 어두운 표정을 거둬들였다. 우리는 좋은 일과 나쁜 일 모두를 금방 잊을 수 있는 그런 나이였다. 이제 우리에게 남은 것은 무사히 집으로 돌아가는 일이었다. 우리는 국도를 따라서 남쪽으로 걷기 시작했다.

작은 마을을 벗어나자 넓은 들판이 나왔다. 동치와 홍두가 휘영청 걸린 달을 올려다보았다.

"대낮처럼 밝다."

들판은 푸른 달빛을 한껏 머금고 있었다. 바람이 불어오자 푸른 물이 후드득 튀어 올랐다. 도로변에 늘어선 미루나무 가지가 흔들리면서 수천 개로 부서진 달빛이 들판으로 퍼져 나갔다. 나는 푸른 달빛에 매료된 두 녀석을 물끄러미 바라보았다. 문득 동치와 홍두도 달의 환영을 봤을지 모른다는 생각이 들었다. 우리는 서로 시치미를 떼고 있는 것이다. 사람은 누구나 절대 말할 수 없는 비밀 한두 개 정도는 있기 마련이다. 두 개의 달이 바로 그 비밀이었다.

우리는 논밭을 가로질러 언덕을 넘고 개울을 건넜다. 드문드문 집들이 나타났다. 개구리들이 와글와글 울어 대고 풀벌레 소리가 귓전을 적셨다. 곧게 뻗은 길은 어느 곳에 이르자 크게 휘어졌고 오르막과 내리막이 반복되었다. 산기슭을 지나자 어느새 들판이 나타났고 길가의 미루나무는 가지를 늘어뜨린 당사나무로 변했다.

"배가 고파서 도저히 못 걷겠어."

홍두가 길바닥에 털썩 주저앉았다. 한 시간을 넘게 걸은 것 같았다. 홍두가 먹고 싶은 음식 이름을 지껄이기 시작했다. 녀석의 입에서 쏟아져 나오는 음식들은 허기에 지친 우리를 그로기 상태로 몰고 갔다.

"입 다물어, 똥쟁이!"

동치가 홍두의 입을 틀어막았다.

작은 다리 아래에 맑은 물이 흐르고 있었다. 바지를 걷어 올리고 개울에 들어가서 얼굴을 씻었다. 차가운 물이 목덜미에 닿자 피로가 조금 가시는 듯했다. 개울가에 앉아서 흐르는 개울물을 바라보았다. 우두커니 밤하늘을 올려다보던 홍두가 무언가 생각난 듯 동치를 보았다.

"너네 엄마가 만들어 준 호박부침개 먹고 싶어."

"부침개?"

"응."

홍두가 입맛을 쩝쩝 다시면서 마치 동의를 구하듯 나를 돌아보았다. 우리가 놀러 갈 때마다 동치 엄마가 만들어 준 호박부침개를 떠올리자 입 안에서 침이 샘물처럼 솟아났다. 동치 엄마의 부침개는 우리가 조금이라도 더 먹기 위해 싸움을 벌일 정도로 무척이나 맛있었다. 그런데 동치의 입에서 엉뚱한 말이 흘러나왔다.

"우리 엄마가 만든 부침개는 이제 맛이 없어."

"무슨 말이야?"

홍두가 어리둥절한 표정을 지었다.

동치는 대답 대신 길게 한숨을 내쉬며 휘영청 빛나는 달을 올려다보았다. 한 명의 엄마가 만든 두 가지 맛의 부침개. 어쩌면 동치에게는 엄마가 두 명일지도 모른다. 오늘 동치는 마음속 깊이 담아 둔 엄마를 찾아 서울로 가려 했던 것이다. 한동안 침묵에 빠진 우리의 머리 위로 달빛이 일렁거렸다.

동치가 맞은편 개울 너머를 가리켰다.

"저 집에 가 보자."

개울 건너에 낮은 언덕 위로 나지막한 지붕이 보였다. 동치가 신발을 주섬주섬 신고 일어났다.

우리는 언덕을 올라갔다. 작은 언덕에는 아름드리 느티나무가 가지를 늘어뜨리고 서 있었다. 느티나무를 지나자 넓은 밭이 나왔다. 낮은 기와집은 산자락에 바짝 붙어 있었다. 개 짖는 소리도 들리지 않았다. 밀가루를 뿌려 놓은 것 같은 하얀 길을 걸어 올라갔다.

외딴집의 대문은 잠겨 있었다. 집 안에서는 인기척이 없었다. 어쩔 수 없이 길을 돌아 내려가는데 홍두가 길가의 밭을 가리켰다.

"오이다!"

올라올 때는 몰랐는데 길 양쪽이 오이밭이었다. 우리는 동시

에 밭으로 뛰어들었다. 푸른 잎사귀 사이로 굵은 오이가 주렁주
렁 매달려 있었다. 나는 가장 큰 오이 하나를 따서 덥석 입에 물
었다. 아삭아삭한 오이 속살이 으깨지면서 싱싱한 향이 확 퍼져
나왔다. 허겁지겁 오이를 세 개나 먹어 치웠다. 두 녀석은 아예
밭고랑에 퍼질러 앉아 오이를 우적우적 씹어 먹고 있었다.

"몇 개나 먹었어?"

"다섯 개."

"파인애플 맛이 이럴까?"

두 손에 오이를 든 홍두가 말했다. 그 말은 사실이었다. 지금까
지 오이가 그렇게 맛있는 음식인지 몰랐다. 오이로 배를 채우고
밭을 빠져나와 언덕길을 내려갔다. 허기와 갈증은 가셨지만 무언
가 아쉬웠다. 동치가 중얼거렸다.

"뭔가 먹고 싶은 게 있는데 생각이 안 나."

동치의 말에 묘한 여운이 묻어났다. 사실 나도 같은 생각을 하
고 있었다. 그때 홍두가 불쑥 말했다.

"할머니 사탕이 먹고 싶어."

동치와 나는 깜짝 놀라서 홍두의 얼굴을 보았다. 우리 머릿속
을 맴돌던 것은 바로 할머니의 사탕이었다. 신기하게도 우리는
동시에 할머니의 사탕을 떠올린 것이다. 그것은 어디에서나 파는
흔해 빠진 사탕이었다. 하지만 할머니의 사탕에는 단맛 이상의
무언가가 있었다.

다시 길을 걷자 작은 마을이 나왔다. 낮은 지붕 위에서 고양이들이 파수꾼처럼 우리를 지켜보았다. 그들은 마치 잘 훈련된 병사처럼 우리를 감시하며 따라왔다. 마을 안쪽으로 들어갔다. 농약 가게와 철물점을 지나자 교회가 나타났다. 교회 옆에 큰 창고가 있었다. 창고 구석에 경운기가 있었고 그 옆에 낡은 자전거 두 대가 버려져 있었다. 자전거를 세심하게 살피고 난 동치가 우리를 돌아보았다.

"탈 수 있을 것 같아."

나는 주위를 둘러보고는 자전거로 다가갔다. 자전거는 폐기되기 일보 직전이었다. 타이어를 만져 보니 다행히 바람은 들어 있었다. 하지만 금방이라도 주저앉을 것 같았다. 동치가 자전거 한 대를 일으켜 세우자 부서지는 소리가 났다.

"버린 것 같은데. 타고 가자."

"그냥 걸어가자."

홍두의 목소리가 겁을 집어먹은 듯 떨렸다.

"어쩔 거야?"

자전거 핸들을 움켜쥔 동치가 나를 보며 물었다. 잠시 망설이다 고물 자전거를 타기로 마음먹었다. 우리에게는 돌아가야 할 길이 너무도 멀었다.

나는 남은 자전거 한 대를 일으켜 세웠다. 자전거의 몸체가 휘청거렸다. 자전거를 끌고 조심스럽게 도로에 나섰다. 먼저 자전거에 오른 동치가 힘차게 페달을 밟았다. 나는 자전거에 올라타서 홍두에게 소리쳤다.

"타!"

홍두가 자전거 뒷자리에 앉는 순간 나는 힘껏 페달을 밟았다. 자전거가 삐걱거리는 소리를 내지르며 앞으로 튀어 나갔다. 우리는 빠르게 마을회관을 지나쳐서 학교를 통과했다. 저만치 앞서 달려가는 동치를 따라잡기 위해 힘차게 페달을 밟았다. 자전거는 삐걱거리며 쏜살같이 앞으로 달려 나갔다. 멀리서 새벽안개가 몰려오고 있었다. 우리는 안개의 중심을 향해 달렸다. 홍두가 괴성을 질렀다.

"달려! 더 빨리!"

언덕이 나타났다. 거침없이 언덕을 치고 비상하는 새처럼 하늘로 둥실 날아올랐다. 뒤에서 불어온 바람이 자전거를 앞으로 쑥쑥 밀어 주었다. 문득 옆을 돌아보니 두 개의 달이 손에 잡힐 듯 가까이 있었다. 어디선가 귀에 익은 노랫소리가 들려왔다. 동치가 할머니의 노래를 부르고 있었다. 나는 노래를 따라 부르면서 페달을 밟았다.

5

귀 신 할 머 니 의 실 종

나는 폐가의 마당에 서 있었다. 기둥이 썩어 기와지붕이 내려앉고 있었다. 마당에는 온갖 쓰레기들이 쌓여 있고 방 문짝과 부엌의 판장문도 뜯겨 나갔다. 그 을씨년스러운 폐가 마당에 우물이 있었다. 통통통 물방울 떨어지는 소리가 우물 안에서 들려왔다. 나는 천천히 우물 속으로 들어갔다. 두 손으로 벽을 밀고 돌 틈에 발을 디디며 내려갔다. 이끼에 자꾸만 발이 미끄러졌다. 젖은 공기가 얼굴에 닿았다. 작고 동그란 하늘이 올려다보였다. 어디선가 고오, 고오 소리가 났다. 얼음처럼 차가운 물이 발을 적셨다. 다리가 잠기고 가슴에 물이 닿았다. 눈앞에서 새카만 물고기가 헤엄치고 있었다. 한 번도 본 적 없는 물고기였다. 손을 내밀어 물고기를 움켜잡자 손가락 사이로 빠져나갔다. 갑자기 우물이 흔들리며 거친 숨소리가 들려왔다. 깜짝 놀라서 벽을 타고 기어올랐다. 발이 미끄러지면서 도로 물속으로 떨어졌다. 허우적대며 벽에 붙은 돌 하나를 잡는데 무언가 다리에 달라붙었다. 새카만 물고기들이 내 다리의 살점을 뜯어 먹고 있었다. 비명을 지르며 우물을 기어오르자 뼈가 덜거덕거리며 돌에 부딪쳤다.

꿈속에 우물이 나타난 것은 우리가 집으로 돌아온 다음 날이었다. 깨어난 뒤에도 살점이 뜯겨 나가는 고통이 선명했다. 꿈은 다음 날 다시 반복되었다. 그리고 그다음 날에도 우물은 어김없이 꿈속에 나타났다.

나흘 만에 동치와 홍두를 만났을 때 나는 깜짝 놀랐다. 동치의 얼굴이 핼쑥하고 눈이 벌겋게 충혈되어 있었다. 동치 역시 형편없는 내 몰골에 놀란 표정을 지었다.

"혹시 우물, 꿈꿨어?"

"어떻게 알았어?"

옆에 있던 홍두가 천천히 고개를 끄덕였다.

"나도."

놀랍게도 우리 셋은 동시에 똑같은 꿈을 꾸었던 것이다. 그런데 며칠 밤을 뜬눈으로 보낸 탓에 다크서클이 가득한 우리와 달리 홍두의 얼굴은 멀쩡했다. 다른 건 몰라도 홍두는 이런 일에 강한 것이 확실했다. 어쨌든 세 사람이 같은 꿈을 꾸었다는 사실은 괴이하기 짝이 없었다. 우리는 심각한 표정으로 꿈 해석에 들어갔다. 하지만 아무리 머리를 쥐어짜도 생각나는 게 없었다. 턱을 괴고 희미한 눈썹을 꿈틀거리던 홍두가 무릎을 탁 치며 결론을 내렸다.

"길몽이야!"

"어째서?"

동치가 불만 섞인 말투로 반문했다. 나 역시 선뜻 홍두의 주장에 동의하기 힘들었다. 홍두가 아무리 길몽이라고 떠벌려도 끈적끈적했던 불쾌감 때문에 흉몽이라는 생각이 강했다.

"불길해……."

나도 모르게 불쑥 튀어나온 말이었다. 그러자 정말로 불길한 기운이 장포를 휘날리며 달려오는 것 같았다. 잠시 생각에 빠져 있던 홍두가 다시 해석을 내놓았다.

"혹시 금속경찰이 사라진 걸 말하는 게 아닐까?"

"금속경찰?"

사실 우리가 며칠 동안 두문불출한 것은 금속경찰 때문이었다. 금속경찰이 불쑥 들이닥칠 것 같아서 방문을 걸어 잠근 채 집 밖으로 나오지 못했던 것이다. 그런데 우려와 달리 금속경찰은 나타나지 않았다. 드디어 나흘째가 되자 갑갑함을 견디지 못한 나는 집을 나서서 금속경찰에 관한 소식을 탐문해 보았다. 이상하게도 요 며칠 사이 그를 봤다는 사람이 없었다. 나는 조금 더 확실한 정보를 얻기 위해 읍내 구석구석을 돌아다녔다. 그리고 금속경찰이 애초부터 존재하지 않은 사람처럼 홀연히 증발해 버린 것을 알아냈다. 그길로 홍두와 동치를 찾아갔다. 이런 사실을 알고 있는 홍두는 꿈속의 우물을 금속경찰의 증발로 해석한 것이다. 홍두가 확신에 찬 목소리로 다시 한 번 강조했다.

"이제 더 이상 우물은 나타나지 않을 거야."

"정말이야?"

"날 믿어."

녀석은 짜부라진 손가락을 휘저으며 득의만만한 표정을 지었다. 어쨌든 우리는 홍두의 호언장담을 믿을 수밖에 없었다. 나는 문득 동치를 바라보았다.

"괜찮아?"

"응."

의외로 동치의 얼굴이 깨끗했다. 동치가 집을 나간 동안 곱슬머리 사내가 집을 비운 것이었다. 만약 사내가 동치의 서울행을 알았다면 어떤 일이 벌어졌을지 모른다. 삼촌과 숙모는 내가 그날 집에 들어오지 않았다는 사실조차 알지 못했다. 이렇게 해서 우리의 서울행은 누구의 관심도 끌지 못한 채 끝이 났다. 그리고 우리를 추격해 오던 금속경찰이 사라진, 뜻밖의 선물이 주어진 것이었다. 동치가 우리를 돌아보며 말했다.

"할머니 집에 가자."

우리는 그동안 만나지 못한 귀신 할머니가 몹시 궁금했다. 곧장 할머니가 사는 마을로 갔다. 마을의 끝 집을 지나 밤나무 숲으로 들어갔다. 매미 소리가 귀청을 찢을 듯 우렁차게 울려 퍼졌다. 밤나무 숲을 빠져나가자 햇빛에 그대로 노출된 할머니 집이 나타났다.

동치가 마당에 들어서며 소리쳤다.

"할머니!"

섬돌에 할머니 신발이 보이지 않았다. 부엌과 방문을 열어 봐도 할머니는 없었다. 툇마루에 엉덩이를 걸친 동치가 고개를 갸웃거렸다. 우리를 만난 이후 할머니는 읍내 거리를 배회하거나 강가를 헤매는 이상행동을 거의 보이지 않았다. 우리가 날마다 찾아온다는 것을 알고 있기에 외출도 하지 않았다.

집 안을 둘러보던 홍두가 우리를 불렀다.

"여기 좀 봐."

"이건……."

"집을 비운 지 며칠 된 것 같아."

대문 옆 화장실 손잡이에 거미줄이 잔뜩 엉겨 있었다. 그러고 보니 수돗가에도 물을 사용한 흔적이 없었다. 부엌에서는 퀴퀴한 곰팡이 냄새가 배어 나왔고 온기가 전혀 느껴지지 않았다. 집 안을 둘러볼수록 할머니가 집을 비운 지 며칠 되었다는 생각이 들었다. 동치가 굳은 표정으로 우리를 돌아보았다.

"마을에 가서 알아보자."

우리는 밤나무 숲을 내려왔다. 고추밭과 붙어 있는 양옥집으로 가 보았다. 마침 마당 평상에 할머니 둘이 나란히 앉아서 부채질을 하고 있었다. 할머니들에게 꾸벅 인사를 했다.

"혹시 밤나무집 할머니 보셨어요?"

귀신 할머니는 마을에서 밤나무집 할머니로 통했다.

"자네 봤어?"

"아니, 못 봤어."

할머니들은 서로 얼굴을 돌아보았다.

"정신 나가서 돌아다니는 거 아녀?"

"요즘 멀쩡하던데."

"친척 집이라도 갔나?"

할머니 한 명이 고개를 절레절레 흔들었다.

"밤나무집은 일가친척 하나 없는 실향민이여. 가족이래야 미국 산다는 외아들뿐인데 소식 끊긴 지 벌써 오래됐어."

"그럼 어딜 갔지?"

할머니들이 우리를 쳐다보며 반문했다.

"전에도 이렇게 집 비운 적 있어요?"

동치가 다시 물었다. 해바라기씨를 까서 입 안에 넣고 오물거리던 할머니들은 동시에 고개를 가로저었다. 두 할머니는 주거니 받거니 귀신 할머니에 관한 말을 늘어놓았다. 덕분에 우리는 귀신 할머니의 사연을 처음으로 알게 되었다. 할머니의 고향은 북한의 평안남도 덕천이었다. 전쟁 때 남쪽으로 내려온 할머니에게는 외아들이 있었는데 그는 일찍부터 미국에서 유학 생활을 했고 그곳에서 자리도 잡았다. 그런데 하던 일이 잘못되면서 아들은 도피 생활에 들어갔고 설상가상으로 할머니의 남편마저 병환으로 세상을 떠났다. 그 뒤 할머니는 아들의 재기를 돕기 위해 모든 재산을 미국으로 보내 주고 지금의 집으로 들어온 것이었다. 곧바로 할머니를 모시러 오겠다던 아들은 그 뒤 연락이 두절되었다. 아들이 돌아오기를 기다리던 할머니는 시간이 지나면서 실어증 증세를 보였고 나중에는 정신까지 이상해지게 되었다. 사실 할머니 집에는 변변한 가재도구들이 별로 없었다. 하지만 텅 빈 집 안에 어울리지 않는 물건이 하나 있었는데, 그것은 할머니가 거처하던 방 윗목에 놓인 커다란 여행 가방이었다. 나는 비로소 그 가방의 용도를 이해할 수 있었다.

양옥집에서 나온 뒤 동치가 침울한 표정으로 말했다.

"할머니가 갈 만한 곳을 찾아보자."

우리는 각자 흩어져서 할머니를 찾기 시작했다. 동치는 읍내의 상가와 학교 주위를, 홍두는 남쪽 끝에 위치한 제재소 주변을 돌아보기로 했다. 나는 처음 할머니를 만났던 강으로 갔다. 강둑 주위를 살피면서 철교까지 거슬러 내려갔지만 할머니는 보이지 않았다. 은어 떼를 만난 곳까지 내려가 보았지만 할머니의 종적은 묘연했다. 강둑을 내려가서 할머니가 숨겨 놓은 보따리를 찾아냈다. 천 조각들은 그대로였다. 나는 보따리를 제자리에 묻어 두고 읍내로 되돌아왔다.

결국 우리는 할머니의 흔적을 찾아내지 못했다. 집으로 돌아가는 길에 나는 불현듯 할머니와 금속경찰이 동시에 사라졌다는 사실을 깨달았다.

홍두의 호언장담에도 불구하고 우물은 어김없이 꿈에 나타났다. 물고기의 날카로운 이빨이 내 살점을 뜯어낼 때마다 뼛속까지 파고드는 고통에 비명을 지르며 잠에서 깨어났다. 온몸이 물에 빠진 것처럼 흠뻑 젖었고 이가 덜덜 떨릴 정도로 한기가 느껴졌다. 축축한 이불을 걷어 내고 뜬눈으로 밤을 새웠다. 그리고 날이 밝으면 초췌한 몰골로 또 할머니를 찾아 나섰다.

이장이 뒤늦게 경찰에 실종 신고를 했지만 수사는 이내 흐지부지 중단되고 말았다. 할머니가 치매를 앓고 있다는 사실과 적극적으로 나서는 가족이 없었기 때문이다. 하지만 우리는 할머니를 찾는 일을 멈출 수 없었다.

마침내 홍두가 고집을 꺾고 다시 꿈 해석 자료를 뒤졌다. 그러고는 은밀한 곳에 안테나를 가동하기 시작했다. 며칠 뒤 녀석은 거만한 표정으로 우리에게 불룩한 비닐봉지 하나씩을 나눠 주었다.

"이게 뭐야?"

"베개 속에 넣어."

우리는 미심쩍은 눈으로 비닐봉지 속을 보았다. 홍두가 부연 설명을 했다.

"고춧가루랑 팥인데 베개 속에 넣고 자면 악몽이 깨끗하게 없어질 거야."

"정말이야?"

"응."

홍두가 내린 결론은 우리가 잡귀신에 씌었다는 것이다. 동치가 비닐봉지를 집어 던지며 불같이 화를 냈다. 세상에서 귀신을 가장 싫어하는 동치에게 빙의되었다는 말이 통할 리 없었다. 홍두는 그런 반응을 충분히 예상했다는 듯 무덤덤했다.

"싫으면 관둬."

홍두가 비닐봉지를 주섬주섬 챙겨 들자 불안한 눈길로 보던 동치가 그것을 빼앗았다.

"효과 없으면 죽을 줄 알아!"

"닐 믿이."

악몽에 시달린 지 일주일이 넘어서고 있었다. 무엇보다 잠을 못 잔 고통 때문에 미치기 직전이었다. 하룻밤이라도 꿈꾸지 않고 잘 수 있다면 해골바가지도 껴안을 정도였다. 나는 홍두의 처방을 무조건 따르기로 했다.

그날 밤 비닐봉지를 베개 깊숙이 넣고 일찍 잠자리에 들었다.

깜빡 잠들었다고 생각했는데 눈을 뜨자 다음 날 아침이었다. 처음으로 깊은 숙면을 취한 것이었다. 설마 했던 홍두의 처방에 깜짝 놀랐다. 그렇다고 꿈을 꾸지 않은 것은 아니었다. 꿈의 내용이 바뀌어 있었다. 전에 없던 우물 뚜껑에 가로막혀 우물에 들어갈 수 없었던 것이다. 이유는 알 수 없지만 홍두의 처방이 꿈의 흐름에 영향을 끼친 것만은 분명했다.

"어때?"

홍두가 우리에게 물었다. 동치가 꿀 먹은 벙어리처럼 고개만 끄덕였다. 하지만 꿈의 변화는 그게 전부였다. 마치 고장 난 카세트테이프처럼 계속 반복되었던 것이다. 결국 홍두의 처방은 일시적인 것으로 판명이 났다. 그런 와중에 꿈속 우물과 할머니의 실종이 연관 있을지 모른다는 의견을 제시한 것은 동치였다. 동치의 말을 듣는 순간 나는 정신이 번쩍 들었다. 어째서 지금까지 그 생각을 하지 못한 것일까. 할머니의 실종과 우물. 이 두 가지를 연결하자 실마리가 풀리는 느낌이었다. 할머니를 찾기 위해서는 꿈속에 나타난 우물을 찾아야 했다.

우리는 즉각 행동에 들어갔다. 우물을 찾는 일은 어렵지 않았다. 읍내에 남아 있는 우물이 몇 개 되지 않았기 때문이다. 하지만 우리가 찾아낸 우물은 하나같이 꿈속에 나타난 우물이 아니었다. 그렇게 우물을 찾아다니던 중 우연히 저수지 농장으로 들어가는 철길 건널목 앞을 지나게 되었다. 철길 너머 황무지 입구에 처음 보는 나무 팻말 하나가 세워져 있었다.

"저게 뭐지?"

동치와 내가 자전거 머리를 틀자 화들짝 놀란 홍두가 얼른 자전거에서 뛰어내렸다. 우리는 홍두를 내버려 둔 채 철길을 건너갔다. 합판을 잘라 만든 팻말에 붉은색 페인트로 '맹견 조심'이라고 적혀 있었다. 팻말을 들여다보던 동치가 고개를 갸웃했다.

"맹견?"

"검은개를 말하는 것 같은데?"

동치가 이빨을 으드득 갈았다. 저수지 농장의 검은개에게 당한 그날의 치욕이 머릿속에 떠올랐던 것이다. 동치가 나무 팻말을 발로 툭툭 건드리며 말했다.

"왜 여기에 이런 팻말을 세워 둔 걸까?"

"글쎄⋯⋯."

황무지 뒤로 짙은 아지랑이가 넘실거렸다. 황무지 너머의 농장이 흐릿하게 흔들리고 있었다. 갑자기 오싹한 기운이 등줄기를 타고 올라왔다. 나는 소름이 돋아난 팔을 만지며 다시 자전거에 올라탔다.

"그만 가자."

다시 철길을 건넌 우리는 홍두를 태우고 은행나무 공원으로 들어갔다. 읍내의 유일한 공원인 그곳에는 아름드리 은행나무 밑에 평상이 놓여 있어 사람들이 더위를 피하곤 했다. 우리는 자전거를 세우고 수돗가로 달려가 물을 뒤집어썼다. 흙먼지를 씻어 내자 그제야 흐릿하던 사물이 또렷하게 보였다. 평상에 엉덩이를 걸치는데 남자 둘이 주고받는 대화가 귀에 쏙 들어왔다.

"고물 장수 황 씨가 개한테 물렸다고?"

"그렇다니까."

"얼마나 다쳤어?"

"팔을 조금 다쳤나 봐. 입원했다고 하던데."

"그 정도 가지고 무슨 입원이야?"

"그 자식, 엄살은 알아주잖아."

"하여간에 속이 시원하구먼."

"왜?"

"그 자식이 우리 집 냄비를 싹 훔쳐 갔잖아."

냄비를 강탈당했다는 남자가 부채를 펄럭이며 인상을 썼다.

"아니 그걸 가만뒀어?"

"춘삼이 때문에……."

"빌어먹을, 유유상종이군."

"그렇지 뭐."

남자는 입맛을 쩝쩝 다시며 애꿎은 담배 연기를 풀풀 날렸다.

"어쨌든 황 씨가 개한테 물렸다니 속이 후련하네."

두 사람은 어깨를 흔들며 킬킬거렸다.

"외지에서 온 낚시꾼도 당했다며?"

"그런 모양이야."

"근데 저수지 농장에서 왜 개를 풀어 놓은 거지?"

남자가 담배꽁초를 바닥에 던지며 다시 물었다.

"그야, 좀도둑들이 들락거렸겠지."

이상한 일이 계속 일어나고 있었다. 귀신 할머니가 종적을 감추었고 금속경찰이 읍내에서 사라졌다. 그리고 저수지에서 흉흉한 일이 벌어지고 있었다.

은행나무 그늘에서 땀을 식힌 우리는 다시 자전거를 타고 옹기 공장을 향해 출발했다. 옹기 공장에 있다는 우물은 읍내에 있는 마지막 우물이었다. 만약 옹기 공장의 우물마저 꿈속의 우물이 아니라면 할머니를 찾는 일은 다시 원점으로 돌아가는 것이다.

우리에게 도움을 줄 수 있는 사람들의 얼굴을 하나씩 떠올려 보았다. 삼촌과 숙모는 아니었다. 두 사람은 나를 먹여 주고 재워 주는 것만으로도 충분했다. 그 이상을 요구하는 것은 염치없는 짓이었다. 홍두의 할아버지는 밤새 아픈 관절을 주무르면서 끙끙거렸다. 그러니 손자의 고민에 신경 쓸 겨를이 없었다. 아무리 주위를 돌아봐도 우리 얘기에 귀를 기울여 줄 사람이 없었다. 경찰들도 마찬가지였다. 그들은 순찰차로 읍내 한 바퀴를 돌아본 것만으로 실종 수색을 종료했다. 우리를 둘러싼 세계는 공평하지 못했다. 나이를 먹는다고 누구나 어른이 되는 것도 아니었다. 그들은 단지 어른의 가면을 뒤집어쓰고 있을 뿐이었다. 가면 속에는 겁에 질린 어린아이의 얼굴이 숨어 있었다. 문득 아버지의 얼굴이 떠올랐다. 아버지가 곁에 있다면 이런 의문에 답을 내려 줄 수 있을까. 대체 귀신 할머니는 어디로 가 버린 것일까. 혹시 아들이 있다는 미국으로 떠난 건 아닐까. 나는 텅 빈 방에 동그마니 놓여 있는 할머니의 여행 가방을 떠올리고는 머리를 절레절레 흔들었다. 대체 할머니와 우물은 어떤 연관성이 있는 것일까. 아무리 생각해도 접점이 떠오르지 않았다.

폭염에 한껏 달구어진 바람이 얼굴을 때리자 머릿속이 어질어질했다. 내 바로 앞에서 입을 꽉 다문 동치가 자전거 페달을 밟고 있었다. 작은 돌멩이에 부딪치자 자전거 핸들이 휘청거렸다. 나는 균형을 유지하기 위해서 강하게 핸들을 움켜쥐었다. 그리고 도로 위로 사정없이 내리퍼붓는 햇볕을 응시했다. 어디선가 야생 딸기가 썩어 가는 들큼한 냄새와 동물의 배설물 냄새가 뒤섞여 코를 찔렀다.

아래위가 붙은 작업복을 입은 남자가 멀뚱한 눈길로 우리를 보았다.

"우물?"

"예."

남자는 흙 묻은 손으로 턱수염을 북북 문지르더니 공장 뒤편을 가리켰다. 뒤편으로 가는 길 양쪽에 깨진 옹기들이 잔뜩 쌓여 있었다. 남자는 사금파리를 조심하라는 말을 남기고 흙이 담긴

수레를 끌며 안으로 들어갔다.

앞장서서 걸어가던 동치가 우리를 돌아보았다.

"이곳도 아니면 어쩌지?"

"……."

말문이 막힌 나는 우물을 향해 묵묵히 걸어갔다.

옹기 공장의 우물은 한눈에 봐도 우리가 찾는 우물이 아니었다. 나무로 만든 지붕까지 있는 우물은 옹기 공장에서 식수로 사용하고 있었다. 우리가 찾는 우물이 아니라는 것이 드러나는 순간 눈앞이 캄캄했다. 방향을 잃어버린 우리의 머릿속으로 대답 없는 질문이 악머구리처럼 들끓었다.

다음 날 할머니 집에 들어가자 홍두가 가부좌를 틀고 앉아 중얼거리고 있었다. 녀석 앞에 놓인 공책에는 해독이 불가능한 글자가 잔뜩 적혀 있었는데 군데군데 지운 흔적과 줄을 긋고 첨가한 곳이 보였다. 지렁이가 기어가는 듯한 홍두의 글씨를 읽을 수 있는 사람은 아무도 없었다. 나는 공책을 집어 들었다.

"이게 뭐야?"

"귀신을 쫓는 주문."

홍두가 형형한 눈빛으로 대답했다.

"주문?"

더 이상 우물을 찾지 못하자 홍두는 우리 몸에 스며든 잡귀를 직접 쫓아내겠다며 주문을 만들고 있었던 것이다.

"악몽을 뿌리째 뽑아낼 수 있는 주문이야."

"어디 한번 외워 봐."

"그게……."

"왜 그래?"

"아직 마지막 구절이 완성되지 않았어."

"그래도 해 봐."

"좋아."

천천히 목을 가다듬은 홍두가 주문을 외우기 시작했다. 공부도 싸움도 제대로 하는 것 하나 없는 홍두지만 굼벵이도 구르는 재주가 있듯이 특기가 하나 있었다. 그것은 바로 성대모사였다. 이미 변성기를 뚝딱 해치운 녀석은 어른 목소리를 기가 막히게 흉내 냈다. 홍두의 기도 소리는 목사님을 능가했고 불경 읽는 실력 또한 스님들이 입을 떡 벌릴 정도였으며 주문 외우는 솜씨는 웬만한 무당보다 나았다.

그런데 홍두가 중얼거리는 주문이 이상했다. 그것은 반야심경과 성경 구절을 뒤죽박죽으로 섞어 놓은 것이었다. 나는 동치에게 눈짓을 보냈다. 우리는 홍두의 목을 죄고 머리통을 사정없이 두들겨 팼다. 홍두는 간신히 몸을 빼내더니 벌떡 일어나서 우리에게 엉덩이를 내밀었다. 우리가 대문을 뛰쳐나가는 순간 쾅 소리와 함께 반경 일 미터 안의 생명체를 전멸시킬 방귀가 터졌다.

그러고 보면 녀석은 스컹크처럼 마음대로 방귀를 조절할 수 있는 특기가 하나 더 있는 셈이었다. 냄새가 완전히 사라진 뒤에야 다시 마당으로 들어갔다.

"나한테 좋은 생각이 있어."

홍두가 정색을 하며 말했다.

"너, 이상한 짓 하면 죽어!"

동치가 주먹을 쥐어 보였다.

"오늘 굿당에서 굿이 있어."

홍두가 평상에 흩어진 공책과 성경책, 그리고 반야심경을 주섬주섬 챙기면서 말했다.

"굿?"

홍두는 읍내에서 활동하는 무당들과 상당한 친분을 유지하고 있어 그들의 일정을 환하게 꿰고 있었다.

"오늘 굿을 하는 무당은 실력이 뛰어난 분이야."

"그래서?"

"그분한테 꿈 해석을 부탁하자."

"해 줄까?"

"어쨌든 가 보자."

구미가 당겼다. 실력이 뛰어난 무당이라면 꿈속에 나타난 우물과 할머니의 실종을 해석할 수 있을지도 모른다. 그런데 동치의 표정이 잔뜩 일그러져 있었다. 귀신을 싫어하니 당연히 무당도

질색인 동치였다. 나는 슬슬 꽁무니를 빼는 녀석의 팔을 움켜잡고 할머니와 관련된 일이라고 설득했다. 그러자 마지못해 동치가 고개를 끄덕였다.

굿당은 읍내 외곽의 산골짜기에 숨어 있었다. 우리는 자전거로 입구까지 간 다음 걸어서 제법 가파른 산길을 올라갔다. 길은 계곡 옆을 따라 이어졌다. 어기적거리며 뒤에서 따라오던 동치가 투덜거렸다.

"아직 멀었어?"

"조금만 올라가면 돼."

한참이나 계곡을 따라 올라갔다. 이윽고 지붕이 맞닿은 기와집 두 채가 나타났다. 희미하게 징 소리가 바람을 타고 들려왔다. 홍두가 걸음을 멈추고 우리를 돌아보았다.

"굿당이야."

홍두의 눈빛이 반짝 빛났다. 우리는 느린 걸음의 동치를 떠밀며 굿당으로 올라갔다. 대문 없는 기와집으로 들어가자 넓은 마당이 나왔고 제법 많은 사람들이 모여 있었다. 마당 한쪽의 상위에 엄청난 크기의 돼지 한 마리가 엎드려 있었다. 계곡에 만들어진 사각형 제단에는 수십 개의 촛불이 켜져 있고 향이 타오르고 있었다.

징 소리가 나는 방을 들여다보고 돌아온 홍두가 말했다.

"굿이 끝나야 되겠는데."

무당을 만나려면 굿이 끝나야 한다는 것이었다.

한 십 분 정도 지나자 무당이 방울과 칼을 들고 마당으로 나왔다. 무당의 뒤를 모녀로 보이는 여자 두 명이 따르고 있었다. 두 여자가 음식이 차려진 상 앞에 앉자 징 소리가 크게 울려 퍼졌다. 사람들이 상 앞으로 모여들었다. 버선 차림의 무당이 마당을 한 바퀴 돌면서 칼을 치켜들었다. 그것을 신호로 징 소리가 울렸고 무당이 두 팔을 흔들었다. 마당은 팽팽한 긴장감으로 끓어올랐다. 방울과 칼, 그리고 징 소리가 어우러지며 기묘한 화음을 냈다. 무당이 어깨에 방울과 칼을 올리자 젊은 여자가 몸을 부르르 떨었다. 무당이 벽력같이 고함을 질렀다.

"넌 누구냐?"

무당의 목소리는 쇠젓가락으로 그릇 바닥을 긁는 것 같았다. 젊은 여자가 천천히 몸을 돌렸다. 여자는 처연한 눈빛으로 무당을 쳐다보고만 있었다. 다시 무당이 소리를 지르자 여자가 고개를 가로저었다.

나는 짐승처럼 눈빛을 번들거리고 있는 홍두에게 물었다.

"저 사람들 뭐 하는 거야?"

"여자의 몸에 깃든 영가를 불러내고 있어."

"영가?"

"죽은 혼령."

홍두가 귀찮다는 듯 짧게 대답하며 나를 밀어냈다.

　방울을 어깨에서 뗀 무당이 뒤로 물러 나와 빠르게 춤을 추기 시작했다. 마당을 한 바퀴 돌아온 무당이 이번에는 방울을 젊은 여자의 정수리에 올렸다. 여자가 몸을 움찔했지만 이내 고개를 세차게 흔들었다. 무당이 인상을 쓰며 손짓하자 두 사람이 달려들어 여자를 잡아 일으켰다. 무당이 계곡을 향해 나아갔고 일행이 그 뒤를 따랐다. 계곡 입구에서 늙은 여자에게 일곱 장의 종이가 주어졌다. 늙은 여자가 종이에 이름을 적었고 한 남자가 종이를 받아서 계곡 위로 올라갔다.

　잠시 뒤 누군가가 계곡을 가리키며 소리쳤다.

　"내려온다!"

　종이배가 부드러운 물살을 타며 내려오고 있었다. 무당이 방울로 젊은 여자의 등을 세차게 내리쳤다.

　"네 이름을 찾아!"

　사람들의 시선이 종이배에 모아졌다. 첫 번째 종이배가 여자의 앞을 지나갔다. 젊은 여자는 세 개의 종이배가 지나갈 때까지 지켜보고만 있었다. 그런데 네 번째 종이배가 다가오자 손을 뻗어 건져 올렸다. 무당이 종이배를 건네받아 늙은 여자에게 주었다. 늙은 여자가 천천히 종이배를 풀었다. 종이배에 적힌 글자를 확인한 늙은 여자가 땅바닥에 털썩 주저앉아 울음을 터뜨렸다. 무당이 방울을 흔들며 젊은 여자에게 다가갔다.

　"왜 올케의 몸에 들어왔지?"

무당의 말이 끝나기 무섭게 젊은 여자가 고개를 번쩍 치켜들고 무당을 쏘아보았다.

"추워요. 추워요. 너무 추워서 못 살겠어요."

젊은 여자의 입술이 시퍼렇게 변했다. 곧이어 여자는 물에 빠진 사람처럼 두 팔을 허우적거렸다. 구경하던 사람들이 깜짝 놀라서 뒤로 물러났다. 늙은 여자가 벌떡 일어나 그녀를 끌어안았다.

"아이고 막내야, 네가 왜 여기 있니, 아이고."

"엄마, 엄마, 너무 추워요."

늙은 여자가 죽은 딸을 끌어안고 몸을 쓰다듬으며 통곡했다. 그러자 내 바로 앞에 서 있던 여자들이 소곤거렸다.

"경자 목소리 맞지?"

"맞아, 계곡에서 추락사한 그 막내딸 목소리야."

"세상에……, 그럼 경자 혼령이 새댁 몸에 들어간 거네."

"이게 뭔 일이래. 새댁은 경자가 죽은 것도 모를 텐데."

나는 두 사람이 주고받는 말이 믿어지지 않았다. 하지만 시집 온 지 얼마 안 된 며느리가 죽은 사람의 이름이 적힌 종이배를 집어 들었다는 사실은 놀라웠다.

무당이 방울을 흔들며 처녀 귀신에게 물었다.

"이름이 뭐지?"

"이……경……자."

그때 누군가 내 어깨를 툭 쳤다. 돌아보니 얼굴이 벌겋게 달아

오른 홍두였다.

"혹시 펜 있어?"

"펜?"

나는 고개를 갸우뚱하며 윗주머니에 들어 있던 펜을 건네주었다. 펜을 받아 든 홍두가 낡은 수첩을 꺼내더니 젊은 여자 앞으로 뛰어들었다. 무당과 젊은 여자가 깜짝 놀랐다. 곧바로 터져 나온 홍두의 일갈에 사람들은 경악을 금치 못했다.

"처녀 귀신님, 사인 한 장만 해 주세요!"

그동안 홍두는 보물처럼 여기는 낡은 수첩에 적힌 이상한 글자를 귀신 사인이라고 주장했지만 우리는 절대 믿지 않았다. 하지만 지금 눈앞에서 벌어지는 해괴한 짓을 보니 진짜라는 생각이 들었다. 그나마 다행인 것은 처녀 귀신에게 자신의 손가락을 고쳐 달라고 매달리지 않는다는 거였다. 어쨌든 홍두가 콧구멍을 벌름거리며 사인을 요구하자 가장 당황한 것은 처녀 귀신이었다. 그녀는 홍두가 내민 수첩을 쳐다보며 어쩔 줄 몰라 했다. 돌발적인 사태에 놀라 방울과 칼을 놓친 무당이 부들부들 떨리는 손으로 홍두를 가리켰다.

"넌……?"

무당의 말을 무시한 홍두는 친절하게도 낡은 수첩의 빈 곳을 펼쳐 보이며 펜을 처녀 귀신의 손에 쥐여 주었다. 홍두의 표정에는 반드시 사인을 받아 내겠다는 결연한 의지가 깃들어 있었다.

처녀 귀신이 어쩔 수 없다는 표정으로 펜을 받아 들었다. 그리고 막 사인을 하려는 순간 무당이 칼로 홍두의 뒤통수를 사정없이 후려쳤다. 쇳소리와 함께 홍두의 몸이 앞으로 고꾸라졌다. 간단하게 홍두를 해치운 무당이 수첩을 빼앗아 휙 던져 버렸다. 사람들이 달려들어 기절한 홍두를 끌어다 마당 한구석에 내동댕이쳤다. 동치가 슬금슬금 뒤로 물러났다.

징 소리가 울리며 굿이 다시 시작되었다. 처녀 귀신이 올케의 몸에 빙의한 자신의 사연을 털어놓고 있었다. 그녀의 어머니는 눈물을 주르륵 쏟아 냈고 처녀 귀신이 말을 멈출 때마다 무당이 칼과 방울을 흔들며 휘파람을 획획 불었다. 그러면 처녀 귀신이 눈빛을 반짝거리며 말을 이어 나갔다. 처녀 귀신의 이야기를 듣고 있던 무당이 되물었다.

"결혼하고 싶다고?"

"예."

처녀 귀신이 몹시 부끄러운 듯 얼굴을 붉히며 꽈배기처럼 몸을 비비 꼬았다.

"결혼을 하려면 상대가 있어야……."

"생각해 둔 사람이 있어요."

"호오, 그래?"

처녀 귀신의 말에 사람들이 웅성거렸다. 나는 모든 게 한바탕 쇼 같았지만 처녀 귀신의 이야기가 계속될수록 홀린 듯 빠져들었다.

"그 남잔 누구지?"

"총각으로 죽은 사람이에요."

"벌써 만나 봤구나."

"예……."

처녀 귀신이 말끝을 흐렸다. 심하게 부끄러워하는 처녀 귀신의 모습에 여자들이 신음 소리를 냈다. 손수건으로 눈물을 닦는 여자들도 있었다. 어느새 그녀의 어머니도 울음을 그치고 죽은 딸의 이야기를 경청했다. 무당이 처녀 귀신의 어머니에게 물었다.

"전부 들으셨죠? 영혼결혼식을 치러 줄 겁니까?"

"물론이에요."

처녀 귀신의 어머니가 울먹거리며 대답하자 무당이 돌아서서 처녀 귀신에게 말했다.

"언제가 좋을까?"

"추석 전날에요."

"이유는?"

"그건……."

갑자기 처녀 귀신의 표정이 돌변했다. 그녀는 황량한 들판을 헤매는 사람처럼 불안한 얼굴로 주위를 두리번거렸다. 그녀의 얼굴에 고통과 절망, 그리고 뼛속 깊이 스며든 외로움이 나타났다.

"내가 있는 곳은 너무 무서워요."

"무슨 뜻인지 알아."

"난 사람들이 많이 모이는 날에 결혼하고 싶어요."

"경자야, 이 어미가 그날 결혼식을 치러 주마."

고통에 일그러져 있던 처녀 귀신의 얼굴이 온화하게 회복되었다. 무당이 손짓하자 징 소리가 굿당을 울렸다. 두 사람이 처녀 귀신을 부축하여 마당에 차려진 상 앞으로 인도했다. 그녀가 상 앞에 자리를 잡자 무당은 원을 그리며 덩실덩실 춤을 추기 시작했다.

나는 재빨리 사람들 틈을 빠져나와 홍두가 있는 곳으로 달려갔다. 숨어 있던 동치가 뛰어나왔다.

"끝났어?"

"모르겠어."

그제야 정신을 차리고 일어난 홍두가 소리쳤다.

"내 수첩!"

"미친놈. 이거 찾아?"

"이리 내놔!"

동치가 수첩을 흔들며 뒤로 감추었다. 홍두의 어이없는 행동에 화가 단단히 난 모양이었다. 결국 홍두는 두 번 다시 그런 짓을 하지 않겠다는 약속을 한 뒤에야 수첩을 돌려받을 수 있었다.

우리가 다시 돌아갔을 때 무당은 한창 춤을 추고 있었다. 한순간 징 소리와 무당의 춤이 뚝 멈추었다. 방울을 들고 주문을 외

우던 무당이 천천히 걸어와서 젊은 여자의 등 뒤에 섰다. 그리고
방울을 젊은 여자의 정수리에 올려놓고 주문을 외웠다. 젊은 여
자의 몸이 방울을 따라서 좌우로 움직였다. 무당이 방울로 여자
의 어깨를 강하게 내리쳤다.

"이제 이 몸을 떠나라!"

무당의 추상같은 호통에 젊은 여자의 몸이 경련을 일으키더니
스르르 쓰러졌다. 이 광경을 지켜보던 늙은 여자가 황급히 젊은
여자를 끌어안고 딸의 이름을 애타게 불렀다.

"경자야! 경자야!"

젊은 여자의 얼굴이 점차 평온한 모습으로 돌아오고 있었다.
그제야 무당의 얼굴에 안도의 빛이 떠올랐다. 동치가 놀란 눈으
로 홍두에게 물었다.

"어떻게 된 거야?"

"여자 몸에서 처녀 귀신이 빠져나갔어."

홍두가 안타까운 눈길로 젊은 여자를 보았다. 그때였다. 방울
소리가 딸랑딸랑 울리며 당황한 무당의 목소리가 들려왔다.

"이게 뭐지?"

무당이 몸을 홱 돌려 사람들 쪽을 돌아보았다. 무당은 방울을
흔들며 우리를 향해 걸어왔다. 동치의 몸이 뻣뻣해졌다. 무당이
방울을 흔들며 휘파람을 길게 불었다.

"이상해……"

무당이 마른 입술을 혀로 핥으며 중얼거렸다. 나는 침을 꿀꺽 삼키고는 무당의 눈을 쳐다보았다. 무당의 이상한 행동에 사람들이 웅성거리며 우리를 지켜보았다. 그 순간 음식이 차려진 상에서 요란한 소리가 들렸다. 무당이 뒤를 돌아보았다. 죽은 돼지의 코와 입이 씰룩거리고 있었다. 가장 먼저 반응을 보인 사람은 죽은 딸의 이름을 목 놓아 부르던 늙은 여자였다. 그녀는 축 늘어진 며느리를 내던지고 맨발로 마당을 뛰었다.

죽은 돼지가 번쩍 눈을 떴다. 죽은 돼지의 눈에 구멍이 뻥 뚫려 있었다. 사람들이 비명을 지르며 메뚜기 떼처럼 흩어졌고 무당이 방울을 놓치고 벌렁 자빠졌다. 징을 치던 남자가 계곡으로 도망쳤고 때마침 음식을 들고 부엌을 나서던 여자가 밥그릇을 뒤집어엎었다. 나무 위로 기어오르는 사람도 있었고 방으로 뛰어들어 문을 걸어 잠그는 사람도 있었다. 어떤 할머니는 바닥에 넙죽 엎드려 돼지를 향해 미친 듯 절을 했다.

더욱 놀라운 일은 그다음부터였다. 전기에 감전된 것처럼 움찔거리던 돼지가 천천히 일어서고 있었다. 내장을 제거한 뱃가죽이 출렁거렸다. 돼지가 완전히 일어서자 상다리가 우지직거리며 부러졌고 상 위의 음식이 와르르 쏟아졌다. 마침 정신이 돌아오던 젊은 여자는 눈앞에 우뚝 서 있는 돼지를 보고는 다시 기절했다. 이윽고 돼지가 걸음을 내딛기 시작했다. 돼지는 마당에 넘어져 있는 무당을 향해 다가가고 있었다. 나는 우리 눈에 보이지 않는 세계가 존재한다는 사실을 깨달았다. 그것을 부정하는 자들은 상상력이 부족한 사람들이었다. 도망치고 싶었지만 발이 떨어지지 않았다. 갑자기 돼지가 걸음을 멈추었다. 빨간 손수건 한 장이 바닥에 떨어져 있었다. 돼지가 흐느적거리는 주둥이로 그것을 물더니 다시 걸어갔다. 마당은 무서운 정적에 휩싸였다. 돼지가 또각또각하며 내딛는 발걸음 소리만 울릴 뿐이었다.

굿당의 모든 사람들이 숨을 죽이고 무당에게 다가가는 돼지를 지켜보았다. 무당의 얼굴에 굵은 땀방울이 주르륵 흘러내렸다. 마침내 무당 앞에 도착한 돼지가 빨간 손수건을 입에 문 채 무당을 바라보았다. 그것은 굉장히 섬뜩하고 기괴한 광경이었다.

"당신은 누구시죠?"

무당이 떨리는 목소리로 물었다. 돼지의 몸이 움찔거렸다. 무당이 몸을 일으키고는 방울을 주워 가볍게 흔들었다. 짤랑거리는 방울 소리가 무겁게 가라앉은 마당의 공기를 흔들었다. 방울 소리에 돼지의 몸이 다시 꿈틀거렸다. 하지만 돼지의 반응은 그것이 전부였다. 그때 홍두가 스르르 움직였다. 홍두는 마당에 떨어진 칼을 집어 무당의 손에 쥐여 주었다. 홍두에게 칼을 받아 드는 무당의 표정이 묘하게 일그러졌다. 빠르게 평정심을 회복한 무당이 버선발로 뛰어올랐다. 칼 소리와 방울 소리가 쩌렁쩌렁하게 마당을 뒤흔들었다. 무당이 돼지 주위를 돌았다. 돼지의 몸이 다시 움찔거리자 입에 물고 있던 빨간 손수건이 바닥에 떨어졌다. 무당이 그 손수건을 주워 입에 물고 덩실덩실 춤을 추었다.

무당이 방울을 흔들며 돼지의 머리에 댔다. 돼지의 몸이 앞뒤로 크게 출렁거렸다. 무당이 털이 깨끗하게 제거된 돼지의 선홍빛 피부를 어루만지며 말했다.

"말하세요."

나는 침을 꿀꺽 삼키며 죽은 돼지를 쳐다보았다. 돼지의 주둥이가 씰룩거리며 천천히 벌어졌다. 벌어진 주둥이 사이로 너덜거리는 뱃가죽이 훤히 보였다. 돼지의 입에서 바람 소리가 조금씩 새어 나왔다. 무당이 다시 방울을 흔들자 돼지의 입에서 이상한 소리가 흘러나왔다.

"궬궬궬……."

괴상하기 짝이 없는 울음소리에 무당이 당황했다. 마당으로 한 줄기 서늘한 바람이 지나갔다. 돼지의 입에서 괴상한 울음소리가 계속 흘러나왔다. 숨어서 상황을 지켜보던 사람들이 웅성거렸다. 하지만 누구도 선뜻 나서지 못했다. 안타까운 시간이 계속 흘렀다. 무당이 인상을 찡그렸다. 돼지의 몸에 깃든 혼령이 읽혀지지 않는 모양이었다. 그때 돼지의 뒷다리가 부들부들 떨리며 조금씩 내려앉았다. 숨어 있던 사람들이 마당으로 우르르 몰려나왔다. 무당이 빠르게 칼과 방울을 흔들어 댔지만 그 노력에도 불구하고 돼지는 완전히 주저앉고 말았다. 그 순간 홍두가 앞으로 뛰어나가면서 소리쳤다.

"일어나!"

홍두의 절규에 사람들이 흥분하기 시작했다.

몇 사람이 홍두를 따라 소리쳤다. 그러자 사람들이 하나둘씩 가세했다. 그리고 마침내 스무 명에 달하는 사람들이 일제히 큰 소리로 "일어나!"라고 외쳤다. 사람들의 고함 소리와 징 소리, 그리고 무당의 방울 소리가 어지럽게 뒤섞였다. 하지만 사람들의 간절한 호소에도 돼지는 일어나지 못했다. 무당이 손을 번쩍 치켜들자 모든 소란이 일제히 뚝 멈추었다. 무당은 돼지에게 다가가 방울을 흔들었다.

"궬……."

그 소리를 마지막으로 돼지의 목이 꺾였다. 그리고 두 번 다시 일어나지 못했다. 무당이 바닥에 털썩 주저앉았다. 홍두가 달려들어 돼지를 와락 끌어안았다. 무당이 홍두에게 말했다.

"영가는 떠났어."

무당은 칼과 방울을 내려놓고 말을 이어 갔다.

"굉장히 억울하게 죽은 영가였어. 사람에게 피해 주지 않으려고 죽은 돼지의 몸을 빌렸지만 안타깝게도 하고 싶은 말을 못 하고 떠났단다."

무당의 설명에 사람들이 고개를 끄덕였다. 남자들이 나와서 홍두를 떼어 놓고 죽은 돼지를 어딘가로 옮겨 갔다. 여자들은 마당에 엎질러진 음식들을 정리했다. 탈진한 무당은 뒤도 돌아보지 않고 방으로 들어가 버렸다. 누군가가 사람들에게 소리쳤다.

"자, 굿은 끝났어요! 모두 돌아가세요!"

사람들이 뿔뿔이 흩어졌다. 우리는 입을 꽉 다물고 묵묵히 산길을 내려왔다. 멀리 굿당의 징 소리가 바람을 타고 날아왔다. 그 소리가 내 머리를 울리는 순간 칠흑처럼 어두운 장벽 사이로 한 줄기 희미한 빛이 드러났다. 헝클어져 있던 실타래가 조금씩 풀리는 느낌이 들었다.

6

저 수 지   농 장 의   비 밀

굿당에서 돌아온 그날 밤 이상한 현상이 일어났다. 그동안 우리를 끊임없이 괴롭히던 꿈속의 우물이 사라진 것이다. 축축하게 젖은 공기가 살갗에 닿을 때의 불쾌감과 물고기들에게 살을 뜯기던 고통도 사라졌다. 아니, 우리는 꿈을 꾸지 않았다. 홍두가 자신의 처방이 뒤늦게 효력을 발휘한 거라고 떠벌렸지만 그것은 일말의 가능성도 없는 헛소리였다. 우리가 모르는 또 다른 변화가 생긴 것이 분명했다.

문제는 꿈속의 우물을 찾을 수 없다는 것이었다. 사람이 살지 않는 폐가에는 우물이 없었고 우물이 있는 곳은 폐가가 아니었다. 폐가와 우물, 이 두 가지 조건을 갖춘 장소를 읍내에서는 도저히 찾을 수가 없었다. 그런데 굿당에서 내려올 때 내 머릿속에 떠오른 한 장소가 있었다. 그곳은 우리가 그동안 무의식적으로 회피하던 저수지 농장이었다. 그날 우리가 묶여 있던 곳은 저수지 수문과 가까운 농장의 오른쪽이었다. 따라서 우리 시야에 드러난 농장은 일부분에 불과했다. 특히 내가 지목한 곳은 목조 창고 왼쪽의 우거진 잡목 숲이었다. 그곳에서 나는 무언가를 보았다. 굿당의 징 소리가 내 무의식의 호수를 흔들었고 그 덕분에 깊은 곳에 가라앉은 희미한 잔상이 수면 위로 떠올랐다.

이런 내 생각을 말하자 두 녀석의 반응은 극과 극으로 나타났다. 홍두는 저수지 농장이라는 말만 듣고도 기겁을 했다. 할머니의 실종은 단순한 해프닝일 뿐이라며 곧 멀쩡하게 돌아올 거라는 장밋빛 전망을 떠벌렸다. 하지만 동치는 달랐다. 조금이라도 의심이 가는 곳은 눈으로 확인해야 한다며 적극적으로 동조했다. 그래서 나는 동치와 함께 저수지 농장에 우물이 있는지 확인하기로 했다.

철길에는 무인 차단기가 내려져 있었다. 기차역을 빠져나온 화물열차가 굉음을 울리며 건널목을 향해 달려왔다. 눅진한 기름 냄새가 코를 찔렀다. 불볕더위에 달아오른 기차가 스쳐 지나가는 순간 뜨거운 열기가 얼굴을 때렸다. 기차는 사라졌지만 레일은 아직도 뜨거웠다. 문득 나는 철길이 다른 시공간으로 들어가는 문일지도 모른다는 생각을 했다. 두 개의 세계가 맞물린 접점이 바로 철길인 것이다. 우리 앞에는 화려하고 웅장한 조각들이 아로새겨진 거대한 문이 있었다. 우리는 그 문을 열고 안으로 들어갔다.

나는 광활하게 펼쳐진 황무지를 바라보았다. 바로 코앞에 물을 가득 담은 저수지를 두고도 아카시아를 비롯한 풀과 나무들이 잎사귀조차 피우지 못한 채 말라 죽어 가고 있었다. 그리고 곳곳에 죽은 뱀들의 사체가 널려 있었다. 이처럼 철길을 사이에 두고 완벽하게 비대칭인 공간은 한 번도 본 적이 없었다. 동치도 굳은 표정으로 흙먼지가 날리는 황무지를 뚫어지게 보고 있었다.

할머니가 실종된 이후 우리는 심한 상실감에 시달려 왔다. 눈을 감으면 할머니의 웃는 얼굴이 선명하게 떠올랐다. 홍두가 귀신 이야기를 늘어놓을 때, 동치가 싸우는 장면을 재현할 때 몸을 흔들며 웃던 할머니의 얼굴에서 형용할 수 없는 충족감을 느꼈다. 어쩌면 우리가 누구도 관심을 갖지 않는 할머니를 애타게 찾아 헤매는 이유는 그 느낌을 잃기 싫어서일지도 모른다. 나는 엄마가 생각날 때마다 할머니의 눈을 바라보았다. 할머니의 눈은 바닥까지 훤히 보이는 청정한 호수였다. 잔잔하게 일렁이는 수면을 들여다보고 있으면 내 가슴속 슬픔과 외로움이 산들거리는 바람과 공기에 녹아들어 흔적도 없이 사라졌다.

우리는 황무지로 들어섰다. 자전거 페달이 헛돌면서 체인이 벗겨졌다. 지난번 가출에서 가져온 자전거는 처음부터 버리다시피

한 고물이라 계속 말썽이었다. 튀어나온 스프링이 엉덩이를 찌르고 녹슨 몸체는 페달을 밟을 때마다 비명을 질렀다. 체인을 끼우고 일어서는데 흙 속에 반쯤 묻힌 '맹견 조심'이라는 팻말이 눈에 띄었다.

"누가 발로 걷어찬 모양인데."

나는 팻말을 흙바닥에 던지고는 바지에 손을 닦았다. 다시 자전거에 올라타자 동치가 긴장된 표정으로 나를 보았다.

"어느 쪽으로 갈까?"

저수지 농장으로 가는 길은 두 갈래였다. 흙먼지가 날리는 비포장 길이 왼쪽, 황무지 사이로 난 길이 오른쪽이었다. 우리는 비포장 길로 들어섰다.

"그 개, 풀어 놓은 거 아니겠지?"

"다친 사람들도 있었다니까 묶어 놓았을 거야."

동치를 안심시켰지만 알 수 없는 일이었다.

"농장에 우물이 있을까?"

"글쎄……."

뜨거운 열기를 잔뜩 머금은 바람이 세차게 불어왔다. 자욱한 흙먼지가 날리자 시야가 흐릿해졌다. 낮게 웅크린 저수지 농장이 음산하게 웃고 있는 것 같았다. 흙먼지가 가라앉은 뒤에 농장을 향해 페달을 밟았다. 비포장 길 곳곳에 말라 죽은 개구리들이 배를 뒤집고 누워 있었다. 검붉은 흙 위로 거친 잡초들이 흉물스럽게 튀어나와 있었다. 페달을 세게 밟는데도 바퀴가 자꾸만 헛돌았다. 자전거의 삐걱거리는 소리가 황무지에 스산하게 퍼져 나갔다.

아무리 달려도 저수지 농장은 가까워질 기미가 보이지 않았다. 옆을 돌아보니 동치의 얼굴에 땀이 흥건했다. 허벅지가 팽팽하게 죄어 왔다. 나는 고물 자전거를 원망하며 황무지를 노려보았다. 그렇게 한참을 자전거와 씨름한 끝에 우리는 농장의 녹슨 철문 앞에 도착했다. 갑자기 후회가 물밀듯이 밀려왔다. 나는 무엇 때문에 저수지 농장에 우물이 있다고 생각한 것일까. 착각이 아닐까. 식은땀을 흘리며 저수지 농장을 바라보았다. 동치가 의아한 눈빛으로 나를 돌아보았다.

"왜 그래?"

"아무것도 아니야."

농장은 조용했고 녹슨 철문은 열려 있었다. 간간이 불어오는 바람에 철문이 철컹하는 소리를 냈다. 오른쪽으로 저수지를 따라 가시울타리가 늘어서 있었다. 자전거를 세운 동치가 철문을 슬쩍 밀면서 안을 들여다보았다.

철문 사이로 자갈이 깔린 좁은 길이 보였다. 길 양쪽은 우거진 덤불이었다. 길이 끝나는 곳 정면에 허름한 양옥집이 있고 오른쪽에 지붕이 높은 목조 창고가 있었다.

"들어가 볼까?"

“미쳤어?”

나는 동치의 목덜미를 움켜잡고 왼쪽으로 방향을 틀었다.

우리는 가시울타리를 따라 올라갔다. 그런데 얼마 가지 않아 다시 농장 입구로 돌아와야만 했다. 야산과 맞닿은 곳까지 가시나무가 빽빽하게 늘어서 길이 막혀 있었던 것이다. 또 울타리 너머로 아무것도 보이지 않았다. 농장 밖에서는 안쪽을 확인할 수 없었다.

“어쩌지?”

그냥 돌아가자는 말이 입 안에서 맴돌았다. 하지만 저수지 농장에 우물이 있을지 모른다는 말을 꺼낸 사람은 나였다. 만약 돌아가자고 하면 동치 녀석이 나를 저수지에 처넣을지도 몰랐다.

“빌어먹을.”

나도 모르게 욕이 튀어나왔다. 아무리 입구 주위를 돌아봐도 잡목 숲을 확인할 수 없었다. 이윽고 동치가 낮은 목소리로 말했다.

“어쩔 수 없어. 안으로 들어가는 수밖에.”

나는 입 안에 서걱거리는 흙먼지를 퉤 뱉으며 고개를 끄덕였다. 여기까지 와서 그냥 돌아갈 수는 없었다. 우리는 자전거를 저수지 갓길에 숨기고 철문으로 다가갔다. 동치가 내게 단단히 주의를 주었다.

“개가 짖으면 무조건 도망쳐.”

“알았어.”

검은개와 다시 맞닥뜨릴지 모른다는 생각에 머리카락이 삐죽 섰다. 농장 늙은이가 개를 꽁꽁 묶어 놓았기를 기도하는 수밖에 없었다.

동치가 철문을 살짝 열고 먼저 농장으로 들어갔다. 녀석은 겁도 없이 성큼성큼 걸어가 양옥집의 동정을 살핀 뒤 내게 손짓했다. 하여간에 간덩이가 부은 놈이었다. 나는 조심스럽게 농장 안으로 발을 디뎠다. 땅에서 축축한 기운이 올라왔다.

우거진 덤불 사이로 난 좁은 길이 보였다. 길을 따라 들어가자 어디선가 코를 찌르는 악취가 풍겨 왔다. 콧구멍을 틀어막고 계속 걸어갔다. 오른쪽 덤불 사이로 목조 창고가 나타났다. 몸을 낮추고 창고 안쪽을 들여다봤지만 어두워서 잘 보이지 않았다. 트럭이 창고 옆에 있었다. 목조 창고에 막혀 눈에 띄지 않았던 것이다. 나도 모르게 뒷걸음치자 동치가 내 목덜미를 움켜잡았다.

"어딜 가려고?"

"다음에 다시 오자."

"절대로 안 돼."

동치의 눈썹이 꿈틀거렸다. 결국 나는 동치의 손에 끌려 우거진 덤불을 헤치고 계속 위로 올라갔다. 사람이 다닌 흔적은 없었다. 얼마나 걸었을까. 동치가 걸음을 멈추었다.

"왜 그래?"

"이상하지 않아?"

동치가 우거진 덤불을 손으로 가리켰다.

"황무지에는 나무가 말라 죽어 가는데 여기에 있는 풀과 나무는 왜 이렇게 무성하지?"

정말로 이상한 현상이었다. 농장 뒤편으로 올라갈수록 키 높이로 자란 잡초와 덤불이 빽빽했다. 황무지의 모든 것들이 말라 죽는 데에 비해 농장의 풀과 나무는 너무나 풍요로웠다. 마치 황무지의 모든 양분을 저수지 농장이 빨아들이고 있는 것 같았다. 잡초 사이의 흙을 만져 보니 핏빛처럼 붉은 적토가 손가락에 끈끈하게 달라붙었다.

"빨리 가자."

나는 흙을 떨어 내며 동치에게 말했다.

곧이어 이파리가 울창한 감나무가 나타났다. 감나무 밑은 온통 성긴 잡초였다. 발목을 휘감아 오는 잡초를 헤치고 나아가자 갑자기 넓은 공터가 나왔고 그 한쪽에 허름한 기와집이 있었다. 무너져 가는 기와지붕을 보는 순간 눈앞이 아찔했다.

"그 집이다!"

동치는 입을 벌린 채 멍하니 서 있었다. 나는 조심스럽게 주위를 살펴보았다. 우거진 덤불이 폐가를 담장처럼 둘러싸고 있었다. 꿈속에 나타난 폐가는 정말 있었다. 그것도 우리 눈앞에 버젓이 말이다. 하지만 우물이 없다면 우리가 찾는 폐가가 아니었다. 우리는 주위를 살피면서 기와집 마당으로 들어갔다. 커다란 쥐 한 마리가 뜯겨 나간 부엌문 앞에서 우리를 쳐다보고 있었다.
우물은 부엌과 가까운 허물어진 담장 앞에 있었다.

"이거 꿈 아니지?"

"현실이야."

우리는 쭈뼛거리며 우물 앞으로 다가갔다. 우물은 나무 뚜껑
에 덮여 있었다.

"열어 볼까?"

"열지 마."

"이건 꿈이 아니야."

동치가 나무 뚜껑을 잡고 나를 돌아보았다.

"그 물고기 정말 있을까?"

"……."

동치가 뚜껑을 옆으로 밀어냈다. 검은 공동이 모습을 드러냈
다. 우리는 천천히 우물을 들여다보았다. 날카로운 칼날로 변한
햇살이 우물에 내리꽂히고 있었다. 크고 작은 돌로 빈틈없이 맞
물린 우물은 꿈속의 우물과 똑같았다. 우물에 비친 우리의 얼굴
이 일렁거렸다. 어디선가 고오, 고오 소리가 났다. 우리의 얼굴이
괴물처럼 일그러졌다. 그때 우물 속에서 파리 한 마리가 솟구쳐
날아올랐다. 머리가 초콜릿색인 파리는 우물을 선회하더니 어딘
가로 날아가 버렸다. 또다시 수면이 일렁거리며 고오, 고오 소리
가 들려왔다. 새카만 물고기 한 마리가 수면 위로 튀어 올랐다.

곧이어 부글부글 끓는 소리가 나면서 수십 마리의 물고기들이 튀어 올랐다. 고오, 고오 소리가 더 빨라졌고 검은 물고기들이 우물 벽을 타고 기어올랐다.

나는 황급히 우물 뚜껑을 닫았다. 놀랍게도 꿈속에 나타났던 새카만 물고기는 역시 정말 있었다. 우리는 조심스럽게 우물 뚜껑에 귀를 갖다 댔다. 아무런 소리도 들리지 않았다. 우물은 마치 아무 일도 없었다는 듯 고요했다. 동치는 창백한 얼굴로 우두커니 서 있었다.

"집을 뒤져 보자."

내 말에 동치가 식은땀을 닦으며 고개를 끄덕였다. 허물어져 가는 기와집에는 방 두 칸과 부엌 하나가 있었다. 우리는 문짝이 뜯어진 방으로 들어갔다. 곰팡이가 벽 가득 피어 있고 장판은 갈라진 논바닥처럼 부서져 있었다. 방에는 아무것도 없었다. 부엌으로 가 보니 아궁이 자리가 뻥 뚫려 있었다. 반쯤 부서진 밥상 하나가 한쪽 구석에 팽개쳐져 있었다. 사람이 살지 않은 지 오래된 것 같았다.

부엌을 나가 마당을 살펴보았지만 한구석에 쓰레기만 쌓여 있을 뿐 아무것도 없었다. 집 뒤로 돌아가자 빛바랜 비닐종이가 아무렇게나 버려져 있었다. 비닐종이를 발로 뒤적거리던 동치가 입을 열었다.

"아무것도 없어."

"……."

온몸에 힘이 쭈욱 빠졌다. 폐가와 우물만 찾아내면 단서를 찾을 수 있다는 우리의 판단이 틀린 것이다. 대체 꿈속에 우물이 나타난 것은 무엇 때문일까. 우리는 무엇을 놓치고 있는 것일까. 의혹들이 뭉게구름처럼 피어올랐다. 동치가 잔뜩 실망한 표정을 지었다.

"우선 여길 나가자."

우리는 한 번 더 기와집을 세심하게 둘러보고는 왔던 길을 되돌아 걸었다. 우거진 덤불을 지나는데 동치가 내 어깨를 쳤다.

"저기 좀 봐."

목조 창고 앞에 낯익은 자전거가 있었다. 나는 그 자전거가 누구 것인지 단번에 알아보았다. 금속경찰이 타고 다니는 크롬색 자전거였다. 동치가 내 팔을 잡아끌었다.

"빨리 나가자."

"잠깐."

머릿속에서 무언가가 꿈틀거렸다. 나는 천천히 숨을 내쉬며 동치를 보았다.

"창고를 살펴보자."

"제정신이야?"

"한 번만 보고 가자."

"들키면?"

"도망치면 돼."

어디서 그런 용기가 났는지 모르겠다. 하지만 창고를 들여다보고 싶은 생각이 간절했다. 나는 동치를 안심시키기로 했다.

"검은개는 농장에 없어."

"무슨 말이야?"

"개가 있다면 벌써 짖어 댔을 거야."

동치가 목조 창고를 돌아보며 한숨을 내쉬었다. 나는 다시 동치에게 말했다.

"개만 없다면 들킬 일은 없어."

"좋아."

우리는 덤불을 헤치고 창고 쪽으로 걸음을 옮겼다. 창고에 다가갈수록 악취가 코를 찔렀다. 창고 안에서 두런거리는 소리가 들려왔다. 트럭을 돌아서 창고 오른쪽 벽을 따라 뒤쪽으로 접근했다. 두꺼운 비닐로 막아 놓은 창문이 있었다. 비닐을 살짝 벗겨 내고 안을 들여다보았다.

창고는 넓고 높았다. 중앙에 철창으로 만든 원형의 우리가 보였다. 투견 시합이 벌어지는 장소인 모양이었다. 옆에 수도와 하수구가 있었다. 벽에 걸린 쇠고리에는 개털이 잔뜩 엉켜 붙어 있었다. 악취가 나는 곳은 하수구였다. 창고 한쪽 의자에 늙은이가 앉아 있고 그 앞에 금속경찰이 바짓단을 걷은 채 서 있었다. 늙은이의 목소리가 들려왔다.

"왜 훔쳐 먹었어?"

"아빠, 죄송해요."

"허락 없이 내 물건에 손대면 어떻게 된다고 했지?"

"혼나요."

나는 눈을 비비고 다시 창고 안을 보았다. 어린아이처럼 흐느끼는 금속경찰을 보는 순간 현실이라는 것을 깨달았다. 늙은이가 손짓하자 금속경찰이 쭈뼛거리며 작은 나무 상자 위로 올라갔다. 그러고는 애처로운 눈빛으로 늙은이를 바라보았다.

"제발 용서해 주세요."

그때 늙은이가 회초리로 금속경찰의 종아리를 내리쳤다. 나는 손으로 입을 틀어막았다. 눈앞에서 벌어지는 광경은 너무나 비현실적이었다. 늙은이가 회초리를 내리칠 때마다 금속경찰이 온몸을 비틀었다.

"넌 나쁜 아이지?"

"네, 네."

"나쁜 아이는 어떻게 되지?"

"회초리로 맞아요."

"바로 그거야."

회초리가 부러졌다. 늙은이가 다른 회초리를 들고 다시 금속경찰의 종아리를 내리쳤다. 금속경찰의 입에서 신음 소리가 흘러나왔다. 늙은이가 매질을 멈추었다.

"말을 듣지 않으면 어떻게 되지?"

"병원에서 잡아가요."

"알면서 왜 그랬어?"

금속경찰이 소매로 눈물을 훔치며 희미한 목소리로 말했다.

"사탕이……."

"똑바로 말해!"

"사탕이 말을 했어요."

"거짓말하면 혼난다."

"네, 네, 알아요. 믿어 주세요."

두 손을 모은 금속경찰이 눈물을 글썽거리며 싹싹 빌었다.

"사탕이 뭐라고 했는데?"

"자기를 먹어 달라고 말했어요."

늙은이가 다시 회초리를 높이 치켜들었다. 금속경찰이 세상에서 가장 슬픈 표정으로 바지를 걷어 올렸다. 회초리가 금속경찰의 종아리를 후려쳤다. 살갗이 찢기는 소리가 창고를 울렸다. 금속경찰이 나무 상자에서 내려와 늙은이 앞에 무릎을 꿇고 빌었다. 늙은이가 소리를 버럭 질렀다.

"일어나서 묻는 말에 대답해!"

"네, 네."

금속경찰이 벌떡 일어나서 두 손을 공손하게 모았다.

"좋아. 개를 왜 풀어 놓았지?"

"그건……."

늙은이의 회초리가 금속경찰을 후려쳤다. 비명을 내지른 금속경찰이 회초리를 흘끔거리며 입을 열었다.

"사과나무가 말했어요."

"뭐라고?"

"어떤 개자식이 농장에 몰래 들어와서 이상한 깃발을 걸었어요. 그러자 사람들이 농장에 몰려왔어요. 그래서 화가 난 사과나무가 그 자식을 죽이라고 말했어요. 그놈을 죽여야 해요!"

금속경찰이 삿대질을 하며 소리를 질렀다.

"개가 자기를 풀어 주면 그놈을 죽이겠다고 했어요."

"그래서 개를 풀어 놓았어?"

"네, 네."

금속경찰의 쇳소리가 두꺼운 비닐을 찢고 나왔다. 동치의 얼굴이 굳어졌다. 늙은이가 일어나서 벽에 걸린 굵은 전깃줄을 집어 들고 금속경찰에게 휘두르기 시작했다. 금속경찰의 모자가 날아갔고 경찰복 상의가 찢어졌다. 분노를 드러내던 금속경찰이 무지막지한 매질에 힘없이 무너져 내렸다.

"개가 말을 했다고?"

"아빠, 아파요."

금속경찰은 매를 맞으면서도 바닥에 떨어진 단추를 찾아 엉금엉금 기어 다녔다. 늙은이가 전깃줄을 치켜들고 다시 물었다.

"또 무슨 일이 있었지?"

"개가 죽었어요."

금속경찰이 무릎에 머리를 파묻고 낮은 목소리로 중얼거렸다. 그러고는 바닥의 개미를 날름 집어 삼키자 늙은이가 전깃줄을 휘둘렀다. 비명을 지르는 금속경찰의 입에서 개미들이 튀어나왔다. 나는 숨을 쉴 수 없었다. 다리가 딱딱하게 굳은 지 오래였다. 하지만 눈을 뗄 수 없었다. 금속경찰이 바닥에 떨어진 모자를 향해 맹렬하게 기었다. 늙은이가 쫓아가며 또다시 전깃줄을 휘둘렀다. 상의가 찢겨 나간 등에 검붉은 상처가 생겨났다.

"아빠, 말할 테니 때리지 마세요!"

"정말이지?"

"네, 네. 전부 말할게요."

늙은이가 전깃줄을 거두고 의자에 앉았다. 금속경찰이 무릎으로 기어와서 혓바닥을 날름거렸다.

"개가 그것을 죽였어요."

금속경찰이 손으로 얼굴을 가렸다. 늙은이가 움직이지 않자 얼굴에서 손을 내렸다.

"개가 뭘 죽였다고?"

"하아, 하아, 개가 그것을 죽였어요."

"그게 뭐야?"

금속경찰이 뒤로 조금 물러났다. 늙은이는 여전히 무표정한 얼굴이었다. 금속경찰이 오른손으로 머리를 북북 긁었다.

"늙은 여자요."

"개가 사람을 물어 죽였다는 말이냐?"

금속경찰이 혀를 날름거리며 고개를 끄덕였다.

"어떤 여자?"

"보따리 든 여자."

순간 동치와 내 입에서 짧은 신음 소리가 흘러나왔다. 금속경찰의 목소리가 이어졌다.

"보따리에는 천 쪼가리밖에 없었어요."

심장이 찡하고 얼어붙었다. 금속경찰의 말을 믿을 수가 없었다. 두 사람의 대화가 불에 달군 쇠꼬챙이로 변해 내 귀를 푹푹 찔렀다.

늙은이의 목소리가 들려왔다.

"죽은 것이 확실해?"

"모르겠어요. 맞아요. 아니요. 잘 몰라요……."

늙은이가 전깃줄을 바닥에 떨어뜨렸다. 금속경찰이 얼른 주워 자신의 윗옷 속에 집어넣고 히죽 웃었다. 늙은이가 물끄러미 아들을 바라보았다.

"시체는 어디 있어?"

"없어요."

"무슨 말이야?"

"그냥 없어졌어요."

늙은이가 횡설수설하는 아들의 어깨를 움켜잡았다.

"다시 묻는데, 시체는 어디 있지?"

"시체는……."

"혹시, 개가?"

늙은이의 말에 금속경찰이 고개를 가로젓다가 다시 아래위로 끄덕였다. 그러더니 목조 창고 밖을 가리켰다. 폐가가 있는 방향이었다.

"나머진 우물에 던졌어요."

"정말이야?"

"네, 네."

"개는 지금 어디에 있어?"

"저 뒤쪽 창고에 숨겨 뒀어요."

나는 동치의 팔을 잡아끌었다. 녀석의 몸이 연체동물처럼 흐느적거리며 끌려왔다. 우리는 주저앉은 자세 그대로 엉금엉금 기었다. 동치가 넋 나간 얼굴로 내 뒤를 따라왔다. 무릎이 쓰라렸지만 계속 앞으로 기어 나갔다. 갑자기 머리에 불꽃이 번쩍거렸다. 나무에 머리를 박은 것이었다. 나는 벌떡 일어나서 동치의 손을 잡고 농장의 철문을 향해 뛰었다. 잡초가 와락 달려들고 나뭇가지가 얼굴을 때렸다. 우리는 미친 듯 달렸다. 운동화에서 찔걱찔걱하는 소리가 났다.

잡목을 뚫고 나가자 자갈길이었다. 철문이 훤하게 보였다. 철문을 빠져나간 우리는 자전거를 타고 다리가 부서져라 페달을 밟았다. 황무지를 달려온 거친 바람이 우리를 덮쳤다. 뙤약볕이 내리쬐는 흙길에는 삐걱삐걱 자전거 소리만이 울려 퍼졌다.

철길 입구에 도착한 뒤에야 고개를 돌렸다. 길에는 아무도 없었다. 황무지를 녹여 버릴 듯한 뜨거운 태양만이 이글거리고 있었다. 철길을 넘어가는데 자전거 바퀴가 헛돌면서 앞으로 넘어졌다. 동치가 손을 잡아 주었다. 그때 낯선 목소리가 들려왔다.

"얘들아, 괜찮니?"

경찰관 한 명이 우리를 향해 똑바로 걸어오고 있었다. 경찰관의 벨트에 꽂힌 검은 곤봉이 흔들거렸다.

"무슨 일이냐?"

"아무것도 아니에요. 그냥 넘어졌을 뿐이에요."

"정말이야? 다른 일 없어?"

"네, 없어요."

"그래?"

경찰관이 얼굴을 드는 순간 정신이 번쩍 들었다. 그는 바로 금속경찰이었다. 아니, 그의 쌍둥이 동생이었다. 경찰관이 음산한 목소리로 말했다.

"거짓말하면 혼난다!"

"정말이에요."

동치가 자전거에 올라타며 내 팔을 잡아끌었다. 나는 경찰관의 눈을 피하면서 재빨리 자전거에 올라탔다. 자전거 핸들을 꼭 움켜잡은 동치의 몸이 앞으로 팅겨 나갔다. 페달을 밟자 종아리에 경련이 일어났다. 후덥지근한 바람이 얼굴을 강하게 때렸다. 문득 뒤를 돌아보았다. 경찰관이 옆구리에 손을 올린 채 철길 건널목에 서서 우리를 노려보고 있었다. 저만치 앞에서는 동치의 자전거가 무서운 속도로 달려가고 있었다. 아무리 페달을 밟아도 따라갈 수 없었다.

학교 앞에 도착했을 때는 핸들이 홱 돌아가면서 자전거가 그대로 바닥에 처박혔다. 체인이 두 조각으로 끊어진 것이었다. 나는 자전거를 공터에 버리고 운동장으로 들어갔다. 동치는 운동장에도 없었다. 결국 동치를 포기하고 집으로 향했다.

동네 입구에 도착하자 현기증이 일었다. 미루나무 그늘로 들어가 땅바닥에 드러누웠다. 미루나무 꼭대기에서 매미가 울고 있었다. 매미 울음소리가 점점 희미해졌다. 머릿속에서 빨강, 파랑, 노랑 물감이 섞이고 있었다.

잠시 뒤 온몸에 소름이 돋으며 한기가 밀려왔다. 몸이 부들부들 떨리기 시작하더니 나중에는 턱까지 덜덜 떨렸다. 나는 지렁이처럼 꿈틀거리며 햇볕 아래로 기어 나갔다. 그리고 다리를 모으고 두 팔로 가슴을 꼭 끌어안았다.

봄이 끝나 갈 무렵 엄마는 남은 가슴을 제거하기 위해 집을 떠났다. 그리고 그해 겨울, 영원히 집으로 돌아오지 못하고 세상을 떠났다. 삼촌과 함께 화장터로 가던 날 눈이 내렸다. 눈발이 흩날리는 산길을 엄마를 실은 버스가 힘겹게 올라갔다. 산 중턱에 위치한 화장터의 넓은 주차장에는 우리가 타고 온 버스가 전부였다. 주차장에 사락사락 눈이 쌓이고 있었다. 나는 눈밭에 들어가서 발자국을 만들었다. 발자국은 이내 흔적 없이 사라졌다. 텅 빈 주차장에 서서 흰색으로 변해 가는 세상을 바라보았다. 하얀 눈이 쏟아지는 하늘로 한 줄기 검은 연기가 올라가고 있었다.

그날 새벽, 무서운 꿈을 꾸었다. 온몸에 비늘이 덮인 난쟁이가 갈고리 손으로 나를 움켜쥔 채 어둡고 차가운 물속으로 끌고 들어가는 꿈이었다. 난쟁이의 손아귀에서 벗어나려고 발버둥을 치다 잠에서 깨어났다. 한밤중이었다. 멀리서 새 울음소리가 들려왔다. 며칠 동안 시끌시끌하던 집에 적막만 감돌았다. 방문을 열고 소리쳤다.

"엄마!"

아무도 대답하지 않았다. 나는 차가운 마룻바닥을 밟고 안방 문을 열었다. 불이 환하게 켜진 방은 텅 비어 있었다. 다락문을 열어 보았지만 아무도 없었다. 부엌 역시 아무도 없었다. 마루에 엄마의 분홍색 양산이 있었다. 양산을 펴자 꽃잎 하나가 툭 떨어졌다. 꽃잎을 보는 순간 영원히 엄마를 만날 수 없다는 사실을 깨달았다. 가슴을 후벼 파는 격렬한 통증이 밀려들었다. 나는 맨

발로 대문을 열고 나가 삼촌 집을 향해 달렸다.

　야구부 깃발을 저수지 농장에 건 것은 우리의 단순한 복수였다. 동치가 야구부 깃발을 걸자 소식을 들은 야구부 녀석들이 저수지 농장으로 몰려가서 소란을 피웠고 이에 자극을 받은 금속 경찰이 검은개의 목줄을 풀어 버렸다. 할머니는 우리가 읍내를 떠난 그날 밤, 혹은 그 뒷날 갑자기 발병하여 황무지로 들어갔고 그곳에서 검은개와 맞닥뜨렸던 것이다. 결국 우리의 치기 어린 복수가 할머니의 죽음으로 이어지고 말았다.

　저녁 무렵 서쪽 하늘에서 먹장구름이 몰려들었다. 대지를 불태워 버릴 듯 기세등등하던 태양이 꼬리를 감추었다. 먼 산에 벼락이 치고 세찬 바람과 함께 굵은 빗방울이 쏟아져 내렸다. 지붕에서 흘러내린 빗물이 처마를 타고 마당으로 떨어졌다. 빗물은 고랑을 타고 어딘가로 흘러갔다. 나는 툇마루에 우두커니 앉아 흐르는 빗물을 바라보았다. 건너편 안방에서 텔레비전 소리가 희미하게 들려왔다. 방으로 들어가 책 한 권을 꺼내 들었다. 책을 펼치자 바짝 마른 꽃잎이 드러났다. 엄마의 양산에서 떨어진 꽃잎이었다. 나는 그 꽃잎을 오랫동안 들여다보았다.

　다음 날 홍두와 함께 동치네 집을 찾아갔다. 곱슬머리 사내는 동치가 아침 일찍 집을 나갔다며 버럭 소리를 질렀다. 그가 입을 열 때마다 술 냄새가 확 풍겨 왔다. 곧장 할머니 집으로 가 보았지만 동치는 거기에도 없었다. 우리는 동치가 갈 만한 곳을 찾아다녔다. 뙤약볕에 증발해 버린 물처럼 동치의 종적은 묘연했다.

이튿날 다시 할머니 집을 찾아갔다. 아무리 생각해도 동치가 갈 만한 곳은 할머니 집밖에 없었다. 어제 내린 비 때문에 산자락은 온통 녹색으로 물들어 있었다. 하지만 내 눈에는 거무칙칙하게 썩어 가는 나뭇잎만 오롯이 보였다.

홍두와 나는 굳게 입을 다물고 밤나무 숲을 향해 올라갔다. 매미들이 미친 듯 울어 댔다. 그 소리에 갑자기 화가 치밀었다. 나는 바닥에서 돌멩이를 주워 마구 던졌다. 매미들이 일제히 울음을 그쳤다. 하지만 잠시 뒤 매미들은 더 요란하게 울기 시작했다. 홍두가 슬그머니 다가와서 내 팔을 잡아끌었다.

할머니 집 대문을 열고 들어가자 동치가 툇마루에 우두커니 앉아 있었다. 홍두가 동치의 어깨를 잡고 흔들었다.

"어떻게 된 거야? 계속 찾아다녔잖아."

"그냥 여기저기 돌아다녔어."

한눈에 보기에도 동치의 얼굴은 수척했다. 잠을 자지 못한 듯 입술이 부르트고 눈이 퉁퉁 부어 있었다. 눈에는 눈물이 그렁그렁했다. 엄청난 고통에 직면한 동치의 자책감이 그대로 묻어 나왔다. 말은 하지 않았지만 동치는 자신 때문에 할머니가 화를 입은 거라고 생각하는 눈치였다. 나는 툇마루에 걸터앉으면서 동치에게 말했다.

"설마 그 말을 믿는 건 아니겠지?"

"무슨 말?"

동치가 두 손으로 얼굴을 비비면서 되물었다.

"금속경찰은 미친 사람이야."

"그런데?"

"그런 사람이 한 말을 어떻게 믿어?"

아무리 미친 사람이어도 사탕과 사과나무, 그리고 개와 대화를 한다는 것은 있을 수 없었다. 그러니 금속경찰의 입에서 나온 말은 믿을 필요가 없었다. 내 설명을 묵묵히 듣고 난 동치가 홍두를 돌아보았다.

"네 생각은 어때?"

그쪽 방면의 전문가는 단연 홍두였다. 나는 동치가 눈치채지 못하게 홍두의 옆구리를 쿡쿡 찔렀다. 홍두가 콧구멍을 벌름거리며 나를 흘깃 돌아보았다.

"솔직히 나도 못 믿겠어."

"거봐. 그러니까 다시 할머니를 찾아보자."

"아니야. 난 금속경찰의 말이 사실이라고 생각해."

굳은 표정의 동치가 고개를 가로저었다.

동치를 설득하던 내 논리는 하루 만에 처참하게 무너졌다. 다음 날 홍두가 충격적인 소식을 전해 왔던 것이다.

"저수지 농장에서 포클레인으로 폐가를 싹 밀어 버렸어."

동치의 얼굴이 흙빛으로 변했다. 늙은이가 포클레인을 동원해 폐가를 없애 버렸다는 것은 증거인멸을 의미했다. 또한 금속경찰의 말이 사실일 가능성을 내포했다. 이제 할머니는 세상에서 완벽하게 사라져 버린 것이다. 우리가 들은 내용을 말해도 아무도 믿지 않을 게 틀림없었다.

그날 오후 우리는 강으로 갔다. 강둑을 거슬러 상류로 올라가자 철교가 나타났다. 우리는 철교를 지나서 강둑 아래로 내려섰다. 홍두가 돌무더기 속에 숨겨 둔 할머니의 보따리를 찾아냈다. 두 번째 보따리는 동치가 찾아내서 가져왔다. 보따리를 펼치자 색깔별로 가지런히 정리된 천 조각들이 나왔다. 홍두가 천 조각들을 한곳에 모은 다음 주머니에서 라이터를 꺼냈다. 나는 홍두의 손을 잡았다.

"무슨 짓이야?"

"이걸 태워야 해."

"미쳤어? 이건 할머니가 가장 아끼는 거야."

"이걸 태워야 할머니가 천국에 갈 수 있어."

"천국에 간다고?"

"그래……."

나를 바라보는 홍두의 눈빛이 축축하게 젖어 있었다. 오래전 엄마의 옷을 불태우던 삼촌의 모습이 떠올랐다. 나는 그제야 홍두가 할머니와의 마지막 이별 의식을 벌이려 한다는 것을 깨달았다. 가슴을 후벼 파는 통증이 다시 온몸을 엄습했다. 나는 바닥에 주저앉아 천 조각들을 어루만졌다. 입술을 꽉 깨물고 말없이 있던 동치가 털썩 무릎을 꿇었다. 그러더니 부들부들 떨리는 손 가득 천 조각들을 집어 들었다. 홍두가 천천히 다가와서 우리의 어깨를 토닥여 주었다.

우리가 물러서자 홍두가 불을 붙였다. 불길은 순식간에 활활 타오르며 천 조각들을 집어삼켰다. 할머니의 소중한 보물들이 연기가 되어 하늘로 올라가고 있었다. 홍두의 눈에서 눈물이 주르륵 흘러내렸다. 벌떡 몸을 일으킨 동치가 강으로 뛰어들었다. 나는 흐르는 강을 향해 천천히 걸어갔다. 강물은 우리가 처음 할머니를 만났을 때처럼 변함없이 흐르고 있었다. 신발을 벗고 강으로 들어가서 오랫동안 물속을 들여다보았다. 그리고 두 손 가득 강물을 움켜잡다가 놓았다를 반복했다.

마침내 불길이 가라앉고 검은 재만이 남았다. 우리는 말없이 검은 재를 바라보았다. 이윽고 홍두가 모래로 검은 재를 덮었다. 이제 할머니의 보물은 영원히 사라질 것이다. 동시에 할머니가 우리 곁으로 절대 돌아올 수 없다는 것을 의미했다. 홍두가 장승처럼 우뚝 서 있는 우리를 이끌었다.

우리는 강둑에 올라서서 하류로 흘러가는 강물을 바라보았다. 날카로운 강바람이 얼굴을 할퀴듯 지나갔다.

읍내를 향해 걸음을 옮겼다. 철교 위로 화물열차가 달려가고

있었다. 열차가 지나가기를 기다렸다가 철교 위에 올라섰다. 나
는 몸을 숙이고 레일에 귀를 댔다. 뜨거운 태양 아래 바짝 달아
오른 레일이 살아 움직이는 심장처럼 힘차게 벌떡거렸다.

7

십자가의 그늘

검은개가 농장을 탈출했다는 소식을 듣고 황무지로 달려갔다. 우리가 도착했을 때는 이미 소문을 듣고 구경 온 사람들이 황무지 입구에 가득 모여 있었다. 인적 드문 황무지에 그렇게 많은 사람들이 모인 것은 처음 보는 광경이었다. 사람들 말에 따르면 농장 주인이 청산가리를 넣은 밥을 주자 이상한 낌새를 눈치챈 검은개가 농장을 탈출했다는 것이다. 주인이 자신을 죽이려 한다는 사실을 미리 알아차린 것이라고 했다.

검은개가 탈출하자 농장 주인은 즉각 실력이 뛰어난 수렵 사냥꾼들을 불러들였다. 두 명의 사냥꾼이 검은개를 추적했지만 오후가 되도록 검은개의 그림자조차 발견하지 못했다. 그것은 저수지 농장 주변의 특수한 지형 때문이었다. 농장 뒤쪽은 굉장히 넓은 습지였다. 이 미터 크기의 갈대가 무성한 습지는 사람이든 동물이든 숨어 버리면 흔적조차 찾을 수 없는 천혜의 장소였다. 검은개가 습지로 숨어든 것은 불을 보듯 뻔했다. 사냥꾼들은 이런 지형적인 불리함을 무릅쓰고 사냥개들을 앞장세워 추적해 갔다. 하지만 사냥개 한 마리가 목과 내장이 뜯겨 나간 채 발견되면서 사냥은 중단되고 말았다.

한쪽 팔에 깁스를 한 남자가 황무지 너머 농장을 향해 고함을 버럭 질렀다.

"그깟 똥개 한 마리 못 잡고 뭐 하는 거야!"

구경꾼들이 일제히 그를 돌아보았다. 수염이 덥수룩한 남자가 깁스한 남자를 스윽 쳐다보며 입을 열었다.

"황 씨, 도망친 개한테 호되게 당했다며?"

깁스를 하고 배가 불룩하게 튀어나온 땅딸보는 고물 장수 황 씨였다. 수염 난 남자가 윗옷 주머니에서 담배를 꺼내 물고 라이터로 황 씨의 깁스한 팔을 가리켰다. 황 씨의 얼굴이 벌겋게 달아올랐다.

"그게 말이지, 에잇, 담배 하나 줘 봐."

"자네 주머니에 있는 건 뭔가?"

"아, 담배가 있었군."

황 씨가 자신의 담배를 꺼내 물었다. 은근히 황 씨의 염장을 긁고 있던 남자가 다시 말을 걸었다.

"그 개, 어떻게 된 거야?"

"자네도 알다시피 네발 달린 짐승들은 나만 보면 똥을 싸."

"그건 인정하네."

남자는 담배 연기를 날리며 대답했다. 눈치 빠른 아이들이 귀를 쫑긋 세우며 모여들었다. 황 씨는 아이들의 시선을 의식한 듯 헛기침을 몇 번 하더니 입을 열었다.

"팔을 다친 건 내가 방심한 탓이었어."

그렇게 말하고 난 황 씨가 담배 연기를 흩날리며 아이들을 스윽 돌아보았다. 고물 장수를 쳐다보는 아이들의 눈빛이 반짝반짝 빛났다.

"아주 오랜만에 저수지 농장에 갔어. 물론 한창 투견 시합이 벌어질 때야 밥 먹듯이 드나들었지만 요즘은 통 시합이 없어 갈 일이 없었지. 어쨌든 농장 늙은이한테 할 말이 있어서 찾아갔는데 농장에 아무도 없는 거야. 그래서 쓸 만한 게 있나 싶어서 창고에 들어갔는데 갑자기 목줄이 풀린 검은개가 나타났어."

고물 장수 황 씨는 그냥 쓸 만한 것을 찾는 게 아니었다. 그는 아무도 없는 집에 들어가서 손에 잡히는 대로 물건을 집어 가는 것으로 소문이 자자했다. 남의 집 부엌에 들어가서 멀쩡한 냄비며 숟가락을 들고 가는 것은 다반사며 마당을 돌아다니던 닭들은 황 씨가 지나가면 흔적도 없이 사라졌다.

"검은개는 어떻게 생겼어요?"

한 남자아이가 황 씨의 말을 자르며 불쑥 질문을 던졌다.

"뭐라고?"

황 씨가 벙거지 모자를 벗어 들고 질문을 던진 남자아이를 노려보았다. 그리고 아이들의 시선을 느낀 듯 입술을 혀로 핥았다.

"앞으론 어른이 말씀하실 때 나서지 마라. 좋아, 그놈을 보지 못한 너희를 위해서 특별히 설명해 주마."

남자아이가 놀란 표정으로 고개를 끄덕였다. 황 씨가 흡족한 듯 말을 이어 나갔다.

"우선 그 개는 송아지만 해."

"예에?"

아이들이 믿을 수 없다는 표정을 지었다.

"짜식들이, 어른이 말을 하면 믿어야지. 그 개가 엄청나게 큰 데는 이유가 있어. 황구를 비롯해 서너 마리 대형견들을 짬뽕한 유전자로 만들었기 때문이야. 다만 외형상으로 도사견을 많이 닮아서 그렇게 부를 뿐이지. 알겠어?"

"예……."

"그 검은개는 변종들 가운데 가장 특이한 놈이야. 어미들의 장점만 쏙 빼닮아서 흉포한 것은 물론이고 다루기가 아주 까다로워. 주인 말을 잘 듣다가도 스트레스를 받으면 오히려 주인한테 달려든다니까. 겨울철에 먹이가 떨어지면 고립된 사육견들이 서로 잡아먹는 일도 실제로 있어. 개들의 광기는 무서운 거야. 어쨌든 놈이 보통 개와 다른 점은 상대의 숨통을 끊어 버릴 방법을 알고 있다는 거지. 쉽게 말하면 급소를 안다는 거야. 창고 안에서 그놈은 내 목을 노리고 공격해 왔어. 나는 반사적으로 왼팔로 놈의 이빨을 막고 쇠꼬챙이로 맞섰지. 만약 놈의 기습을 막아 내지 못했다면 나는 목이 뜯겨 죽었을지 몰라.”

황 씨가 깁스한 팔을 아이들에게 내밀었다. 아이들의 표정에 공포가 떠올랐다. 옆에서 이를 지켜보던 남자가 바닥에 침을 퉤 뱉더니 말했다.

“이상하지 않아?”

“뭐가?”

“투견 시합에 얼마든지 써먹을 수 있는 개를 죽이려 한다는 게 이상하잖아?”

남자의 말에 어른 아이 할 것 없이 고개를 갸웃했다. 그것은 누가 봐도 이해하기 힘든 농장 주인의 행동이었다.

“그럼 사람을 공격한 놈을 살려 두란 말이야?”

황 씨가 축 늘어진 볼살을 씰룩거리며 말했다.

“그거야, 당신이 주인 허락 없이 남의 물건에 손을 대서 그런 거잖아?”

“뭐라고?”

“내가 뭐 틀린 말 했어?”

“이 새끼가 뭔 헛소리를 지껄이는 거야?”

황 씨가 벙거지 모자를 바닥에 내던지며 남자의 멱살을 움켜
잡았다.

"이거 놔!"

갑자기 기습을 당한 남자가 바동거리며 고함을 질렀다. 황 씨
가 팔의 깁스로 남자의 머리통을 마구 내리쳤다. 아이들도 어른
들도 누구 하나 말릴 생각이 없는 듯 낄낄거렸다. 보기에는 작달
막하고 배가 불룩 튀어나왔지만 황 씨의 완력은 대단했다. 남자
를 깔아뭉갠 채 계속 원투 펀치를 날리자 남자의 코피가 터졌다.
그때였다. 한 아이가 농장 입구를 가리키며 소리쳤다.

"지프차다!"

지프차 한 대가 농장을 빠져나와 흙먼지를 날리면서 달려오고
있었다. 사람들이 일제히 돌아서서 지프차를 주시하자 흥미를
잃은 황 씨가 코피를 흘리는 남자를 발로 걷어찼다. 그러고는 빠
르게 다가오는 지프차로 눈을 돌렸다.

사람들 앞에 멈춰 선 지프차에는 사냥 복장을 한 남자 두 명이
침울한 표정으로 앉아 있었다. 아이들을 밀쳐 내고 다가간 황 씨
가 사냥꾼들에게 물었다.

"미친개는 어떻게 됐소?"

"잡지 못했소."

사냥꾼의 말에 사람들이 웅성거렸다.

"다들 저수지 근처에는 접근하지 말아요. 굉장히 위험한 상황

이니까."

운전석의 남자가 사람들을 돌아보며 말했다. 갑자기 황 씨가 버럭 소리를 질렀다.

"아니, 당신들 실력 좋은 사냥꾼이라면서 그깟 미친개 한 마리 못 잡는단 말이오?"

지프차에 타고 있던 사냥꾼들이 어이없다는 표정을 지었다. 조수석에 앉아 있던 남자가 황 씨의 팔 깁스를 흘끔거리더니 입을 열었다.

"당신이 개한테 물려 오줌 쌌다는 그 양반이군."

"뭣, 뭐라고?"

"여러분, 조심하시오. 우린 그만 가리다."

황 씨가 미처 말을 꺼내기도 전에 지프차는 철길 너머로 사라졌다. 지프차가 보이지 않자 사람들의 시선이 다시 황 씨에게 쏟아졌다. 얼굴이 벌겋게 달아오른 황 씨가 손사래를 쳤다.

"새빨간 거짓말이야!"

검은개에 대해 질문한 남자아이가 황 씨를 빤히 보았다.

"아저씨도 나처럼 오줌싸개군요."

"뭣? 아니야, 아니야. 절대 아니야!"

곤경에 빠진 황 씨가 읍내 제일의 깡패인 춘삼의 이름을 들먹거리며 협박을 시작했다. 사람들은 흠칫하면서도 황 씨의 변명을 믿지 않는 눈치였다. 썰물처럼 구경꾼들이 빠져나가자 남은 것은 우리뿐이었다.

동치가 저수지를 노려보며 중얼거렸다.

"도망쳐. 절대로 잡히면 안 돼."

"방금 뭐라고 했어?"

"절대로 잡히면 안 된다고 했어."

나는 깜짝 놀라서 동치의 멱살을 움켜잡았다.

"이 자식, 너 제정신이야?"

"아주 멀쩡해."

"당장 죽여도 시원찮은데 도망치라니, 무슨 헛소리야?"

나는 동치의 멱살을 잡고 흔들었다. 놀란 홍두가 달려들어 나를 뜯어말렸다.

"그 미친개가 지금 죽어 버리면……."

"그러면?"

"복수를 할 수 없어."

동치가 나를 밀쳐 내면서 다시 저수지 농장을 노려보았다. 나는 떨리는 목소리로 조심스럽게 물었다.

"너, 설마 그 미친개를 직접 어떻게 하겠다는 말 아니지?"

"맞아. 내 손으로 미친개를 죽일 거야."

"……."

홍두와 나는 동시에 입을 쩍 벌렸다. 녀석의 무모함은 익히 알고 있지만 검은개를 직접 죽이겠다는 말은 그야말로 충격이었다.

사냥꾼들이 포기한 검은개를 상대한다는 것은 말 그대로 미친 짓이었다. 홍두의 얼굴이 하얗게 질려 갔다. 동치는 그런 우리의 반응은 상관없다는 듯 저수지 농장만 계속 노려보고 있었다. 빌어먹을, 나는 애꿎은 날씨 타령을 하면서 철길을 넘어갔다.

읍내 중심가로 들어서자 동치가 우리를 시장과 맞닿은 상가로 이끌었다.

"어딜 가는 거야?"

"따라와 보면 알아."

나는 동치를 따라가면서 다시 설득했다.

"농장에서 미친개를 죽일 거야. 그러니까 포기해."

"개를 잡기 어려울 거야."

"왜?"

"갈대밭에 숨어 버리면 쉽게 잡을 수 없어."

동치의 눈빛이 분노로 이글거렸다. 녀석의 고집은 고래 심줄보다 더 질겼다.

"이유가 뭐야?"

"나 때문에 할머니가 돌아가셨어."

"그건 우연이야."

동치가 머리를 절레절레 흔들었다.

"아니야. 내가 야구부 깃발을 걸었기 때문에 끔찍한 일이 벌어진 거야."

"검은개는 보통 개가 아니야. 너도 알잖아."

"알아. 하지만……."

잠시 뜸을 들인 동치가 나를 쳐다보았다.

"또 다른 희생자가 생길 수 있어."

"그건 네가 신경 쓸 문제가 아니야."

"경찰에서 처리할 거야."

옆에서 지켜보던 홍두가 불쑥 끼어들었다. 동치는 고개를 가로 저었다.

"경찰은 그런 일에 나서지 않아."

"……."

"너희가 나를 도와줘."

우리를 바라보는 동치의 표정이 너무나 진지했다. 나는 지금까지 동치의 그런 눈빛을 본 적이 없었다. 순간 거절할 수 없는 제안이라는 것을 깨달았다. 사실 따지고 보면 저수지 농장에 야구부 깃발을 내건 것은 동치 혼자서 한 일이 아니었다. 또한 녀석은 우리가 끼지 않아도 혼자 일을 벌일 게 분명했다. 어쩔 수 없었다. 내가 마지못해 고개를 끄덕이자 홍두 역시 승낙할 수밖에 없었다.

"무슨 방법 있어?"

"이제부터 알아봐야지."

동치는 중탕기가 늘어선 건강원 앞에서 걸음을 멈추었다.

"여긴 왜 온 거야?"

"너희는 여기서 기다려."

동치는 탕약 냄새가 풍기는 건강원으로 들어갔다. 우리는 건강원 앞 차양 아래 놓인 평상에 앉아서 동치가 나오기를 기다렸다. 나는 홍두의 들창코를 보며 물었다.

"어떻게 생각해?"

"미친 짓이야."

"다른 방법 없을까?"

"없어."

홍두가 단호하게 고개를 저었다. 홍두의 대답에 체한 것처럼 명치가 답답했다. 그때였다. 지지직거리는 소리와 함께 음악 소리가 흘러나왔다. 오디오 가게 앞에 설치한 스피커에서 클래식 음악이 나오고 있었다. 느리게 울려 퍼지는 피아노협주곡을 듣고 있자니 속에서 뜨거운 불덩어리가 치밀어 올랐다. 홍두가 스피커를 흘깃 돌아보며 중얼거렸다.

"트로트를 틀어 주면 좋은데……."

클래식 애호가인 오디오 가게 사장이 홍두가 좋아하는 트로트를 들려줄 리 만무했다. 나는 줄줄 흐르는 땀을 닦으며 홍두를 바라보았다.

"돈 가진 거 없어?"

"땡전 한 푼 없어."

시원한 콜라 생각이 간절했다. 마침 동치가 건강원 문을 열고 밖으로 나왔다.

"건강원 주인을 알아?"

"우리 엄마한테 춤 배웠어."

"그런데 무슨 이야기를 그렇게 오래 한 거야?"

동치가 건강원에서 가져온 차가운 음료수를 우리에게 건네주면서 입을 열었다.

"미친개를 잡을 수 있는 방법."

"그게 뭐야?"

홍두와 나는 눈을 동그랗게 뜨고 동치의 뾰족한 외계인 귀를 쳐다보았다.

"미끼하고 올무만 있으면 가능해."

"올무가 뭐야?"

"야생동물을 잡을 때 사용하는 도구야. 그리고 검은개가 환장하는 미끼가 있어."

"뭔데?"

"돼지 다리."

"돼지 다리?"

"굵은 철사로 만든 올무와 큼직한 돼지 다리만 있으면 놈을 유인해서 잡을 수 있어."

동치가 차분한 목소리로 올무 만드는 방법을 설명했다. 생각보다 간단했다. 그런데 문제는 돼지 다리였다.

"돼지 다리를 어디서 구하지?"

"식육점."

"돈 있어?"

"없어."

동치가 고개를 가로저었다. 동치는 지난번 서울행 기차에서 그동안 힘들게 모은 용돈을 몽땅 잃어버렸고 홍두와 나는 빈털터리였다.

멍하게 서 있던 홍두가 갑자기 소리쳤다.

"굿당에 가면 돼지 다리가 있어."

죽은 돼지가 살아나던 굿당이 떠올랐다.

"무당이 돼지 다리를 떼어 주겠어?"

"아니야, 혹시 모르니까 찾아가 봐."

동치가 나를 밀치고 은근한 목소리로 홍두에게 말했다.

"알았어."

이렇게 해서 동치와 나는 굵은 철사를 구해 올무를 만들기로 했고 홍두는 굿당으로 올라가서 무당에게 돼지 다리를 얻어 오기로 역할을 나누었다.

다음 날 홍두가 굿당으로 올라간 사이에 우리는 다시 황무지 입구로 갔다. 북적거리던 어제와 달리 한 사람도 보이지 않았다.

동치의 예상대로 저수지 농장에서는 도망친 개를 죽이려는 일을 포기한 모양이었다. 황무지를 돌아 나온 우리는 홍두와 만나기로 한 은행나무 공원으로 갔다.

한참을 기다리자 홍두가 검은 비닐봉지 하나를 들고 나타났다. 그런데 비닐봉지 속에는 돼지 다리 대신 사과 대여섯 개가 들어 있었다.

"이게 뭐야?"

"굿에 사용한 돼지는 다시 가져간대. 그래서 사과만 얻어 왔어."

잔뜩 기대하고 있던 동치의 표정이 실망으로 바뀌었다.

우리는 은행나무 그늘로 들어가서 사과를 우적우적 씹어 먹었다. 공원 맞은편 버스 정류장 앞에서 한 남자가 빨간 확성기를 들고 떠들고 있었다.

"죄인들이여, 회개하라!"

남자는 버스에서 내리는 사람들에게 전단지를 나눠 주며 끊임없이 떠들었다. 사람들은 전단지를 거들떠보지도 않고 서둘러 그늘로 도망쳤다. 남자가 몸을 흔들며 찬송가를 부르자 머리카락이 한쪽으로 흘러내렸다. 그는 옆머리를 길게 기른 대머리였다. 남자는 흘러내리는 머리카락을 쓸어 올리며 계속 찬송가를 불렀다. 그런데 세 번째 찬송가를 시작하려던 남자의 몸이 휘청거렸다. 뜨거운 햇빛 아래에서 너무 오래 서 있었던 모양이다. 남자가 비틀거리며 우리가 앉아 있는 나무 그늘로 들어왔다. 머리카락을 쓸어 올리자 벌겋게 변한 정수리가 드러났다. 순간 남자가 버럭 소리를 질렀다.

"이놈들, 나쁜 짓 하면 지옥에 간다!"

느닷없이 우리에게 엄포를 놓은 남자는 아, 하고 짧은 신음 소리를 내며 어깨의 확성기와 남은 전단지를 바닥에 내려놓았다.

"참으로 무더운 날씨구나."

이글거리는 태양을 원망스러운 눈으로 쳐다보던 남자가 내 손에 들린 사과를 흘끔거렸다. 나는 재빨리 남은 사과를 우적우적 씹어 삼켰다. 그러자 남자의 눈길이 홍두에게 옮겨 갔다. 그는 마른침을 꿀꺽 삼키며 우리에게 말했다.

"너희, 회개했니?"

"그게 뭔데요?"

동치가 되물었다.

남자가 오만한 표정으로 우리를 바라보았다.

"회개란, 지은 죄를 하나님께 고백하는 거야."

"우린 죄지은 게 없는데요."

"누구한테나 원죄가 있어."

"그럼 감옥에 가야 하나요?"

"감옥?"

남자는 무언가 헷갈리는지 고개를 갸우뚱거리며 동치를 쏘아보았다. 남자의 벌겋게 익은 정수리에서 땀방울이 주르륵 흘러내렸다. 그는 자신의 말을 전혀 이해하지 못하는 동치에게 버럭 소리를 질렀다.

"이 멍청한 자식아, 감옥이 아니라 지옥에 가는 거야!"

"지옥이 뭔데요?"

나무 그늘 밖으로 손을 내밀자 손바닥이 따가웠다. 남자와 동치는 계속 이야기를 주고받았다.

"지옥은 유황불이 지글지글 끓어 오르는 무서운 곳이야!"

"아저씨, 지옥은 그런 곳이 아니에요."

"뭐라고?"

"지옥은 아홉 개의 태양이 있고……."

동치가 홍두에게 전해 들은 이야기를 주르르 늘어놓았다. 그러자 남자의 표정이 점점 일그러졌다.

"누가 그딴 해괴망측한 말을 했어?"

"얘요."

동치가 손가락으로 홍두를 가리켰다. 갑자기 날아온 화살에 홍두가 남자의 눈치를 슬금슬금 살폈다.

"그게 말이죠……."

남자가 벌떡 일어나서 무서운 눈빛으로 홍두를 노려보았다.

"네 이놈! 감히 지옥을 부정하다니, 천벌을 받을 것이다!"

남자의 호통에 얼굴이 하얗게 변한 홍두가 말을 더듬거렸다.

"채, 책에서 읽었어요."

그때 동치가 불쑥 한마디 던졌다.

"지옥에 안 가려면 어떻게 해야 하죠?"

"음……."

남자가 바짝 마른 입술을 핥았다. 귀밑머리를 쓸어 올리며 재빨리 주위를 흘끔거린 남자가 낮은 목소리로 말했다.

"좋은 방법이 있단다."

"그게 뭐죠?"

"목마른 사람한테 음식을 나눠 주는 거지."

우리는 서로 얼굴을 돌아보았다. 남자의 번들거리는 눈이 사과가 든 비닐봉지를 뚫어지게 보고 있었다. 나는 홍두의 옆구리를 쿡쿡 찔렀다. 그러자 홍두가 비닐봉지에서 사과 하나를 꺼내 남자에게 내밀었다.

"아저씨, 이것 좀 드실래요?"

"오, 참으로 고맙구나."

남자는 눈 깜짝할 사이에 사과 하나를 집어삼켰다. 하지만 갈증이 가시지 않는지 입맛을 다시며 비닐봉지를 계속 흘끔거렸다. 마침내 홍두가 체념한 듯 비닐봉지를 남자에게 넘겨주었다. 남자는 마치 걸신들린 듯 순식간에 남은 사과를 먹어 치웠다. 잠시 뒤 포만감에 빠져 있는 남자에게 홍두가 조심스럽게 말했다.

"저, 아저씨?"

"오, 축복받은 소년아. 무슨 일이냐?"

남자는 아주 온화한 표정으로 홍두를 돌아보았다. 순간 좋지 않은 일이 벌어질 것 같은 예감이 들었다.

"괜찮을까요?"

"뭐가?"

"아저씨가 드신 사과, 무당이 굿할 때 사용한 건데요."

남자의 입이 천천히 벌어지고 눈동자에 실핏줄이 튀어 나왔다. 그는 바닥에 털썩 주저앉아 뼈마디가 앙상한 손가락으로 귀밑머리를 헤집었다. 우리는 남자의 갑작스러운 행동에 깜짝 놀랐다. 그때 남자가 중얼거리기 시작했다.

"주여! 저를 용서하시옵소서……."

우리는 계속 있어 봤자 좋을 게 없다는 생각에 똥 마려운 표정을 한 홍두의 옆구리를 쿡 찔렀다. 우리가 나무 그늘을 벗어나자마자 남자가 벼락처럼 고함을 질렀다.

"이놈들 거기 서지 못해!"

우리는 햇볕 속으로 냅다 뛰었다. 정류장 앞 2층 건물의 창문이 벌컥 열리며 여자가 빼꼼히 고개를 내밀었다. 여자는 땅바닥에 주저앉아 오열하는 남자를 이상한 눈길로 보았다.

골목에 들어서서야 간신히 걸음을 멈추었다. 동치가 흐르는 땀을 훔치며 물었다.

"저 아저씨, 왜 저러는 거야?"

모든 종교에 해박한 지식을 자랑하는 홍두가 십계명에 대해서 설명했다. 그러고는 갑자기 손뼉을 치며 소리를 질렀다.

"맞아, 거기 가면 돈이 있어!"

"무슨 말이야?"

"대머리 아저씨 때문에 생각났는데 교회에 가면 돈이 있어."

"교회?"

"새벽 기도 갔을 때 신도들이 헌금 봉투를 단상에 올려놓는 걸 봤어."

"헌금 봉투?"

나는 오래전 교회에 다닐 때의 기억을 떠올렸다. 사람들은 잠자리채같이 생긴 자루에 현금이 든 봉투를 집어넣었다. 어쨌든 홍두의 의견은 가능성이 충분했다. 하지만 교회 돈을 훔쳐 낸다는 죄의식이 화선지 위에 쏟아진 먹물처럼 마음속에 번져 나갔다. 그러자 동치가 우리 마음속에서 솟구치는 죄의식을 단칼에 잘라 버렸다.

"좋아. 오늘 새벽에 교회로 가자."

"헌금 봉투를 훔친다고?"

홍두가 깜짝 놀라서 동치에게 물었다.

"그 돈으로 돼지 다리를 사자."

동치가 아주 당연하다는 듯 말했다. 뒤늦게 홍두가 죄 어쩌고 하는 말을 늘어놓았지만 동치는 그 말을 싹 무시했다. 집으로 가는 길에 뒤를 돌아보니 교회 첨탑이 푸른 하늘을 배경으로 우뚝 서 있었다.

이른 새벽 우리는 아직 어둠에 묻혀 있는 교회에 도착했다. 교회 정문은 활짝 열려 있고 사람들은 보이지 않았다. 조심스럽게 마당으로 들어서서 주위를 돌아보았다.

"입구가 어디지?"

"저기."

홍두가 예배당으로 올라가는 돌계단을 가리켰다. 벽 등이 희미하게 계단을 비추고 있었다. 사람이 없는 것을 확인한 동치가 계단을 올라갔다.

예배당 출입문을 열자 빛이 새어 나왔다. 동치가 고개를 슬쩍 들이밀고 안을 살폈다.

"사람 있어?"

"없는 것 같아."

"너무 빨리 온 거 아니야?"

동치가 낮은 목소리로 소곤거렸다. 사람들이 새벽 기도에 오지 않았다면 우리가 기대하는 헌금 봉투도 없을지 모른다. 그런데 사람들이 이미 와 있으면 헌금 봉투를 가져오는 것 자체가 어려울 것 같았다.

"네가 먼저 들어가."

"싫어."

동치가 등을 떠밀자 홍두는 출입문을 붙잡고 거부했다. 어쩔 수 없이 동치가 투덜거리며 앞장섰다.

예배당 안에는 기다란 나무 의자들이 줄지어 놓여 있었다. 대형 십자가가 단상 뒤편 중앙에 걸려 있었다. 양쪽 벽을 따라서 조도 낮은 조명들이 켜져 있었다. 하얀 회벽과 높은 천장이 주는 경건하고 웅장한 분위기에 놀란 동치가 눈을 동그랗게 뜨고 연신 두리번거렸다. 나는 자꾸만 뒤를 돌아보았다. 누군가 뒷덜미를 잡아당기는 것 같아서였다. 우리는 오른쪽 벽을 따라 조심스럽게 단상을 향해 걸어갔다. 예배당의 중간쯤 왔을 때 갑자기 홍두가 걸음을 멈추었다.

"왜 그래?"

나는 의아한 표정으로 홍두를 보았다. 홍두의 얼굴이 잔뜩 겁에 질려 있었다. 녀석은 딱딱하게 굳은 표정으로 회벽을 뚫어지게 보고 있었다. 거기에는 긴 머리를 늘어뜨리고 가시 면류관을 쓴 예수님의 초상화가 걸려 있었다. 예수님의 강렬한 눈빛에 홍두가 겁을 집어먹은 것이었다. 초상화를 올려다본 동치가 말했다.

"저 사람이 여기 대장이야?"

"대장?"

"이거 말이야."

동치가 오른쪽 엄지손가락을 치켜들었다. 나는 고개를 끄덕였다. 홍두가 한 걸음 뒤로 물러나서 손을 내저었다.

"난 못 해."

"왜 그래?"

"돌아갈래."

홍두가 몸을 홱 돌려서 출입문 쪽으로 걸어갔다. 갑작스러운 홍두의 변심에 당황한 우리는 재빨리 쫓아가서 녀석을 붙잡았다.

"이제 와서 못 하겠다는 이유가 뭐야?"

"예수님 눈을 보니까 도저히 못 하겠어."

홍두의 콧구멍이 빠르게 벌름거렸다.

"자꾸 헛소리할래?"

동치가 홍두의 멱살을 거머쥐고 세차게 흔들었다.

"이런 짓 하면 예수님이 내 손을 고쳐 주지 않을 거야."

"뭐?"

과연 홍두다운 생각이었다.

"착한 일을 많이 하면 예수님이 기적을 내려 준다고 목사님이 말씀하셨어."

"기적을 준다고?"

"그래. 이건 나쁜 짓이야."

홍두의 대답은 단호했다. 동치가 어이없다는 표정을 지었다.

"그런 새빨간 거짓말을 믿어?"

"난 믿어."

"세상에 그런 일이 있을 거라고 생각해?"

"벙어리의 입을 열게 하고 앉은뱅이를 일어나게 하신 분이 바로 예수님이야."

이번에는 홍두가 동치의 멱살을 붙잡고 거칠게 달려들었다. 나는 어떻게 해야 할지 판단이 서지 않았다. 이럴 때 사람들이 들어오면 큰일이었다. 두 녀석의 목소리가 점점 높아졌다.

"착한 일을 하면 기적을 내리고 나쁜 짓을 하면 벌을 준다고?"

"그래. 이 멍청한 자식아!"

"바보 같은 똥쟁이 자식아, 그 말을 믿어?"

"믿어."

홍두가 확신에 찬 목소리로 말했다. 동치의 밤송이머리가 빳빳하게 섰다.

"좋아. 그럼 나는 무슨 잘못을 했어?"

"그게 무슨 말이야?"

"내가 무슨 잘못을 했기에 곱슬머리 자식이 나타나서 우리 엄마를 병들게 만들고, 나를 때리는 거야? 네 부모님은 무슨 잘못을 저질렀기에 뺑소니차에 치여 돌아가신 거야? 또 너는 무슨 죄를 지었기에 그런 손가락을 갖고 태어났어? 대답해 봐, 이 똥쟁이 자식아!"

동치가 목에 핏대를 올리며 소리치자 홍두는 우물쭈물하며 말끝을 흐렸다.

"그건……."

"그리고 할머니는 무슨 죄를 지었어?"

"할머니?"

"아들을 위해서 모든 걸 희생한 할머니가 왜 버림을 받아야 하고, 왜 저렇게 참혹한 일을 당해야 하는 거지? 대답해 봐! 이 멍청한 자식아!"

동치의 멱살을 잡고 있던 홍두의 손이 스르르 풀어졌다. 홍두가 자신의 뭉개진 손가락을 내려다보며 떨리는 목소리로 말했다.

"어쨌든 이건 나쁜 짓이야……."

"왜 우리한테만 그런 벌을 주는 거야!"

동치는 아무리 두들겨 맞아도, 사람들이 손가락질해도 눈 하나 꿈쩍하지 않는 녀석이었다. 그런 동치의 울음 섞인 목소리가 예배당을 쩌렁쩌렁 울렸다.

"우린 아직 죄를 짓지도, 지을 시간도 없었단 말이야."

동치의 말이 내 가슴을 격렬하게 흔들었다. 나는 단상 높이 밝게 빛나는 십자가를 올려다보았다. 십자가는 천장에 닿을 만큼 어마어마한 위용이었다. 하지만 찬란하게 빛나는 십자가 아래에는 깊이를 가늠하기 힘든 짙은 그늘이 드리워져 있었다. 팽팽하게 맞선 두 녀석을 돌아보았다. 잔뜩 일그러진 홍두의 얼굴에는 할머니와 예수님 사이에서 갈등하는 기색이 역력했다. 나는 동치를 뒤로 밀쳐 내고 혼란에 빠진 홍두를 설득하기 시작했다.

"우린 헌금 봉투를 다른 용도에 사용하려는 게 아니야. 또 다른 희생자를 막는 데 사용하려는 거지. 그러니 이건 절대로 나쁜 일이 아니야."

"나쁜 일이 아니라고?"

"그래. 오히려 좋은 일이야."

"좋은 일이라고?"

"그래."

나는 확신에 찬 표정으로 홍두의 눈을 보았다. 솔직히 나도 내 말이 맞는지 틀린지 알 수 없었다. 어쨌든 지금 중요한 것은 홍두의 마음을 돌리는 일이었다. 물론 홍두를 내버려 두고 동치와 둘이서 헌금 봉투를 집어 오면 그만이지만 눈에 보이지 않는 무언가가 자꾸만 우리의 발목을 잡아채고 있었다. 가슴을 짓누르는 묵직한 압박을 이겨 내려면 한 명이라도 더 필요했던 것이다. 무거운 그림자를 드리운 십자가를 흘깃 처다본 홍두가 천천히 고개를 끄덕였다. 좋은 일에 쓴다는 말이 홍두의 마음을 움직인 것 같았다.

"알았어."

"사람들 오기 전에 빨리 가자."

우여곡절 끝에 우리는 다시 단상을 향해 걸어갔다. 홍두는 두 눈을 질끈 감고 예수님 초상화 밑을 통과했다.

마침내 우리는 그토록 간절히 원하던 단상 앞에 도착했다. 그 때 갑자기 창문이 덜커덩거렸다. 몸을 숙이고 창문을 돌아보았다. 바람 소리였다. 그런데 이상하게도 자꾸만 예배당 출입문으로 눈길이 갔다. 누군가 문을 벌컥 열고 뛰어 들어올 것 같았다. 나는 홍두에게 물었다.

"헌금 봉투는 어디 있어?"

"저기."

홍두가 기어들어 가는 목소리로 단상 위의 설교대를 가리켰다.

"안 보이는데?"

우리가 서 있는 곳에서는 설교대 위의 헌금 봉투가 보이지 않았다. 우리는 단상 구석으로 다가갔다. 정말 설교대 위에 하얀 봉투가 놓여 있었다. 눈을 찌르듯 선명한 하얀 봉투를 보자 심장이 벌떡거리기 시작했다. 손바닥이 축축해졌다. 이제 단상에 올라가서 헌금 봉투를 집어 올 일만 남았다. 그것은 아주 간단한 일이었다. 그런데 금방이라도 뛰어올라 헌금 봉투를 가져올 것처럼 기세등등하던 동치가 계단 앞에서 머뭇거리고 있었다. 그것은 정말 뜻밖이었다.

"뭐 해?"

나는 동치의 옆구리를 찌르며 재촉했다. 하지만 녀석은 단상 정면에 걸린 십자가를 흘깃 보면서 계속 망설이고 있었다.

"왜 그래?"

"이상하게 다리가 움직여지질 않아."

동치의 이마에 땀이 홍건했다. 어디선가 시곗바늘 소리가 들려왔다. 째깍째깍하는 소리는 점점 증폭되어 귀청이 떨어져 나갈 듯 예배당을 울렸다. 식은땀을 흘리던 동치가 나를 돌아보았다.

"네가 가져와."

"싫어."

나는 고개를 가로저었다. 그러자 동치가 홍두를 돌아보았다.

"네가 가."

"나도 싫어."

홍두는 아예 눈을 감고 돌아섰다. 시곗바늘 소리는 탱크가 굴러가는 소리로 변하고 있었다. 무거운 공기가 거칠게 목을 죄어 왔다. 숨이 막혀 죽을 것 같았다. 우리는 그 자리에 못 박혀서 서로 누군가가 움직이기를 기다렸다. 결국 나는 참았던 숨을 토해 내며 나직하게 소리쳤다.

"가위바위보로 결정하자!"

"좋아."

내 말에 단상 앞에서 꼼짝 못 하고 있던 동치가 기다렸다는 듯 대답했다. 나는 아차 했다. 게임을 제안한 사람이 지는 징크스 때문이었다. 두 녀석의 입가에 희미한 미소가 떠올랐다.

"진 사람이 헌금 봉투 가져온다."

동치의 선포가 저승사자의 목소리처럼 들려왔다. 이미 엎질러진 물이었다. 각자 점괘를 확인하고 머리를 맞댔다. 이윽고 동치가 셋을 외치자 나는 힘차게 주먹을 내질렀다. 두 녀석의 손을 확인하는 순간 가슴이 철렁 내려앉았다. 징크스의 덫에 걸려들고 말았다. 나는 어깨를 축 늘어뜨린 채 헌금 봉투와 십자가를 흘깃 쳐다보았다.

"빨리 가져와."

동치 녀석이 환한 표정으로 속삭였다. 녀석의 웃는 얼굴을 발로 걷어차고 싶었다. 어쩔 수 없었다. 나는 심호흡을 하고 단상 계단을 올라갔다. 단상 위에는 붉은 카펫이 깔려 있었다. 내 눈에 그것은 붉은 피로 보였다. 나는 십자가를 외면하면서 설교대로 다가갔다. 그런데 설교대 위의 헌금 봉투는 하나가 아니라 두 개였다. 전부 가져가야 할지 아니면 하나만 가져가야 할지 헷갈렸다.

"뭐 해, 빨리 집어."

동치의 성화에 두툼하게 보이는 봉투를 거머쥐었다. 그때 돌계단을 오르는 발걸음 소리가 들려왔다. 누군가 예배당으로 다가오고 있었다. 나는 헌금 봉투를 주머니에 쑤셔 넣고 단상을 한걸음에 뛰어 내려왔다. 예배당 출입문이 열리는 것과 동시에 우리는 단상 바로 앞 나무 의자 밑으로 기어들었다. 예배당을 울리는 구둣발 소리가 단상 앞에서 멈추었다. 한동안 그 자리에 서 있던 남자가 털썩 무릎을 꿇더니 울음을 터뜨렸다.

"오, 주여!"

짐승처럼 울부짖는 남자의 울음소리가 텅 빈 예배당에 울려 퍼졌다. 나무 의자 밑에 숨어 남자의 울음소리를 듣고 있으니 이상하게도 마음이 슬퍼졌다. 홍두 녀석은 눈물까지 글썽거리고 있었다.

"주여, 용서하시옵소서!"

두 팔을 번쩍 치켜든 남자가 십자가를 향해 절규했다. 그는 주먹으로 예배당 바닥을 쾅쾅 내리쳤다. 나는 가슴이 울컥했다. 이렇게 독실한 신자는 본 적이 없었다. 내가 예수님이라면 손과 발에 박힌 못을 뽑아내고 십자가에서 뛰어내려 남자를 꽉 안아 주며 이렇게 말하고 싶었다. 너의 죄를 사하니 눈물을 거두어라.

"저는 참으로 무지한 인간입니다……."

그는 감정이 북받쳐 오는지 말을 잇지 못했다. 그러다가 갑자기 찬송가를 부르기 시작했다.

"내 주를 가까이하게 함은……."

남자가 부르는 찬송가에는 주님을 향한 간절한 마음이 담겨 있었다. 홍두가 낮은 목소리로 찬송가를 따라 불렀다. 나는 깜짝 놀라서 녀석의 옆구리를 찔렀다. 찬송가가 홍두의 마음을 움직인 모양이었다. 이윽고 찬송가를 마친 남자가 기도를 시작했다. 남자의 기도는 잔잔한 파도처럼 움직이다 느닷없이 폭풍우로 돌변했고 다시 부드러운 봄바람으로 변해 예배당을 날아다녔다. 언제까지 의자 밑에 숨어 있을 수만은 없었다. 사람들이 몰려오기 전에 빨리 교회를 빠져나가야 했다.

신호를 보내자 동치가 고개를 끄덕였다. 막 의자를 빠져나가려는 그때 남자의 입에서 방언이 쏟아졌다. 언젠가 홍두는 방언이란 예수님의 기적이 실현되기 직전에 나타나는 징조라고 말했다. 그래서 홍두는 방언을 하려고 갖은 노력을 했지만 실패한 전력이 있었다.

홍두가 귀신에 홀린 사람처럼 의자 밑을 기어 나갔다. 내가 눈치챘을 땐 이미 홍두가 남자의 뒤에 우뚝 서 있었다. 남자가 두 팔을 번쩍 치켜들었다.

"주여!"

남자는 괴로운 듯 손가락으로 머리카락을 마구 쥐어뜯었다. 그때 남자의 머리카락이 한쪽으로 툭 떨어졌다. 그 순간 나는 남자가 누구인지 깨달았다. 그는 바로 버스 정류장에서 만난 대머리 남자였다. 남자의 벗어진 머리를 본 홍두가 황급히 자신의 입을 틀어막았다. 하지만 그새 인기척을 느낀 남자가 천천히 몸을 돌리고 있었다. 홍두를 발견한 남자가 소스라치게 놀랐다.

"너는?"

남자가 입을 쩍 벌리고 손가락으로 홍두를 가리켰다. 더 이상 머뭇거릴 수 없었다. 나는 나무 의자 발걸이 사이로 머리를 집어넣고 뒤쪽으로 넘어갔다. 동치가 나를 따라왔다. 우리는 낮은 포복 자세로 바닥을 기었다. 벽에서 다시 오른쪽으로 꺾어 예배당 출입문을 향해 두더지처럼 바닥을 기어갔다. 출입문 앞에 도착했을 때에는 대머리 남자가 꼿꼿하게 서서 홍두를 쏘아보고 있었다. 나는 출입문을 벌컥 열어젖히면서 소리쳤다.

"도망쳐!"

대머리 남자가 움찔하며 우리 쪽을 돌아보았다. 그 순간 홍두가 강력한 스프링이 튕기듯 출입문을 향해 튀어나왔다. 계단을 구르듯 내려가는데 출입문에서 홍두가 뛰쳐나왔다. 구둣발 소리가 다급하게 예배당을 울렸다.

우리는 심장이 터지도록 골목을 달려갔다. 저수지 농장에 다녀온 뒤로 우리의 달리기 실력은 눈부시게 향상되었다. 이번 가을 체육대회에서 일 등은 당연히 우리 차지였다. 동치가 삼각형 밤송이머리를 흔들며 가장 먼저 학교 정문을 통과했다. 뒤이어 홍두가 나를 밀치고 운동장으로 뛰어들었다. 우리는 운동장 구석 플라타너스 앞에서 달리기를 멈추었다.

홍두가 숨을 헐떡거리며 괴로운 표정을 지었다.

"그 아저씨가 나를 봤어. 어쩌지?"

"이 멍청한 자식아, 왜 기어 나가?"

"나도 모르게……."

흥분한 동치가 이단옆차기를 마구 날렸다. 나는 성난 멧돼지처럼 날뛰는 동치를 붙잡아서 진정시켰다.

"걱정 마. 그 아저씨, 우리가 뭘 했는지 몰라."

"정말이지?"

홍두가 눈을 동그랗게 치켜뜨고 나를 보았다.

"바보 같은 자식. 하마터면 큰일 날 뻔했잖아."

"그만해. 어쨌든 헌금 봉투를 가져왔잖아."

동치를 가로막고 주머니에서 헌금 봉투를 끄집어냈다. 동치의 표정이 헤벌쭉 풀어졌다.

"빨리 열어 봐."

헌금 봉투 속에서 빳빳한 종이를 꺼내는데 촉감이 이상했다. 놀랍게도 봉투 속에서 나온 것은 지폐가 아니라 무려 다섯 장에 달하는 편지였다.

"이게 뭐야?"

동치가 봉투를 빼앗아서 거꾸로 뒤집어 털었다. 동전 하나 들어 있지 않았다. 우리는 땅바닥에 털썩 주저앉아 서서히 밝아 오는 운동장을 멍하니 바라보았다.

"이럴 수가!"

동치가 편지를 운동장에 집어 던졌다. 교회에서 훔친 돈으로 돼지 다리를 구하려던 계획이 틀어지는 순간이었다. 슬금슬금 다가온 홍두가 편지를 주워 읽었다. 편지를 읽는 홍두의 얼굴이 환하게 밝아졌다. 다섯 장에 달하는 편지를 읽고 난 홍두가 조심스럽게 입을 열었다.

"예수님께 보내는 편지야."

편지는 어떤 독실한 신자의 신앙 고백이었다. 문득 두 개의 봉

투 가운데 남겨진 것이 진짜 헌금 봉투였을 거라는 생각이 들었
다. 하지만 이미 돌이킬 수 없는 선택이었다. 두 번 다시 그런 기
회는 우리에게 주어지지 않을 것이다.

머리 꼭대기까지 화가 치민 동치가 홍두의 엉덩이를 마구 걷어
찼다. 이렇게 해서 할머니의 복수를 위한 첫 번째 계획이 완벽한
실패로 막을 내리게 되었다.

8

대 성 식 육 점

"대성식육점을 습격하자."

동치의 느닷없는 선포에 나는 기절초풍했다. 돼지 다리를 구하지 못해서 머리가 돌아 버린 게 분명했다. 녀석이 벌이는 웬만한 일에 꿈쩍하지 않을 정도로 내성이 생겼지만 대성식육점이라는 말을 듣는 순간 심장이 덜컥 내려앉았다. 나는 놀란 가슴을 쓸어내리며 동치에게 되물었다.

"왜 하필이면 대성식육점이야?"

"거기에 돼지 다리가 있으니까."

"돼지 다리는 다른 식육점에도 있어."

"다른 식육점의 돼지 다리는 필요 없어. 반드시 대성식육점 것이라야 해."

동치가 대성식육점의 돼지 다리를 원하는 데에는 자기 나름의 이유가 있었다. 건강원 주인이 알려 준 정보에 따르면 대성식육점은 투견용 개를 키우는 사람들을 상대로 특수 조제한 돼지 다리를 만들어 팔았다. 어떤 방법으로 어떤 재료를 첨가해 만드는지는 알 수 없으나 그 돼지 다리에 개들이 환장을 한다는 것이었다. 특히 저수지 농장의 늙은이는 투견 시합 보름 전부터 하루에 돼지 다리 하나씩을 검은개에게 먹였다고 한다. 그래서 드넓은 습지의 갈대밭에 꽁꽁 숨어 버린 검은개를 유인하려면 대성식육점에서 만든 돼지 다리가 반드시 필요하다는 것이 동치의 주장이었다.

"처음부터 알고 있었던 거야?"

굿당에 돼지 다리를 구하러 갔던 홍두가 인상을 찡그리며 물었다.

"다른 게 구해지면 그걸 그냥 쓰려고 했어."

"으윽."

나도 모르게 입에서 신음 소리가 흘러나왔다. 나는 동치를 잡아먹을 듯 노려보았다.

"너, 대성식육점 주인이 누군지 몰라?"

"알아."

"아는 놈이 그따위 말을 해?"

대성식육점에서 돼지 다리를 훔쳐 낸다는 것은 미친 짓이었다.

짚을 지고 불길 속으로 뛰어드는 것과 같았다. 내가 이렇게 생각하는 것은 대성식육점 주인인 고 씨 아줌마 때문이었다. 씨름 선수처럼 육중한 체구의 그녀는 읍내 사람들에게 마녀라는 별명으로 불렸다. 그녀가 살벌한 별명을 얻은 것은 올해 초로 거슬러 올라간다.

어느 날 낮술에 취한 젊은 남자가 대성식육점의 출입문을 걸어 찼다. 그러자 뛰어나온 고 씨 아줌마가 다짜고짜 남자의 뺨을 철썩 갈겨 버렸다. 그때부터 고 씨 아줌마와 젊은 남자는 시장 한복판에서 싸움을 벌이기 시작했다. 남자가 먼저 이단옆차기를 날렸다. 남자의 화려한 발차기 기술에 구경꾼들이 탄성을 내질렀다. 덩치로 남자를 밀어 붙이던 고 씨 아줌마가 주춤거리며 뒤로 물러났다. 구경꾼들의 환호에 고무된 남자가 이번에는 내려찍기로 그녀를 공격했다. 어깨를 강타당한 고 씨 아줌마가 비틀거리면서 식육점 안으로 뛰어 들어갔다. 곧바로 돌아 나온 그녀의 손에는 고기 자르는 칼이 들려 있었다. 놀란 구경꾼들이 후다닥 흩어졌고 미처 상황을 판단하지 못한 젊은 남자에게 고 씨 아줌마가 칼을 휘둘렀다. 남자가 엉겁결에 칼을 손으로 막았는데 그만 손가락 두 개가 뎅강 잘려 나가고 말았다.

그때부터 시장은 아수라장으로 변했다. 결국 경찰관들이 출동해서야 간신히 싸움이 끝났지만 잘려 나간 손가락 두 개를 찾기 위해서 다시 한바탕 난리 법석이 벌어졌다. 그날 이후 읍내 사람들은 고 씨 아줌마에게 마녀라는 별명을 붙여 주었다. 이런 고 씨 아줌마의 식육점에서 돼지 다리를 훔쳐 내자는 동치의 말에 나는 경악을 금치 못했던 것이다.

"난 절대 못 해."

내가 단칼에 거부하자 녀석은 내 반응을 충분히 예상했다는 듯 미소를 지으며 말을 이어 나갔다.

"내가 할 거니까 걱정 마."

"어떻게?"

"대신 네가 날 좀 도와줘."

"뭘 도와 달라는 거야?"

"정탐을 해 줘."

"무슨 말이야?"

나는 영문을 몰라서 동치에게 되물었다.

"네가 식육점 안으로 들어가서 내부 구조를 살펴 줘."

"그냥 밖에서 확인하면 되잖아?"

"밖에서는 한계가 있어. 그러니까 네가 안으로 들어가서 진열장의 위치와 다른 출입구, 그리고 식육점 내부의 물건들을 전부 머릿속에 담아 와서 나한테 알려 줘."

동치가 나를 지목한 이유는 뛰어난 기억력 때문이었다. 나는 잠시 한 손으로 턱을 괴고 심각한 고민에 빠져들었다. 멀뚱한 표정으로 서 있는 두 녀석을 흘끔 쳐다보았다. 백 미터 밖에서도 단연 눈에 띄는 두 녀석의 외모로는 대성식육점에 들어서는 순간 마녀의 신경을 자극할 게 뻔했다. 나는 턱을 괸 손을 풀면서 동치의 요청을 수락했다.

"좋아. 다음 계획은 뭐야?"

"그건 나중에 알려 줄게."

해질 무렵 집을 나선 나는 읍내 시장을 향해 걸어갔다. 주택가를 거슬러 가자 목욕탕 굴뚝이 나타났다. 작년 겨울, 동치의 꼬임에 빠져 여탕 창문에 사다리를 걸치고 안을 훔쳐보다 목욕탕 주인에게 들켜서 혼쭐이 났다. 우리를 붙잡은 목욕탕 주인 남자가 뭘 봤는지 물었다. 정말이지 어이없는 질문이었다. 사실 우리는 아무것도 보지 못했다. 뿌연 수증기 때문에 여자들이 떠들어 대는 소리만 들었을 뿐이다. 나중에 알게 된 사실이지만 그날 여탕에는 우리 학교 1학년에서 가장 예쁘다는 수진이가 발가벗고 목욕을 하고 있었다고 한다. 우리가 목욕탕 주인에게 붙잡혀 혼났다는 소식을 알게 된 수진이는 나와 마주칠 때마다 얼굴을 붉히며 두 손으로 가슴을 가렸다. 하지만 우리가 정작 곤욕을 치른 상대는 바로 홍두였다. 사춘기에 접어든 홍두의 짝사랑 상대가 바로 수진이였던 것이다. 녀석은 자신을 빼놓고, 그것도 수진이의 알몸을 훔쳐봤다는 사실에 미친개처럼 흥분하며 날뛰었다.

목욕탕 건물을 돌아서 좁은 골목으로 들어섰다. 꼬불꼬불한 골목길을 빠져나가자 시장과 맞닿은 상가가 나타났다. 상가 건물에는 슈퍼마켓, 반찬 가게, 떡집, 횟집, 비디오 가게, 약국이 늘어서 있고 그 중간에 오디오 가게가 있었다. 대성식육점은 시장과 가장 맞붙어 있었다. 상가의 가게들과 시장의 점포들이 깨끗한 플렉스 간판을 달고 있는 반면 이십 년은 족히 넘어 보이는 대성식육점의 간판은 마치 오래된 흑백사진을 보는 듯했다. 나는 대성식육점을 향해 느릿하게 걸어갔다.

건강원 앞에 놓인 평상에 남자 서너 명이 둘러앉아 술판을 벌이고 있었다. 동치에게 대성식육점의 돼지 다리에 관한 정보를 알려 준 건강원 사장도 끼어 있었는데 잔뜩 흥분한 듯했다.

"사교춤이 나쁘다고?"

"그게 말이지……."

콩알 같은 점이 이마 중앙에 턱 박힌 남자가 말을 얼버무리자 건강원 사장의 입에서 침이 파편처럼 튀었다.

"춤이란 우리 인간한테 꼭 필요한 거야! 너희도 봤잖아? 사냥을 마친 원시인들이 둥글게 원을 지어 춤추는 모습 말이야."

아무래도 평상 위의 술과 안주는 건강원 사장이 산 모양이었다. 떨떠름한 표정의 남자들이 마지못해 고개를 끄덕였다. 하지만 점박이 남자는 건강원 사장의 말에 동의할 수 없다는 듯 토를 달았다.

"그건 여자들이랑 살을 부비며 추는 춤하고 달라."

"뭐라고?"

술잔을 쾅 내려놓은 건강원 사장이 벌떡 일어나서 지르박 자세를 취했다. 그는 음악도 없이 춤을 추었다. 남자들이 어리둥절한 표정으로 건강원 사장의 사교춤을 지켜보았다. 한 줄기 광풍처럼 춤을 추고 자리로 돌아온 사장이 다시 목에 핏대를 세웠다.

"이게 어째서 나쁘단 말이야? 사교춤이 나쁜 이유를 백 가지 대 봐!"

활짝 열린 건강원 안에서 비릿한 개소주 냄새가 풍겨 나왔다. 약국과 간이주점을 지나자 비디오 가게가 나타났다. 쇼윈도에 각종 영화 포스터들이 덕지덕지 붙어 있었다. 비디오 가게 텔레비전에서 아널드 슈워제네거가 기관총을 난사하고 있었다. 나는 비디오 가게 유리창에 달라붙어 총알을 맞고도 멀쩡하게 되살아나는 기계 인간을 바라보았다. 하지만 이상하게도 화려한 영상이 눈에 들어오지 않았다. 내 눈은 텔레비전 화면을 보고 있었지만 신경은 저 멀리 보이는 대성식육점을 향하고 있었던 것이다. 나는 비디오 가게 유리창에서 떨어졌다. 대성식육점을 향해 걸어가는 발걸음이 천근만근이었다.

무거운 다리를 질질 끌고 마침내 대성식육점 앞에 섰다. 식육점 유리창으로 붉은 불빛이 새어 나오고 있었다. 외따로 떨어진 대성식육점은 마치 동화 속의 음산한 기운이 물씬 풍기는 마녀의 성 같았다. 기괴한 고성이 긴 혓바닥을 날름거리며 어서 들어

오라고 손짓했다. 나는 마른침을 꿀꺽 삼키며 중얼거렸다.

"그냥 심부름을 온 것뿐이야. 그러니 진정해."

그때 식육점 안에서 쾅 소리가 들려왔다. 검은 옷에 빨간 비닐 앞치마를 두른 마녀가 큰 칼로 고깃덩어리를 내리치고 있었다. 칼이 도마를 내리칠 때마다 고기의 살점과 뼈가 뭉텅뭉텅 잘려 나갔다. 칼을 긴 쇠꼬챙이에 쓱쓱 문지르고 다시 고깃덩어리를 내리치는 그녀는 영락없는 마녀의 모습이었다. 갑자기 집으로 돌아가고 싶어졌다. 그냥 돌아가서 동치에게 대충 둘러대고 싶었다. 그런데 뒤통수가 뜨거웠다. 누군가 숨어서 나를 지켜보는 것 같았다. 다시 마음을 다잡았다. 크게 숨을 내뱉고는 대성식육점 안으로 들어갔다.

"얘야, 뭐가 필요하니?"

마녀의 질문에 나는 당황했다.

"그게……."

아무런 준비 없이 식육점에 들어왔다는 사실을 깨달았다. 한 손에 칼을 든 마녀와 눈이 마주친 순간 독사를 만난 개구리처럼 몸이 뻣뻣하게 굳었다. 독사의 혀가 머릿속을 휘저었다. 마녀의 비닐 앞치마에서 핏방울이 흘러내리고 있었다. 정신이 번쩍 들었다. 마녀가 다시 말했다.

"엄마가 사 오라고 한 걸 잊었니?"

"맞아요."

나는 얼른 기억이 나지 않는다는 표정을 지어 보였다. 마녀의 눈동자에 실망의 빛이 스쳐 지나갔다.

"천천히 생각하렴."

마녀가 돌아서서 공중에 매달린 갈고리 앞으로 갔다. 천장의 주렁주렁한 갈고리에 내장을 들어낸 돼지가 통째로 매달려 있었다. 그녀는 매달린 돼지의 다리를 잘라 도마 위로 내던졌다. 그리고 다시 다리 하나를 잘라 냈다. 갑자기 동작을 멈춘 마녀가 한 손에 시퍼런 칼을 든 채 나를 바라보았다.

"뭐라고 했니?"

"아니요. 아무 말도 하지 않았어요."

나는 깜짝 놀라서 고개를 가로저었다. 마녀는 다시 갈고리의 돼지 다리를 잘라 냈다. 작업장 한쪽에 LPG가스가 연결된 큰 무쇠솥이 보였다. 그녀가 솥뚜껑을 열자 시커먼 물이 펄펄 끓고 있었다. 조금 전 자른 돼지 다리를 펄펄 끓어 넘치는 물에 집어넣었다. 그녀가 솥뚜껑을 닫고 돌아서서 나를 쳐다보았다. 그때 출입문이 드르륵 열리면서 아기를 업은 여자 한 명이 들어왔고, 이어서 할머니 한 명이 와 고기를 주문했다.

마녀가 손님들에게 시선을 돌리자 그제야 비로소 주위를 찬찬히 둘러볼 수 있었다. 식육점 내부는 넓은 편이 아니었다. 입구 정면에 카운터 겸 작업대가 놓여 있고 그 옆에 유리 진열장이 있었다. 진열장 안에는 부위별로 잘라 놓은 고기가 있고 무쇠 솥에는 거무스름한 돼지 다리가 있었다. 작업장 뒤쪽은 커다란 냉동 창고인 듯했다.

작업장 안으로 들어갈 수 있는 입구를 찾아보았다. 동치가 식육점에 들어온다면 가장 먼저 작업장으로 가야 했기 때문이다. 나는 식육점이 밖에서 보는 것과 많은 차이가 있다는 사실을 깨달았다. 작업장 입구가 보이지 않았다. 정신을 집중하고 다시 내부를 살폈다. 카운터 상판 밑이 뚫려 있었다. 그러니까 상판을 들어 올리고 작업장 안으로 드나드는 모양이었다. 그곳이 눈에 잘 띄지 않은 것은 바로 앞에 종이 박스가 쌓여 있기 때문이었다. 마녀는 갈고리에 매달린 돼지고기를 잘라 무게를 재서 손님들에게 건네주고 있었다. 나는 진열장의 돼지 다리를 들여다보았다. 동치가 말한 바로 그 돼지 다리였다. 그때 진열장 위로 마녀의 얼굴이 불쑥 나타났다.

"꼬마야, 아직도 기억나지 않니?"

손님들이 모두 돌아가고 없었다. 나는 아차 싶었다. 손님들보다 먼저 식육점을 빠져나가야 했는데 돼지 다리에 정신이 팔려 시기를 놓쳐 버린 것이었다. 볼살이 축 늘어지고 눈꼬리가 찢어진 마녀의 표정이 일그러졌다. 생각해 보면 나는 너무 오랫동안 식육점에 머물고 있었다. 아무리 멍청한 아이라도 심부름 내용을 기억하기에는 충분한 시간이었다.

"죄송해요. 생각이 나지 않아서……."

싸늘한 눈초리로 나를 보던 마녀가 카운터 상판을 들어 올리고 나와 내 앞에 우뚝 섰다. 그녀의 몸에서 역겨운 피비린내가 확 풍겼다.

"여긴 왜 왔지?"

마녀의 음산한 목소리에 놀라 진열장 구석으로 주춤거리며 물러났다. 머릿속에 대성식육점 지하실이 떠올랐다. 온갖 종류의 시약이 담긴 병들이 가득 쌓여 있고 한쪽 구석에 놓인 무쇠솥에서 시커먼 액체가 부글부글 끓고 있다. 마녀가 쇠막대기로 검은 액체를 휘저으며 손가락으로 찍어 맛을 보더니 고개를 갸웃한다. 그녀는 쇠막대기를 놓고 칼을 집어 들고는 지하실 구석으로 걸어간다. 아이들의 시체가 갈고리에 매달려 있다. 시체에서 팔 하나를 칼로 잘라 낸 그녀가 그것을 솥에 던져 넣는다. 그러고는 다시 쇠막대기로 휘저으며 맛을 본다. 무쇠솥 옆에는 사람 뼈다귀가 산처럼 쌓여 있다.

빨간 고무장화가 내 앞으로 천천히 다가왔다. 등에 벽이 닿았다. 이제 더 이상 물러날 곳이 없었다. 심장이 미친 듯 벌떡거렸다. 그녀가 칼을 들어 올리는 순간 나는 소리쳤다.

"돈을 잃어버렸어요!"

공중으로 올라가던 칼날이 뚝 멈추었다. 나는 하얗게 질린 얼굴로 마녀를 쳐다보며 주머니를 뒤집어 보았다. 주머니에서 동전 하나가 툭 떨어지더니 진열장 밑으로 또르르 굴러 들어갔다.

"얘야, 거짓말하면 어떻게 되는지 알지?"

마녀가 볼살을 씰룩거리며 칼을 내 목에 겨누었다. 나는 진열장 밑을 흘끔거리며 고개를 끄덕였다.

"알아요."

"그래?"

"엄마가 삼겹살을 사 오라고 했는데, 오는 도중에 돈을 잃어버렸어요."

그녀의 눈동자가 나를 빤히 보고 있었다. 나는 몸을 숙이고 진열장 밑으로 손을 집어넣었다. 손가락 하나가 겨우 들어갔다. 손끝에 무언가가 걸렸다. 천 원짜리 지폐였다. 나는 그것을 그녀에게 내밀었다. 그녀가 내 손을 밀치며 음산한 목소리로 말했다.

"그따위 돈으론 내 집에서 뼈다귀 하나 못 가져가."

그때였다. 갑자기 할머니의 맑은 눈동자가 머릿속에 떠올랐다. 고요하기 그지없는 눈동자를 떠올리자 뜨겁고 강한 기운이 솟아 온몸으로 퍼져 나갔다. 신기하게도 들끓어 오르던 무시무시한 공포가 스르르 녹아내렸다. 나는 당당하게 가슴을 쭉 펴고 마녀의 눈동자를 똑바로 바라보았다. 그리고 진열장 속의 돼지 다리를 가리키며 물었다.

"저건 얼마죠?"

나를 쏘아보던 마녀의 눈빛이 흔들렸다. 그녀의 입술이 희미하게 떨리는 것을 나는 보았다. 입술을 달싹거리던 그녀는 끝내 입을 열지 않았다. 다시 작업장 안으로 들어가더니 도마에 칼을 꽂았다. 나는 한 번 더 물었다.

"얼마죠?"

냉동 창고를 향해 걸어가던 그녀가 나를 돌아보면서 힘 빠진 목소리로 말했다.

"그건 아무한테나 파는 게 아니다. 주문한 손님들한테만 파는 특별한 물건이야. 이제 문을 닫아야 하니 그만 돌아가."

나는 천천히 돌아서서 문을 열고 밖으로 나왔다. 등 뒤에서 마녀가 힘없이 칼을 내려치는 소리가 들려왔다. 나는 돌아보지 않은 채 멀리 보이는 상가 불빛을 향해 걸어갔다.

다음 날 오후, 우리는 시장 안쪽의 노천 식당 입구에 진을 치고 있었다.

"정말 올까?"

"슬슬 나타날 시간이 됐어."

동치가 목을 길게 빼고 시장 입구를 살폈다. 나는 땅바닥에 대성식육점 내부 구조를 그리기 시작했다.

"잘 봐."

문의 위치, 진열장의 크기, 카운터의 모양을 상세하게 그렸다. 그리고 진열장 오른쪽 벽에 걸린 여러 종류의 칼도 그렸다. 동치가 가만히 들여다보더니 한 곳을 가리켰다.

"이건 뭐지?"

"그건 작업장 뒤 냉동 창고 문이야. 카운터 상판 밑으로 들어가야 돼."

동치가 입술을 지그시 깨물었다.

"돼지 다리는 진열장 속에 있어."

나는 조금 전에도 대성식육점의 진열장을 확인하고 왔다. 주말 오후가 되면 대성식육점은 분주했다. 바로 앞 노천 식당에서 고기를 직접 구워 먹는 손님들이 많았기 때문이다. 노천 식당에서는 고기를 제외한 술과 채소 등을 제공했다. 주말을 맞은 대성식육점 마녀의 옷차림은 화려하기 그지없었다. 꽃무늬가 들어간 화사한 블라우스에 하얀 앞치마를 두른 그녀가 칼을 휘두를 때마다 갈고리에 걸린 돼지 살점이 뭉텅뭉텅 잘려 나갔다. 동치가 일어나서 다시 시장 입구를 두리번거렸다.

"춘삼이 나타날까?"

"반드시 올 거야."

동치가 틀림없다는 듯 말했다. 그때였다. 갑자기 동치가 내 팔을 잡아끌었다.

"왔다!"

시장 골목으로 두 명의 남자가 들어서고 있었다. 두 사람 가운데 하와이풍의 알록달록한 셔츠를 입은 남자가 바로 우리가 기다리던 춘삼이었다. 춘삼의 옆에 있는 사람은 팔에 깁스를 한 고물 장수 황 씨였다. 두 사람은 뒷짐을 진 채 곧장 노천 식당으로 향했다.

춘삼은 작은 키에 목이 짧고 가슴이 두꺼웠다. 튀어나온 이마와 옅은 눈썹 때문에 어디를 가나 눈에 띄었다. 반팔을 입었는데도 긴팔처럼 보이는 것은 문신 때문에 생긴 착시 현상이었다. 춘삼은 화가 나면 어른 아이 가리지 않고 패악을 부리기에 읍내에서는 춘삼이라면 모두 혀를 내둘렀다.

우리는 두 사람이 눈치채지 못하게 조심해서 뒤를 따라갔다. 춘삼과 황 씨는 노천 식당으로 들어가서 자리를 잡았다. 춘삼의 주문을 받은 주인 여자가 대성식육점으로 들어갔다. 잠시 뒤에 여자는 고기가 가득한 쟁반을 들고 나오더니 노천 식당으로 돌아왔다. 주인 여자가 춘삼의 테이블로 가는 것을 확인한 우리는 인적이 드문 골목길로 갔다.

"내 말 맞지?"

동치의 말에 나는 고개를 끄덕였다. 주말 오후에 춘삼이 노천 식당에서 술을 마신다는 동치의 정보는 정확했다. 동치가 세운 계획은 간단했다. 읍내 최고의 난봉꾼 춘삼과 대성식육점 마녀를 싸움 붙이고 그 혼란을 틈타서 돼지 다리를 훔쳐 낸다는 것이다.

동치가 이런 계획을 짜낸 것은 두 사람이 강력한 호적수였기 때문이다. 글자 그대로 두 사람은 용호상박이었다. 춘삼이 싸움을 벌이면 마녀가 외면했고 마녀가 싸움을 하면 춘삼이 고개를 돌렸다. 읍내에서는 두 사람이 맞붙으면 누가 이길 것인지 내기가 벌어지곤 했다. 춘삼이 불리하다는 사람들도 있었다. 춘삼은 본격적인 싸움을 시작하기 전에 옷을 몽땅 벗었는데, 마녀가 여자이기에 함부로 옷을 벗지 못할 것이고 그러면 머리카락이 잘려 나간 삼손처럼 춘삼이 힘을 쓰지 못할 것이라고 했다. 하지만 또 다른 사람들은 실전 싸움에 능한 춘삼이 여자라고 봐주지 않을 거라고 말했다. 어쨌든 두 사람이 맞붙는다면 무시무시한 싸움이 될 것은 불을 보듯 뻔했다. 두 사람의 첨예한 갈등 관계를 파악한 동치가 덫을 놓기로 한 것이다. 동치의 계획이 성공하려면 모든 상황이 맞아떨어져야 했다. 춘삼이 시장에 나타나지 않거나 또는 두 사람이 견제만 하고 싸우지 않으면 계획이 틀어질 수밖에 없었다. 요컨대 우리는 두 사람을 싸움으로 몰아가야 했던 것이다.

동치가 손에 든 검은 비닐봉지를 풀었다. 몇 겹으로 싸인 봉지 속에서 불그스름한 살코기가 나왔는데 쿰쿰한 냄새를 풍기고 있었다. 그것은 동치가 구해 온 죽은 고양이 고기였다. 더운 날씨에 이미 부패가 시작된 살코기는 오늘 마녀와 춘삼의 혈투를 촉발시킬 방아쇠였다. 동치가 썩어 가는 고기를 내게 내밀었다.

"자, 받아. 다음 행동은 알지?"

"응."

내가 대답하자 홍두 역시 고개를 끄덕였다. 우리는 사뭇 비장

한 결의를 다진 뒤 각자 맡은 방향으로 움직이기 시작했다.

나는 노천 식당 천막 뒤쪽에서 춘삼의 테이블로 조심스럽게 접근했다. 그들 뒤편에서 기회를 엿보며 기다리자 마침내 춘삼이 일어나서 화장실로 가는 모습이 보였다. 혼자 남은 황 씨가 고기를 뒤척거리고 있었다. 나는 춘삼이 들어간 화장실을 흘깃 본 다음 동치에게 신호를 보냈다. 동치가 노천 식당의 입구에 마련된 솥단지로 다가갔다. 주인 여자가 한눈파는 사이에 동치가 발로 솥단지를 슬쩍 밀었다. 솥단지가 한쪽으로 기우뚱하더니 옆으로 쓰러졌다. 뜨거운 국물이 쏟아지자 주인 여자가 펄쩍 뛰며 비명을 질렀다. 황 씨의 시선이 주인 여자에게 쏠리는 순간 나는 재빨리 춘삼의 고기 접시에 고양이 고기를 섞어 놓고 빠져나왔다. 워낙 순식간에 벌어진 일이어서 아무도 내 행동을 눈치채지 못했다.

주인 여자가 솥단지를 수습하자 사람들의 시선이 제자리로 돌아갔다. 나는 황 씨가 접시에 담긴 고기를 석쇠에 올리는 것을 지켜보았다. 춘삼이 화장실에서 돌아왔고 다시 두 사람은 주거니 받거니 술을 들이켰다. 술병이 늘어 가는 것과 동시에 접시에 있던 고기도 빠르게 줄어들었다. 그때 홍두가 어슬렁거리며 노천 식당으로 들어왔다. 꺼벙한 표정의 홍두는 한창 침을 튀기며 떠들고 있는 춘삼에게 다가갔다. 그리고 춘삼의 귀에 무어라고 소곤거렸다. 춘삼이 벌떡 일어나더니 석쇠 위에서 지글거리며 익어

가는 고기를 손으로 가리켰다.

"고양이 고기!"

고기를 뒤적거리던 황 씨가 고양이 고기를 찾아 들고 냄새를 맡았다. 황 씨의 표정이 험상궂게 일그러졌다.

"이거 완전히 썩었잖아."

그리고 갑자기 황 씨가 입을 틀어막으며 화장실로 뛰어갔다.

"아줌마!"

춘삼이 고함치자 주인 여자가 헐레벌떡 달려왔다.

"무슨 일이죠?"

"이 고기 어디서 가져왔소?"

"당연히 대성식육점이지요."

"이런 미친년이……!"

"대체 왜 그래요?"

"썩은 고양이 고기가 섞여 있소."

"예? 그럴 리가 없어요."

주인 여자가 깜짝 놀라서 말하자 주위에 있던 사람들이 다가왔다. 그들은 황 씨가 골라낸 고기의 냄새를 맡더니 인상을 찡그리며 코를 틀어막았다.

"으윽. 이게 뭐요?"

"썩은 고양이 고기!"

춘삼이 흥분한 목소리로 소리치자 사람들이 뒷걸음쳤다.

"아이고, 이게 무슨 짓이야. 고 씨가 미쳤나 보네."

주인 여자가 발을 동동 굴렀다.

"일부러 싸움 거는 거 아니야?"

"맞아, 그런 것 같아."

대성식육점의 마녀와 춘삼의 미묘한 관계를 잘 아는 사람들이 한마디씩을 던졌다. 춘삼의 표정이 심하게 일그러지고 있었다. 나는 홍두에게 눈짓을 보냈다. 홍두가 콧구멍을 후비며 천연덕스럽게 입을 열었다.

"식육점 아줌마가 고기 맛이 어떠냐고 물어보라던데요?"

"뭐라고?"

홍두가 춘삼의 가슴에 기름을 확 끼얹었다. 불길은 거침없이 활활 타올랐다. 춘삼이 성난 멧돼지처럼 대성식육점을 향해 달려갔다.

오랜만에 춘삼이 발작했다는 소식이 들불처럼 빠르게 번져 나갔다. 시장 안이 술렁이면서 사람들이 하나둘 대성식육점 앞으로 모여들었다. 상인들도 가게를 팽개치고 달려왔다. 어떻게 소식을 들었는지 인근 경로당의 노인들도 지팡이를 휘두르며 달려왔다. 순식간에 대성식육점 앞은 구름처럼 몰려든 사람들로 난리법석이었다.

"이 미친년! 이리 나와!"

벌써 싸움은 시작되고 있었다. 꼭지가 돌아 버린 춘삼이 대성식육점 앞에 버티고 서서 삿대질을 퍼부었다. 하지만 굳게 닫힌 대성식육점 문은 쉽게 열리지 않았다. 춘삼도 호랑이 굴로 들어가는 것이 부담되는 듯 큰소리만 쳤다.

"썩은 고양이 고기를 입에다 처넣어 줄 테니 빨리 나와!"

영문을 모르는 관중들이 잠시 웅성거렸으나 마녀가 춘삼에게 고양이 고기를 섞어 팔았다는 말이 한 바퀴 돌자 이내 잠잠해졌다. 그때 대성식육점 문이 드르륵 열리면서 옅은 화장을 한 마녀가 육중한 몸을 드러냈다. 마녀는 구름처럼 몰려든 관중들을 쓰윽 둘러보더니 춘삼에게 버럭 소리를 질렀다.

"내가 언제 고양이 고길 팔았다고 이 지랄이야!"

마녀의 일갈에 춘삼이 움찔했다. 그렇다고 호락호락 물러설 춘삼이 아니었다.

춘삼이 목에 핏대를 올리며 침을 튀겼다.

"증거가 있는데 오리발이야?"

"미친 새끼, 헛소리 말고 당장 꺼져!"

마녀가 춘삼의 얼굴에 소금을 확 뿌렸다. 느닷없이 소금 세례를 받은 춘삼의 얼굴이 벌겋게 달아올랐다. 춘삼이 벼락처럼 달려들어 마녀의 뺨을 철썩 후려쳤다. 마녀의 몸이 휘청거렸다. 충격을 받은 마녀의 얼굴이 하얗게 변했다. 한 차례씩 공격을 주고받은 두 사람의 얼굴에 팽팽한 긴장감이 떠올랐다.

"거지발싸개 같은 놈이 감히 날 때려?"

"맞을 짓을 했으면 맞아야지."

"좋아. 오늘 한번 해보자."

"하긴 뭘 해? 너 같은 돼지는 싫어."

춘삼의 말에 관중들이 와하고 웃음을 터뜨렸다. 마녀의 눈빛이 서서히 독기를 뿜기 시작했다. 돼지라는 말은 마녀에게 치명적이었다. 마녀가 앞치마를 벗어 던지고 춘삼의 앞으로 다가갔다. 그러자 춘삼이 움찔하며 뒤로 물러났다.

"네놈은 발가벗고 싸우는 게 특기지?"

"뭐라고?"

"그 잘난 몸, 구경 한번 하자. 빨리 벗어 봐."

마녀는 덩치만 큰 게 아니라 입심도 거침없었다. 그 순간 동치는 사람들 사이에 끼어 대성식육점 문 앞에 접근해 있었다. 동치의 계획은 절묘하리만큼 아귀가 들어맞았다. 하지만 좀처럼 마녀는 대성식육점 앞을 벗어나지 않았다. 난감한 표정의 춘삼이 마음을 먹은 듯 마녀에게 외쳤다.

"좋아, 소원이라면 보여 주지. 그렇다고 홀딱 반하면 안 돼."

마녀가 노처녀라는 사실을 알고 있는 관중들이 또다시 웃음을 터뜨렸다. 사람들의 환호에 한껏 고무된 춘삼이 어깨를 으쓱거리며 알록달록한 하와이풍 셔츠를 훌렁 벗어 던졌다. 문신이 드러나자 사람들의 입에서 오오, 하는 감탄사가 쏟아져 나왔다. 마녀는 춘삼의 벗은 몸을 손가락으로 가리키며 깔깔거렸다.

"야 이 미친놈아, 종이가 없어서 몸에다 그림을 그렸어?"

"뭐라고?"

"종이 살 돈 빌려 줘?"

두 사람의 입씨름이 길어지자 우리는 초조했다. 만약 이런 상태로 싸움이 끝난다면 우리 계획은 물거품이 되는 것이다. 우리가 원하는 것은 선혈이 낭자한 혈전이었다. 그런 우리 마음을 아는지 모르는지 두 사람의 말싸움은 지루하게 이어졌다.

"고깃덩어리나 만지는 년이 예술을 알 리 없지."

"몸에 낙서하는 게 예술이냐?"

"백정 같은 년!"

"더러운 깡패 새끼!"

두 사람은 서로 닿을 듯 말 듯 거리를 유지하며 자극적인 말을 퍼부었지만 선뜻 선제공격을 하지 못했다. 그것은 둘 가운데 하나가 크게 다친다는 걸 알고 있었기 때문이다. 마침 관중들 사이에서 투덜거리는 소리가 들려왔다.

"너무 시시한데."

"그러게 말이야. 오랜만에 재밌는 구경 하나 싶었는데, 가서 장사나 하자고."

"천하의 춘삼이도 여자한테는 별수 없군."

사람들이 웅성거리며 자리를 뜨고 있었다.

"겁쟁이 같은 놈!"

그때 마녀의 말이 끝나기 무섭게 춘삼의 몸이 공중을 날았다. 마녀는 춘삼의 기습을 예상한 듯 가볍게 피하며 오히려 춘삼의 뺨을 후려갈겼다. 기습이 실패로 돌아가고 오히려 뺨을 얻어맞자 춘삼은 곧바로 2차 공격에 들어갔다. 눈 깜짝할 사이에 상황이 급반전되었다. 춘삼이 마녀의 멱살을 움켜잡고 안다리를 걸었다. 마녀의 육중한 몸이 기우뚱하더니 바닥에 쾅 쓰러졌다. 하지만 마녀도 만만치 않았다. 그녀는 쓰러지면서도 춘삼을 붙잡고 있었다. 마녀의 반격이 시작되었다. 그녀는 날카로운 손톱으로 춘삼의 가슴팍을 확 긁었다.

"으아악!"

돼지 멱따는 소리와 함께 춘삼이 뒤로 물러났는데 가슴의 살점이 떨어져 나가 피가 주르륵 흘러내렸다. 피를 본 춘삼의 눈이 확 뒤집혔다. 그는 괴성을 지르며 마녀의 배를 강하게 걷어찼다. 그때였다. 갑자기 오디오 가게에서 지지직거리는 소리가 나더니 느닷없이 베토벤의 운명 교향곡이 흘러나오는 것이었다. 주말 오후 오디오 가게 사장의 선곡은 베토벤의 운명 교향곡이었다. 정말로 기가 막힌 타이밍이었다. 뒤엉켜 싸우는 두 사람 위로 웅장한 교향곡이 울려 퍼지고 있었다.

마침내 우리가 목이 빠지게 기다리던 상황이 오자 동치가 대성식육점 안으로 들어갔다. 마녀와 춘삼의 싸움은 그야말로 무시무시한 혈투였다. 춘삼이 팔과 다리로 공격하면 마녀는 날카로운 손톱과 이빨로 맞섰다. 춘삼의 몸에서 살점이 떨어져 나가고 마녀의 얼굴이 호빵처럼 부풀어 올랐다. 춘삼은 언제 옷을 다 벗었는지 팬티 차림으로 주먹을 날리고 있었다. 고질적인 습관은 어쩔 수 없는 모양이었다.

동치는 여유가 넘쳤다. 녀석은 마치 자기 집에 들어간 사람처럼 작업장을 어슬렁거리며 갈고리에 걸린 돼지를 손으로 툭툭 건드리고 벽에 걸린 칼을 만졌다. 한참 뒤에야 동치는 진열장을 열고 돼지 다리를 꺼내 들었다. 그러고는 비닐봉지에 담아 옆구리에 끼고 유유히 대성식육점을 빠져나왔다.

때마침 춘삼이 날린 주먹이 마녀의 턱에 작렬했고 그 충격으로 마녀가 바닥에 쓰러졌다. 그런데 하필이면 그녀의 시선이 막 식육점을 빠져나온 동치와 딱 마주쳤다. 마녀가 벌떡 일어나며 동치를 향해 소리쳤다.

"내 고기!"

하지만 사람들은 마녀의 반응을 눈여겨보지 않았다. 춘삼이 다시 발길질을 날리고 있었기 때문이다. 이미 동치는 빠르게 달리기 시작했다. 한순간 마녀가 몸을 홱 돌리며 춘삼의 사타구니를 걷어찼다. 공중으로 날아오른 춘삼의 몸이 그대로 바닥에 내동댕이쳐졌다. 춘삼의 비명이 시장 안을 쩌렁쩌렁하게 울렸다.

"으아악!"

순식간에 춘삼을 처리한 마녀는 식육점으로 뛰어 들어갔다.

곧바로 뛰쳐나온 그녀의 손에 날카로운 칼 세 자루가 쥐여 있었다. 동치는 막 오디오 가게 앞을 지나고 있었는데 그녀와의 거리는 오십 미터. 마녀는 앞으로 뛰어가면서 동치를 향해 칼을 날렸다. 일직선으로 날아간 칼은 동치의 뒤통수를 살짝 비껴 스피커에 꽂혔다. 베토벤의 운명 교향곡을 지휘하던 카라얀이 깜짝 놀라서 지휘봉을 집어 던졌다. 두 손에 칼을 든 마녀가 동치를 쫓아 달려가고 있었다.

"내 고기!"

마녀가 무서운 속도로 지나가자 사과와 배가 공중에 날아올랐고 생선들이 와르르 쏟아졌다. 마녀는 추격을 멈추지 않았다. 뒤쪽에서는 벌거벗은 춘삼이 소리치며 따라붙었다.

"네 이년, 거기 서!"

춘삼의 몰골은 처참했다. 피를 흘리며 뛰어가는 춘삼은 지옥을 탈출한 악마 같았다. 세 사람이 쫓고 쫓기는 기묘한 광경이 시장에 펼쳐지고 있었다. 선두는 돼지 다리를 훔친 동치였고 그 뒤를 마녀와 춘삼이 쫓고 있었다. 춘삼의 고함 소리에 뒤를 돌아본 마녀가 이번에는 춘삼을 향해 칼을 휙 날렸다. 춘삼이 머리를 숙이자 칼은 마침 지나가던 똥개의 엉덩이에 푹 꽂혔다. 난데없이 칼을 맞은 똥개는 엉덩이에 칼을 꽂고 깨갱거리며 미친 듯 시장 안을 달렸다.

자신의 칼이 다시 빗나가자 마녀는 애석한 표정을 지었다. 그녀는 다시 도망치는 동치를 쫓았다. 동치는 목욕탕 옆 골목으로 뛰어들고 있었다. 호흡을 멈춘 마녀가 마지막 남은 칼을 동치에게 날렸다. 마녀의 마지막 칼은 골목 첫 번째 집 대문에 정통으로 꽂힌 채 부르르 떨렸다. 뒤를 흘깃 돌아본 동치의 몸이 한 줄기 연기처럼 골목 안으로 빨려 들어갔다.

9

달 의 환 영

덤불 속에서 여치가 울었다. 개울 건너 과수원에서 쿵 하고 썩은 사과 떨어지는 소리가 났다. 환한 달빛을 받으며 개구리들이 풍덩풍덩 개울로 뛰어들자 풀벌레들이 일제히 입을 다물었다. 개울가는 일순간 정적에 휩싸였다. 날씨는 연일 뜨거웠다. 어른들은 하루 종일 그늘을 찾아다니면서 부채질을 해 댔고 아이들은 강변을 헤매고 돌아다녔다. 어제는 모처럼 굵은 소나기가 내렸다. 한바탕 소나기가 휩쓸고 지나가자 오랜만에 갈증을 해소한 신록들이 눈이 시릴 정도로 선명해졌다. 거북이 등짝처럼 말라 가던 개울이 다시 찰랑거리며 흘러내렸다. 초여름에 만든 개울가 본부는 바짝 말라 버린 잎사귀에 하늘이 뻥 뚫려 있었다. 지붕을 받치던 나무 기둥이 기울어져 있는 걸로 보아 얼마 안 가 무너질게 확실했다.

개울가를 돌아봤지만 두 녀석은 보이지 않았다. 아무래도 약속 시간보다 내가 먼저 도착한 모양이었다. 나는 물소리가 나는 개울가 자갈밭에 앉았다. 수초 사이를 구불구불 돌아 흐르던 개울물이 이따금씩 허연 배를 뒤집었다. 건너편 미루나무 꼭대기에 보름달 두 개가 나란히 걸려 있었다. 두 개의 달은 마치 일란성쌍둥이처럼 하늘 높이 떠 있었다. 달 사이로 귀신 할머니의 활짝 웃는 얼굴이 떠올랐다가 사라졌다. 나는 두 개의 달을 쳐다보면서 할머니에게 배운 노래를 나지막하게 불렀다. 노랫소리는 찰랑거리는 개울물에 섞여 수초 사이로 흘러갔다. 주머니에 손을 넣자 사탕 하나가 잡혔다. 언젠가 할머니가 준 사탕인데 아껴 먹으려고 냉장고에 숨겨 두었다가 꺼내 온 것이다. 사탕은 검은개와 맞닥뜨렸을 때 공포를 막아 줄 일종의 부적이었다.

이마에 서늘한 감촉이 닿았다. 손을 대자 달빛이 한 손 가득 잡혔다. 손을 펴 보니 푸른 달빛이 물처럼 주르륵 흘러내렸다. 나는 그 푸른 달빛을 오랫동안 들여다보았다. 뒤쪽에서 바스락거리는 소리가 들려왔다. 마대 자루를 하나씩 둘러멘 동치와 홍두가 개울로 들어서고 있었다.

"언제 왔어?"

"조금 전에. 준비는 다 했어?"

"여기 전부 담아 왔어."

동치가 불룩한 마대 자루를 툭툭 쳤다.

동치의 자루를 열어 보니 비닐에 싸인 돼지 다리가 있었다. 코를 자극하는 구수한 냄새에 저절로 침이 꿀꺽 넘어갔다. 두 녀석이 내 옆에 털썩 주저앉으며 휘영청 떠 있는 달을 올려다보았다.

"대낮 같다."

"보름달이잖아."

"플래시가 필요 없을 것 같아."

우리는 그렇게 한동안 보름달을 쳐다보았다. 나는 문득 생각난 듯 동치를 돌아보았다.

"너무 늦은 거 아니야?"

"이 시간이 적당해. 도망친 개가 대낮에 어슬렁거리면서 돌아다닐 것 같아? 분명 이렇게 달이 환한 한밤에 먹이를 찾아다닐 거야."

동치가 검은개 사냥을 밤 시간으로 선택한 이유였다. 우리는 다시 개울 건너편 미루나무 꼭대기에 걸린 보름달을 올려다보았다. 그때 새 울음소리가 들려왔다. 미루나무 가지에서 툭 떨어진 울음소리가 개울물을 건너왔다. 동치가 벌떡 일어나서 돌멩이를 집어 미루나무 가지를 향해 홱 던졌다. 돌멩이는 개울 건너편 풀숲에 떨어졌다. 새가 울음을 멈추었다. 동치가 다시 돌멩이를 집어 들고 미루나무 가지를 뚫어지게 쳐다보았다.

"난 저 소리가 싫어. 너무 슬퍼."

동치는 그렇게 말하며 돌멩이를 개울에 던졌다. 홍두가 플래시를 꺼내 개울을 비추었다. 불빛은 개울을 넘어 미루나무를 슬금슬금 기어올랐다. 미루나무 가지에 몸을 꽁꽁 숨겼는지 새는 보이지 않았다. 홍두가 플래시를 끄자 동치가 말했다.

"들어가자."

동치가 먼저 바지를 걷어 올리고 개울로 들어갔다. 나도 신발을 벗고 물속으로 걸어 들어갔다. 옅은 물살이 무릎을 툭툭 때렸다. 발가락 사이로 잔모래가 서걱거렸다. 개울의 중간쯤에 자리를 잡고 선 동치가 보름달을 올려다보았다. 나는 동치와 약간 떨어진 곳에 자리를 잡았다. 우리를 지켜보던 홍두가 걱정스러운 표정으로 물었다.

"깊어?"

"안 깊어. 빨리 들어와."

홍두가 바지를 걷고 물속으로 들어왔다. 우리는 나란히 개울물 가운데에 섰다. 물살에 떠밀려 우리의 몸이 앞뒤로 흔들렸다. 개울가의 아카시아 향기가 물 위로 둥둥 떠내려왔다. 한순간 머릿속이 아득해지면서 미루나무에 걸려 있던 달이 눈앞에서 사라졌다. 얼마나 지났을까. 동치가 부스럭거리며 반대편 개울로 올라서고 있었다. 마른 자갈로 올라간 홍두가 비명을 질렀다.

"앗!"

"뭐야?"

"도깨비바늘."

주위를 돌아보니 온통 개망초와 도깨비바늘 천지였다. 내 바지에도 도깨비바늘이 잔뜩 박혀 있어 움직일 때마다 종아리가 따끔거렸다. 우리는 자갈밭에 앉아서 도깨비바늘을 하나씩 떼어냈다. 그런 다음 마른 자갈을 주워 발에 묻은 물기를 닦았다. 동치가 호주머니 속에서 부스럭거리며 무언가를 꺼냈다.

"뭐야?"

"담배."

홍두의 눈이 휘둥그레졌다. 하지만 아무 말도 하지 않았다. 멀리 보이는 가로등 불빛만 깜빡거리고 있을 뿐 개울가는 조용했다. 서쪽 하늘에서 구름이 몰려오고 있었다. 동치가 담배를 입에 물고 라이터를 켰다. 불빛에 동치의 얼굴이 드러났다. 동치가 담배를 빨아 당기자 연기가 피어올랐다. 담배 연기는 여우오줌풀 위로 퍼져 나갔다. 담배를 넘겨받은 홍두가 한 모금 연기를 빨았지만 곧바로 기침을 하면서 헛구역질을 했다.

"너무 독해."

"이런 멍청이……."

나는 홍두의 손에서 담배를 빼앗아 보란 듯 연기를 빨아들이고 꿀꺽 삼켰다. 순간 머릿속에서 쾅 하고 벼락이 내리쳤고 몸이 벌렁 뒤로 넘어갔다. 자갈밭에 드러누운 내 몸 위로 배추벌레들이 슬금슬금 기어올랐다. 그것들은 살갗을 뚫고 들어와서 꿈틀

꿈틀 기어 다녔다. 몸이 서서히 공중으로 떠올랐다. 나는 내 얼굴을 들여다보았다. 갑자기 내 얼굴에서 검은 수염이 돋아나기 시작했다. 수염은 여름날 잡초처럼 금세 얼굴을 덮었다. 그것도 잠시, 이번에는 수염이 하얗게 변했다. 곧이어 피부가 쭈글쭈글해지면서 노인의 얼굴로 변했다. 노인이 입을 쩍 벌리자 누런 이빨이 달빛에 드러났다.

"정신 들어?"

나는 눈을 번쩍 떴다. 동치와 홍두가 걱정스러운 표정으로 내려다보고 있었다. 잠시 정신을 잃은 것이었다. 나는 머리를 긁적이며 천천히 일어나 앉았다.

"빌어먹을……."

나는 돌멩이 하나를 집어서 개울물에 획 던졌다.

우리는 벗어 놓은 운동화를 신고 마대 자루를 주섬주섬 챙겨 들었다. 동치가 한결 가벼워진 목소리로 말했다.

"출발하자."

우리는 둑길로 올라갔다. 귀신처럼 머리를 풀어 헤친 아카시아가 우리를 쳐다보았다. 하얗게 빛나는 길이 끝없이 이어지고 있었다. 우리는 어깨를 나란히 하고 길을 걸었다. 개울을 가로지른 작은 다리가 나타났다. 홍두가 어두컴컴한 다리 밑을 흘깃 내려다보았다.

"뭐가 있어?"

"아무것도 없어."

우리는 다리를 건너 큰길로 갔다. 학교 앞에는 불빛이 환했고 중학생 서너 명이 수군거리는 모습이 보였다. 시장 골목으로 들어섰다. 골목 끝 집의 대문에서 마녀의 칼이 박혔던 자리를 찾아 냈다.

"굉장히 깊은데?"

홍두가 손가락을 집어넣으며 말했다.

"하마터면 죽을 뻔했어."

동치가 목덜미를 만지작거리며 웃었다.

우리가 시장을 빠져나간 뒤 벌어진 마녀와 춘삼의 2차 전투는 그야말로 피가 튀는 혈전이었다고 한다. 누군가의 신고로 달려온 경찰관 네 명이 간신히 두 사람을 떼어 놓은 것이었다. 병원으로 달려가는 응급차 안에서도 두 사람은 팔에 주삿바늘을 꽂은 채 싸움을 벌였고 놀란 응급차 운전사가 앞차를 들이박을 뻔했다고 한다. 두 사람은 한동안 병원 신세를 져야만 했다. 덕분에 우리 의 행적은 자연스럽게 묻혔다. 어쨌든 두 사람의 싸움은 무승부로 최종 결론이 났다. 대성식육점 습격의 일등 공신은 단연 홍두였다. 나는 홍두가 제 역할을 해낼 수 있을지 걱정했다. 하지만 홍두는 자신의 역할을 훌륭하게 해냈다. 어쩌면 녀석은 귀신 친구의 도움을 받은 건지도 모른다.

상가를 지나자 갈림길이 나왔다. 왼쪽으로 돌아가면 아스팔트

도로고 오른쪽은 교회로 올라가는 길이었다. 아스팔트 도로에 들어선 우리는 계속 걸어갔다.

한참 뒤 자전거 가게 앞에 이르렀다. 불을 환하게 켜 둔 채 주인이 자전거를 고치고 있었다. 문득 학교 운동장에서 금속경찰에게 잡혔던 순간이 떠올랐다. 동치는 금속경찰이 갑자기 사라진 이유는 늙은이가 정신병원에 보냈기 때문이라고 주장했다. 하지만 나는 금속경찰이 다시 우리 앞에 나타날 거라는 느낌을 떨쳐버릴 수 없었다. 홍두는 금속경찰이 우리 행동을 손바닥처럼 들여다보는 방법을 설명했다. 정신이상자들의 뇌에서는 보통 사람들이 상상할 수 없는 현상이 일어나는데 그중 하나가 다른 세계를 엿볼 수 있다는 것이다. 황당하기 짝이 없는 설명이지만 그것 말고는 금속경찰의 이상행동을 설명할 방법이 없었다.

이윽고 우리는 철길 앞에 도착했다. 철길 너머로 달빛을 머금은 황무지가 모습을 드러냈다. 문득 황무지가 십 년 뒤 우리가 만날 세계일지 모른다는 생각이 들었다. 이제 우리는 보이지 않는 문을 열고 미래의 세계로 들어가야 했다. 동치가 내 어깨를 툭 쳤다.

"가자."

우리는 철길을 넘어 황무지로 들어섰다. 푸른 달빛 아래 희미하게 길이 드러났다. 조심스럽게 주위를 살피며 황무지 속으로 들어갔다. 먼지가 푸석거리는 황무지를 걸어가던 나는 문득 오래전부터 궁금하게 여기던 것을 동치에게 물었다.

"할머니 집은 어떻게 찾아갔어?"

"아, 그거?"

동치가 귀신 사냥을 다녀온 뒤 처음으로 할머니 집을 찾아갔을 때를 말하기 시작했다. 그날 동치는 초저녁부터 일찍 잠이 들었다. 늦은 밤 갑자기 곱슬머리 사내가 방문을 걷어차고 방으로 들어와서 동치를 깨웠다.

"이 자식이, 어른이 집에 들어오지도 않았는데 자고 있어?"

그는 잠에 취한 동치의 머리를 주먹으로 때리며 무릎을 꿇게 했다.

"잘 다녀오셨어요, 하고 인사해 봐."

사내의 입에서 술 냄새가 진동했다. 동치는 인상을 찡그리며 입술을 꽉 다물었다. 그러자 사내가 다짜고짜 발로 동치를 걷어찼다. 그렇게 얻어맞던 동치는 술에 취한 사내에게 한마디를 남기고 집을 뛰쳐나왔다.

"언젠가 당신을 때려눕히고 말 거야!"

하지만 동치는 갈 곳이 없었다. 밤이 깊어 가는 거리에는 인적이 드문드문했다. 동치는 학교 운동장으로 들어갔다. 그네에 앉아 텅 빈 운동장을 바라보며 난생처음 엄마를 원망했다. 얼마나 지났을까. 갑자기 머릿속에 귀신 할머니가 준 사탕이 떠올랐다. 달콤한 사탕 맛이 점점 간절해졌다. 그길로 동치는 아직 불 켜진 상가에 들어가서 할머니 집을 수소문했다.

밤나무 숲이 있는 마을은 읍내에서도 제법 멀리 떨어진 곳이었다. 사탕을 먹고 싶다는 충동에 휩싸인 동치는 어두운 밤길을 걸어 마침내 마을 입구에 도착했다. 그런데 집집마다 불이 꺼져 있어 어디로 가야 할지 막막했다. 몸과 마음이 지쳐 버린 동치는 마을 회관 앞에 털썩 주저앉았다. 한 시간 정도 지났을 때 플래시 불빛 하나가 다가왔다.

"넌 누군데 이 시간에 여기 앉아 있니?"

읍내에서 돌아온 마을 사람이었다. 동치는 할머니의 인상착의를 설명하면서 집을 찾고 있다고 말했다.

"밤나무집 할머니를 찾는구나. 근데 할머니랑 무슨 관계지?"

"그게, 그냥 아는 사이예요."

"일 년 내내 찾아오는 사람 하나 없는 집인데……."

남자는 고개를 갸웃거리며 할머니 집을 알려 주었다. 동치는 다시 힘을 내서 어두운 골목을 거슬러 올라갔다. 마을의 끝 집을 지나자 넓은 고추밭이 나왔고 길은 밤나무 숲으로 이어지고 있었다. 동치는 귀신에 홀린 듯 밤나무 숲으로 들어갔다. 나뭇가지 사이로 달빛이 쏟아져 내렸다. 그 희미한 빛에 의지해 숲길을 벗어나자 허름한 슬레이트집이 나타났다. 대문을 밀치고 집 안을 들여다보았다. 할머니가 툇마루에 앉아 우두커니 밤하늘의 달을 올려다보고 있었다. 동치는 조심스럽게 마당으로 들어가 할머니를 불렀다.

"할머니……."

몇 번이나 불러도 할머니는 돌아보지 않았다. 순간 동치는 덜컥 겁이 났다. 미쳤다는 말이 머리에 파고든 것이었다. 하지만 강에서 자신을 따뜻하게 안아 주던 할머니를 떠올리며 용기를 냈다. 동치는 천천히 다가가 할머니의 눈을 들여다보았다. 할머니의 눈동자는 밤하늘에 떠 있는 달에 고정되어 있었다. 동치는 어쩔 수 없이 할머니 옆에 앉았다. 피곤이 몰려오면서 동치는 잠이 들었다. 얼마쯤 뒤 이상한 느낌에 눈을 뜨자 할머니가 동치를 내려다보고 있었다. 동치는 할머니의 눈을 보며 말했다.

"할머니, 저예요……."

동치는 할머니가 자신을 알아보지 못하면 어쩌나 걱정했다. 긴 침묵이 저벅저벅 마당을 돌아다녔다. 마침내 할머니가 웃음을 지으며 고개를 끄덕였다. 그제야 동치는 온몸의 긴장이 스르르 풀어지는 것을 느꼈다.

"할머니, 사탕 하나만 주세요."

할머니가 부스럭거리며 주머니에서 사탕 하나를 꺼내 건네주었다. 동치는 허겁지겁 비닐을 벗기고 사탕을 입에 넣었다. 단맛이 몸으로 서서히 퍼져 나갔다. 달콤한 맛은 동치의 슬픔과 분노를 가라앉게 만들었다. 그렇게 두 사람은 툇마루에 나란히 앉아서 기울어 가는 달을 오랫동안 쳐다보았다.

동치의 말이 끝나 갈 무렵 우리는 저수지 입구에 도착했다. 저수지 수면은 차가운 금속 같았다. 바람도 없고 흔한 풀벌레 소리도 들리지 않았다. 무거운 공기가 저수지 수면을 짓누르고 있었다. 저수지 농장에서 흘러나온 불빛이 수면을 비추었다. 수면에 반사된 빛은 농장 전체가 공중에 떠 있다는 착각을 불러일으켰다. 홍두가 떨리는 목소리로 물었다.

"이제 어디로 가?"

"따라와."

동치가 담배와 같은 의식을 준비한 것은 우리 마음속의 두려움과 공포를 몰아내기 위해서였을 것이다. 하지만 홍두에게는 별다른 효과를 주지 못한 것 같았다. 발을 내딛을 때마다 저수지 수면에 떨어진 불빛이 흐느적거리며 따라왔다. 저수지 수문 앞에서 동치가 말했다.

"플래시 줘 봐."

홍두가 마대 자루를 바닥에 내려놓고 부들부들 떨리는 손으로 플래시를 꺼냈다. 동치가 플래시를 켜고 수문 주위를 이리저리 비추었다. 불빛에 야산 오른쪽을 돌아가는 가느다란 길이 드러났다. 잡초가 우거져 있어 대낮에도 눈에 띄지 않을 희미한 길이었다. 홍두의 표정이 일그러졌다.

"길이 아니잖아?"

"길 맞아."

"네가 어떻게 알아?"

"가 봤어."

동치가 무덤덤하게 대답하자 홍두의 눈이 휘둥그레졌다.

"이 길을 가 봤다고? 언제?"

"낮에."

"너, 미쳤어?"

홍두의 말을 무시한 동치가 앞장섰다. 나는 자꾸만 머뭇거리는 홍두의 등을 떠밀었다. 성긴 잡초가 발목을 감아 왔다. 한참을 올라가자 갑자기 시야가 트이면서 광활한 갈대밭이 눈앞에 펼쳐졌다. 동치가 플래시를 끄고 낮게 소곤거렸다.

"여기가 바로 검은개가 숨은 곳이야."

검은개가 숨어 있다는 말에 새삼 심장이 쿵 내려앉았다. 나는 달빛에 드러난 갈대밭을 돌아보았다. 우리가 서 있는 곳은 야산의 입구였다. 갈대밭 너머로 건너편 산이 보였다. 저수지 농장은 한참 떨어진 아래쪽에 있었다. 우리는 저수지 농장을 크게 우회하여 갈대밭으로 들어온 것이었다. 달빛을 받은 갈대밭은 왠지 모르게 으스스한 느낌이었다. 홍두가 내 등에 찰싹 달라붙었다. 나는 낮은 목소리로 말했다.

"검은개가 정말 있을까?"

"분명히 이곳에 숨어 있어."

동치가 갈대밭을 바라보며 대답했다. 불안한 생각이 슬그머니

머리를 내밀었다. 지금까지 우리는 굉장히 운이 좋았다. 아슬아슬하게 위험을 벗어난 적이 한두 번이 아니었다. 하지만 언제까지 운이 좋을 수는 없었다. 언젠가는 불행이 우리를 덮칠 것이다. 나는 오늘이 그날이 아니기를 빌었다.

"올무를 설치할 장소는 저기야."

동치가 야산 입구에 서 있는 소나무들을 가리켰다. 미리 설치할 장소를 파악해 둔 모양이었다. 우리는 소나무 쪽으로 올라갔다. 그곳은 갈대밭에서 야산으로 올라가는 길목이었고 잡목과 소나무가 뒤섞여 있었다.

"저 나무를 중심으로 설치하자."

"몇 개를?"

"가져온 거 전부."

우리는 동치가 지목한 소나무와 주변에 원형을 그리며 올무를 설치해 나갔다. 그리고 남은 올무는 예상 경로에 설치했다. 올무 설치가 끝나자 동치가 마대 자루 속에서 대성식육점에서 훔친 돼지 다리를 꺼냈다. 돼지 다리를 철사에 단단히 묶은 뒤 소나무에 매달았다. 구수한 냄새가 바람을 타고 갈대밭으로 퍼져 나갔다. 사냥 준비를 끝낸 우리는 마대 자루를 챙겨 들고 야산 중턱으로 올라갔다. 갈대밭이 한눈에 내려다보였다.

"얼마나 기다리지?"

"두 시간."

두 시간을 기다려도 별다른 움직임이 없다면 미끼를 수거해 내일 다시 오기로 했다. 우리는 바위에 등을 기대고 달빛이 비치는 넓은 갈대밭을 주시했다. 홍두가 내 어깨를 툭 쳤다.

"하나 줄까?"

홍두가 주머니에서 부적과 염주, 그리고 마늘을 꿴 목걸이를 주섬주섬 끄집어냈다.

"마음에 드는 걸로 골라서 주머니에 넣어."

나는 홍두의 성의를 봐서 부적 한 장을 주머니에 넣었다.

우리는 바위틈에 앉아서 갈대밭을 주시했다. 삼십 분이 금방 지나갔다. 아직까지 갈대밭에서는 아무런 움직임도 없었다. 밤이 깊어지면서 달빛은 더욱 밝아졌고 거센 바람에 갈대들이 크게 출렁거렸다. 한 시간이 지나자 나도 모르게 졸음이 슬슬 몰려왔다. 아래로 내려앉는 눈꺼풀을 들어 올리려고 안간힘을 썼지만 결국 깜빡 잠이 들었다. 얼마나 지났을까. 갑자기 몸이 세차게 흔들리는 바람에 번쩍 눈을 떴다.

"와, 왔어?"

"뭔가 오고 있어."

"검은개야?"

"모르겠어."

동치가 가리키는 갈대밭에는 아무것도 보이지 않았다.

"없는데?"

"저길 봐."

저 멀리 갈대밭이 조금씩 양쪽으로 갈라지고 있었다. 정체를 알 수 없는 것이 미끼를 향해 다가오고 있었다. 홍두가 바위틈에 얼굴을 처박고 사시나무 떨듯 몸을 흔들었다.

"저게 뭐지?"

"쉿!"

동치가 내 입을 막았다. 그것은 갈대밭 끝에서 움직임을 멈추었다. 미묘한 정적이 감돌았다. 갈대밭의 끝과 미끼가 걸린 소나무까지 대략 이십 미터 정도였다. 그것은 좀처럼 움직이지 않았다. 한 삼 분 정도 지났을 때 뒤쪽 갈대밭이 갈라지며 무언가 빠르게 다가왔다. 나는 낮은 목소리로 속삭였다.

"이쪽은 두 마리야."

"뭘까?"

순간 갈대가 거칠게 흔들리면서 새카만 물체가 튀어나왔다.

"오소리다!"

둥근 귀와 머리의 흰 띠가 선명한 오소리들이 달빛 아래에 모습을 드러냈다. 오소리들은 돼지 다리가 걸린 소나무 쪽으로 곧장 올라왔다. 몇 초 뒤에 캑 하는 비명 소리가 터져 나왔다. 오소리 한 마리가 입구에 설치한 올무에 걸려든 것이었다. 올무에 걸린 오소리가 비명을 질러 대자 나머지 두 마리는 순식간에 도망쳐 버렸다. 동치가 일어났다.

“확인해 보고 올게.”

동치는 미끼가 있는 소나무를 향해 조심스럽게 내려갔다. 그런데 중간쯤에서 동치가 걸음을 멈추고 갈대밭을 뚫어지게 쳐다보았다. 그러더니 빠른 걸음으로 되돌아왔다. 동치의 표정이 심상치 않았다.

“놈이 왔어.”

“어디?”

“쉿, 목소리를 낮춰.”

“어디에 있어?”

“갈대밭 중간쯤에.”

“어떡하지?”

“우리가 숨어 있는 걸 눈치챈 것 같아.”

동치가 나직하게 말했다. 홍두의 입이 천천히 벌어졌다. 나는 홍두가 비명을 지를까 봐 재빨리 홍두의 입을 틀어막았다.

“숨어서 이쪽을 노려보고 있어.”

올무에 걸린 오소리가 계속 캑캑거렸지만 우리의 신경은 온통 갈대밭에 가 있었다. 다시 갈대가 크게 움직였는데 오소리들이 나타났을 때와는 달랐다. 아주 덩치 큰 놈이 움직인다는 것이 확연하게 느껴졌다. 그것은 점점 앞으로 다가왔고 마침내 갈대밭에서 불쑥 튀어나왔다. 검은개였다. 검은개는 그 자리에 우뚝 서서 우리가 숨은 야산 중턱을 노려보며 크게 짖었다.

"컹! 컹! 컹!"

날카로운 소리가 공기를 북북 찢었다. 바짝 엎드린 우리는 달빛 아래 모습을 드러낸 검은개를 바라보았다. 두툼한 주둥이 속에서 번뜩이는 이빨과 축 늘어진 귀를 보는 순간 그동안 잊고 있던 공포가 빠르게 되살아났다. 검은개는 돼지 다리가 매달린 소나무를 향해 천천히 다가오고 있었다. 갈대밭을 벗어난 검은개가 올무에 걸린 오소리 앞으로 다가섰다. 오소리가 멈칫거리자 검은개가 달려들어 목에 이빨을 박아 넣고 강하게 비틀었다. 캑 하는 소리와 함께 오소리의 머리가 바닥에 툭 떨어졌다.

순식간에 오소리를 해치운 검은개가 서너 걸음 앞으로 움직였다. 일 미터 정면에 돼지 다리가 걸려 있었다. 동치의 예상대로 대성식육점의 돼지 다리가 검은개의 굶주린 위장을 자극한 것이 틀림없었다. 검은개는 미끼 앞에서 갈등하는 기색이 역력했다. 마침내 자제력을 상실한 검은개가 풀쩍 뛰어올라 돼지 다리를 덥석 물었다. 그리고 착지와 동시에 귀를 찢는 비명 소리가 갈대밭을 뒤흔들었다.

"걸렸다!"

동치가 벌떡 일어나서 소리쳤다. 검은개의 오른쪽 앞발이 올무에 걸린 것이었다. 검은개는 앞발을 빼내려고 사력을 다해 발버둥 쳤다. 하지만 거세게 움직일수록 올무는 강하게 죄어들었다.

"컹! 컹! 컹!"

나는 뛰쳐나가는 동치를 잡았다.

"기다려!"

"왜?"

"어차피 올무에 걸렸으니까 도망칠 수 없어. 힘이 빠질 때까지 기다리자."

잔뜩 흥분한 동치가 아쉬운 표정으로 바닥에 주저앉았다.

"정말 잡혔구나……."

홍두는 자기 눈으로 보고도 믿지 못하는 표정이었다. 나도 솔직히 놀랐다. 이렇게 쉽고 간단하게 검은개가 올무에 걸려들 것이라고는 생각하지 못했다.

동치가 혼잣말로 중얼거렸다.

"이제 할머니 원수를 갚아야 해."

검은개는 올무를 포기하고 주저앉아 돼지 다리를 허겁지겁 먹어 치우고 있었다. 미친 듯 돼지 다리를 뜯어 삼키는 검은개의 모습은 기괴했다. 어른 팔뚝만 한 크기의 돼지 다리가 순식간에 검은개의 입으로 사라졌다. 살점을 깨끗하게 뜯어 먹은 검은개는 남은 뼈다귀를 핥았다. 마침내 동치가 마대 자루에서 망치를 꺼내 들고 야산을 뛰어 내려갔다. 나는 홍두와 함께 동치의 뒤를 쫓아갔다. 동치가 플래시를 비추자 뼈다귀를 핥아 대던 검은개가 으르렁거리며 달려들었다. 한 발이 올무에 걸린 것 외에는 멀쩡했다. 동치가 플래시를 내게 넘겨주었다.

"뭐 하려고?"

"뭐 하긴, 죽여야지!"

"이렇게 날뛰는데 무슨 수로?"

"상관없어."

망치를 든 동치가 검은개에게 바짝 다가갔다. 비록 올무에 걸려 있지만 검은개의 반격은 무시무시했다. 검은개가 날뛸 때마다 올무가 조금씩 살을 파고들었다. 동치가 휘두른 망치가 어깨를 강타하자 검은개가 비명을 지르며 후다닥 뒤로 물러났다. 동치가 소리쳤다.

"나무 막대기를 가져와!"

나는 홍두에게 플래시를 넘겨주고 소나무 가지를 꺾었다. 그러고는 검은개의 머리를 강하게 후려쳤다. 양쪽에서 공격하자 검은개가 더욱더 미친 듯 날뛰었다. 우리 힘으로만 때려잡기에는 역부족이었다. 아무리 때려도 검은개는 꿈쩍하지 않았다. 나는 점점 지쳐 갔다. 하지만 동치는 조금도 지친 기색 없이 검은개에게 달려들었다. 격렬한 공방전이 수십 차례 계속되던 끝에 내가 나뭇가지로 시선을 끌자 뒤로 접근한 동치가 검은개의 꼬리뼈를 강하게 내리쳤다. 전기에 감전된 것처럼 검은개가 펄쩍 뛰어올랐다.

"컹!"

순간 믿을 수 없는 광경이 벌어졌다. 충격을 받은 검은개가 풀쩍 뛰면서 올무에 걸린 오른쪽 앞발이 툭 잘려 나간 것이었다. 균형을 잃고 털썩 넘어진 검은개가 용수철처럼 튀어 올랐다. 나는 동치와 홍두를 향해 소리쳤다.

"도망쳐!"

홍두가 가장 빨랐다. 검은개의 발목이 잘려 나가는 순간 홍두는 이미 갈대밭으로 뛰어들고 있었다. 동치와 내가 한발 늦게 갈대밭으로 뛰어들었다. 검은개는 한쪽 다리를 절뚝거리며 맹렬한 기세로 우리를 쫓아왔다. 갈대밭의 흙은 매우 단단했다. 홍두의 모습이 순식간에 시야에서 사라졌다. 잠시 방향을 놓친 내가 주위를 돌아보자 바로 뒤쪽 갈대가 갈라지면서 검은개가 나타났다. 나는 무작정 앞으로 내달렸다. 갈대가 얼굴을 때렸다. 얼마나 달렸을까. 갑자기 눈앞에서 갈대가 사라지고 나는 발을 헛디뎌 넘어졌다. 동치가 손을 내밀며 다급하게 외쳤다.

"빨리 일어나!"

나는 무의식적으로 뒤를 돌아보았다. 검은개가 달려오고 있었다. 동치와 나는 거친 잡목을 뚫고 앞으로 뛰어나갔다. 잡목 숲을 벗어나자 창고가 보였다. 창고를 향해 뛰었다. 뒤를 돌아보니 검은개가 막 갈대밭을 빠져나오고 있었다. 동치가 창고 문을 벌컥 열어젖혔고 우리는 동시에 창고 안으로 뛰어들면서 문을 쾅 닫았다.

"걸쇠를 걸어!"

"안 보여."

나는 동치를 밀쳐 내고 손으로 문고리를 더듬었다. 쇠고리가 손에 잡혔다. 어깨로 문을 밀면서 간신히 걸쇠를 걸었다. 우리는 숨을 헐떡거리며 바닥에 주저앉았다. 블록으로 만들어진 창고에는 키가 닿지 않는 높이에 창문이 하나 있었다. 창문으로 흘러들어 온 달빛이 창고 내부를 비추었다. 창고는 텅 비었는데 곰팡이 냄새와 동물의 배설물 냄새가 뒤섞여 코를 찔렀다.

"무슨 창고지?"

동치의 입에서 창고라는 말이 나오는 순간 무언가 머릿속을 스쳤다. 나는 벌떡 일어나서 창고 안을 살펴보았다. 구석에 개 밥그릇 하나가 뒹굴고 있었다.

"바로 그곳이야."

"무슨 말이야?"

"저수지 농장에 들어갔을 때 금속경찰이 했던 말 기억나? 농장 뒤쪽 창고에 개를 가뒀다고 했잖아."

동치가 놀란 눈으로 창고 안을 두리번거렸다.

"그럼 여기가 그 창고란 말이야?"

"그런 것 같아."

검은개를 피해서 도망쳐 온 곳이 바로 검은개가 묶여 있던 창고였다. 그때 쾅 하고 문 부서지는 소리가 났다. 우리는 문 앞으로 뛰어갔다. 무언가 묵직한 것이 창고 문에 몸을 부딪쳐 오고 있었다. 동치의 얼굴이 새파랗게 질렸다.

"개가 문을 부수고 있어!"

검은개가 창고 문에 몸을 던지고 있었다. 함석을 덧씌운 창고 문이 쾅, 쾅 울릴 때마다 머릿속이 하얗게 변했다.

"어떡하지?"

"함석 때문에 쉽게 부서지지 않을 거야."

쾅! 쾅! 쾅!

발목 하나가 잘려 나간 검은개는 무서울 정도로 집요했다. 문을 산산조각 내려는 듯 계속 몸을 부딪쳐 왔다. 쾅쾅거릴 때마다 창고가 흔들리고 천장에서 먼지가 우수수 떨어져 내렸다. 창고가 무너질지 모른다는 생각이 엄습했다. 놀랍게도 창고 문에 붙은 함석이 안쪽으로 밀려 들어오고 있었다. 동치가 바깥쪽으로 함석을 다시 밀었다. 휘어진 함석은 충격이 가해질 때마다 안쪽으로 쑥쑥 들어왔다. 우리는 몸으로 문을 밀어붙였다. 시간이 갈수록 힘이 빠졌다. 하지만 문밖의 검은개는 계속 몸을 던져 왔다. 입 안이 모래를 집어넣은 것처럼 서걱거렸다. 나는 마른침을 삼키며 입을 열었다.

"문이 부서질 것 같아."

땀으로 범벅이 된 동치의 얼굴에 당황한 기색이 역력했다. 동치는 올무로 미친개를 잡겠다는 계획만 세웠을 뿐 이런 일이 벌어질 거라고는 예상하지 못했을 것이다. 동치가 갈라진 목소리로 말했다.

"끝까지 버티자."

"문이 부서지면?"

"죽을 각오로 싸울 수밖에."

과연 우리가 미친개와 싸워서 이길 수 있을까. 하지만 선택의 여지가 없었다. 미친개의 먹이가 되지 않으려면 죽을힘을 다해 싸울 수밖에 없었다. 주먹을 움켜쥐는 순간 갑자기 소리가 뚝 멈추었다. 헐떡거리던 개의 숨소리도 들리지 않았다.

"어떻게 된 거지? 포기한 거 아니야?"

동치가 옷소매로 땀을 닦으며 고개를 가로저었다.

"아니야, 놈은 밖에 있어."

문틈으로 밖을 살폈지만 아무것도 보이지 않았다. 하지만 밖으로 나갈 엄두는 나지 않았다. 숨을 죽이고 계속 바깥의 동정을 살폈지만 아무런 기척이 없었다. 우리는 긴장이 풀려 무너지듯 주저앉았다. 땀에 흠뻑 젖은 몸을 벽에 기대고 눈을 감았다. 수십 가지 생각이 스쳐 지나갔다. 그때였다. 와장창하고 창문이 깨지면서 검은개가 창고 안으로 뛰어들었다. 창문을 뚫고 들어온 검은개는 곧바로 우리를 덮쳐 왔다. 검은개의 이빨이 내 목을 물어뜯으려 할 때 동치가 반사적으로 망치를 휘둘렀다.

퍽!

뼈 부러지는 소리가 나면서 검은개의 몸이 기우뚱하더니 옆으로 쓰러졌다. 우리는 재빨리 창고 한쪽으로 도망쳤다. 몸을 일으킨 검은개가 날카로운 이빨을 드러낸 채 흉포하게 으르렁거렸다. 우리는 주춤주춤 창고 구석으로 뒷걸음쳤다. 날카로운 송곳니 사이로 침을 뚝뚝 흘리며 검은개가 다가왔다. 잘려 나간 발목에서 피가 뚝뚝 떨어지고 있었다. 마침내 우리가 창고 구석에 몰리자 검은개가 바닥을 차고 뛰어올랐다.

"아악!"

검은개의 이빨이 내 팔목에 박히는 순간 동치가 망치로 주둥이를 후려쳤다. 그 충격으로 검은개의 머리가 돌아가면서 팔의 살점이 찢어졌다. 나는 창고 문으로 달려가서 걸쇠를 풀기 시작했다. 떨리는 손으로 걸쇠를 벗겨 내는데 이번에는 동치의 비명이 터져 나왔다. 돌아보니 검은개가 동치의 허벅지를 물고 있었다. 동치가 떨어진 망치를 주워 검은개의 콧잔등을 내리쳤다.

퍽!

검은개의 머리가 튕겨져 나가는 틈을 타서 동치가 창고 문 쪽으로 뛰어왔다.

우리는 창고 문을 발로 걷어차고 밖으로 뛰쳐나갔다. 그리고 어깨로 문을 틀어막았다. 창고 안에서 검은개가 발악하듯 짖어 댔다.

"컹! 컹! 컹!"

쾅 하는 소리와 함께 우리는 튕겨져 나가고 말았다. 검은개가 문을 밀고 나온 것이었다. 밖으로 뛰쳐나온 개의 모습은 처참했

다. 주둥이 옆이 함몰되어 있고 이빨 사이로 핏물이 떨어지고 있
었다.

나는 동치를 부축하고 저수지 농장을 향해 뛰었다. 우리가 살
아날 길은 농장으로 피신하는 수밖에 없었다. 상처가 심한 듯 동
치가 다리를 크게 절뚝거렸다. 검은개도 큰 충격을 받았는지 전
력으로 쫓아오지 못했다. 저 멀리 저수지 농장의 불빛이 보였다.
그 불빛이 그렇게 반가울 수 없었다. 얼마나 달렸을까. 가파른 언
덕이 나타났다. 나는 동치의 손을 잡고 언덕을 올라갔다. 그런데
검은개에게 물린 상처 때문에 동치가 자꾸만 주저앉았다.

"안 돼, 일어나!"

동치가 두어 걸음 올라가다 다시 주르륵 미끄러졌다. 나는 동
치에게 등을 내밀었다. 동치를 업고 다시 가파른 언덕을 기어올
랐다. 땀이 비 오듯 쏟아지고 다리가 후들거렸다. 하지만 조금도
지체할 수 없었다. 이를 악물고 언덕을 올라갔다. 언덕에 발을 딛
자마자 다리가 풀려 그대로 주저앉고 말았다. 몸이 뒤로 확 넘어
갔다. 언덕을 미끄러지던 우리는 가까스로 잡목을 움켜잡았다.
뒤를 돌아보니 어느새 검은개가 언덕 밑에 도착해 있었다. 잘려
나간 앞다리 때문에 경사진 언덕은 오르지 못하고 우리를 노려
보며 으르렁거렸다. 나는 동치에게 소리쳤다.

"기어 올라가!"

우리는 잡초를 붙잡고 간신히 언덕을 기어올랐다. 쏟아지는 땀

때문에 앞이 보이지 않았다. 마침내 언덕을 올라간 우리는 바닥에 드러누워 숨을 헐떡거렸다. 한순간 오싹한 기운이 몸을 스쳐 지나갔다. 천천히 고개를 들다가 그대로 얼어붙고 말았다. 달빛이 환한 언덕에 경찰관 한 명이 곤봉을 들고 서 있었다. 동치가 입을 쩍 벌렸다. 경찰관의 입에서 쇳물이 끓어 넘치는 괴이한 소리가 흘러나왔다.

"동……해물과 백……두산이……."

그는 바로 학교 운동장에서 건달 세 명을 때려눕히고 울부짖던 금속경찰이었다. 나는 본능적으로 도망쳐야 한다고 생각했다. 하지만 다리를 다친 동치가 문제였다. 앞에는 곤봉을 든 금속경찰이, 언덕 아래에는 검은개가 지키고 있었다. 나는 침을 꿀꺽 삼키며 금속경찰의 얼굴을 보았다. 우리를 알아보지 못하기를 빌면서 쥐어짜는 목소리로 말했다.

"아저씨, 저희 좀 도와주세요."

"하……나님이……보우……하사……."

"검은개가 우릴 죽이려 해요."

"우리……나라……만세에……."

"친구가 다리를 다쳤어요. 제발 좀 도와주세요."

금속경찰은 나의 호소를 무시하고 계속 애국가를 불렀다. 1절이 끝나 갈 무렵 금속경찰의 팔이 스르르 내려갔다. 나는 금속경찰이 곤봉을 거두는 것으로 생각했다. 하지만 그것은 착각이었다. 안도의 숨을 몰아쉬는 순간 금속경찰의 곤봉이 내 머리 위로 날아들었다. 간발의 차이로 곤봉이 머리를 비껴 나갔다. 금속경찰이 입을 쩍 벌렸다. 금속 이빨이 번쩍 빛을 튕겨 냈다. 그는 우리를 기억하고 있었다. 주춤주춤 언덕 끝으로 밀려났다. 금속경찰이 앞으로 다가오자 나는 다급하게 외쳤다.

"오른쪽으로 도망쳐. 나는 왼쪽으로 갈게."

동치가 다친 다리를 끌고 오른쪽으로 움직이기 시작했다. 나는 금속경찰의 눈을 쳐다보며 움직이지 않았다. 그런데 내 예상과 달리 금속경찰이 동치에게 달려들어 곤봉을 휘둘렀다.

"으악!"

등을 강타당한 동치가 비틀거리며 언덕 아래로 굴러 떨어졌다. 동치가 가까스로 손을 뻗어 잡목 가지를 움켜잡았다. 검은개가 언덕 밑에서 미친 듯 짖어 댔다. 동치는 언덕 중간에 간당간당 매달려 있었다. 다음은 내 차례였다. 금속경찰은 내가 도망칠 수 있는 공간을 가로막은 채 앞으로 다가왔다. 그리고 사정거리에 들어서자 지체 없이 곤봉을 내리쳤다. 뒤로 물러나다 발을 헛디뎌 언덕 아래로 미끄러졌다. 나는 간신히 균형을 잡고 멈추었다. 서너 걸음 옆에 동치가 있었다. 더 이상 도망칠 곳이 없었다. 언덕 아래에서 검은개가 더 맹렬하게 짖어 댔다.

금속경찰이 언덕을 내려오고 있었다. 이제 곧 그가 휘두르는 곤봉에 머리가 박살 나거나 아니면 검은개에게 목이 뜯겨 죽을 것이다. 우리에게 더 이상 행운은 없었다. 호시탐탐 기회를 엿보던 불행이 마침내 모습을 드러낸 것이다. 이윽고 다가온 금속경찰이 곤봉을 높이 치켜들었다. 눈앞이 흐릿해졌다. 절체절명의 순간 언덕 위에서 벽력같은 고함 소리가 터져 나왔다.

"이놈, 당장 그만두지 못해!"

내 머리를 향해 내려 꽂히던 곤봉이 멈추었다. 금속경찰이 천천히 몸을 돌려 언덕을 올려다보았다. 또다시 고함 소리가 들려왔다.

"사람은 건드리지 말고 개를 죽여!"

저수지 농장의 늙은이 목소리였다. 늙은이의 목소리는 위엄과 힘이 넘쳐흘렀다. 금속경찰의 눈이 휘리릭 돌아갔다. 금속경찰이 언덕 아래에서 으르렁거리는 검은개를 흘끔 보았다. 그러더니 모자를 벗고 머리를 벅벅 긁었다. 그때 다시 고함 소리가 들판을 쩌렁쩌렁하게 울렸다.

"뭘 하고 있어! 당장 때려잡지 못해!"

믿을 수 없는 광경이 벌어졌다. 금속경찰이 주춤주춤 언덕 아래로 내려가는 것이었다. 나는 언덕 위를 쳐다보다가 기절할 뻔했다. 저수지 농장의 늙은이가 아닌 홍두가 서 있었다.

홍두가 내려와서 동치를 부축하며 말했다.

"쉿! 아무 말도 하지 마."

우리는 고개를 끄덕이며 언덕으로 올라갔다. 금속경찰이 천천

히 검은개에게 다가갔다. 미친 듯 날뛰던 검은개는 금속경찰이
나타나자 꼬리를 흔들며 바지에 얼굴을 문질렀다. 홍두가 다시
목소리를 높였다.

"빨리 개를 죽여!"

언덕 위를 흘깃 쳐다본 금속경찰이 검은개를 가만히 내려다보
았다. 망설이는 기색이 역력했다. 더 머뭇거리다가는 금속경찰이
정신을 차릴 것 같았다. 내가 황급히 홍두의 귀에 속삭이자 홍두
가 금속경찰을 향해 소리쳤다.

"개를 죽여. 그러면 사탕을 줄게!"

사탕이라는 말에 금속경찰의 몸이 크게 움찔했다. 그는 자신
의 다리에 머리를 비비는 검은개를 잠시 바라보았다. 그러더니 보
름달을 한번 올려다보고는 곤봉을 치켜들었다. 몇 초 동안 멈춰
있던 곤봉이 검은개의 머리를 사정없이 내리쳤다. 둔탁한 소리와
함께 검은개가 스르르 주저앉았다. 금속경찰이 검은개의 머리를
다시 내리쳤다. 이미 즉사한 검은개는 꼼짝하지 않았다.

곤봉을 거둔 금속경찰이 언덕을 보며 금속 이빨을 드러내고 웃
었다. 그리고 빠른 걸음으로 올라오기 시작했다. 그는 우리가 도
망칠 틈도 없이 바짝 다가왔다. 피비린내가 확 풍겼다. 금속경찰
의 입에서 그렁그렁한 쇳소리가 흘러나왔다.

"하아, 하아, 사탕…… 주세요."

주먹을 꽉 움켜진 홍두의 목젖이 크게 움직였다. 나는 얼른 주

머니에서 사탕을 꺼내 홍두에게 건네주었다. 홍두가 금속경찰에게 사탕을 내밀었다. 금속경찰의 눈이 휘리릭 돌아갔다.

"하아, 하아, 사탕……."

곤봉을 집어 던진 금속경찰은 비닐을 벗겨 내고는 사탕을 날름 집어삼켰다. 그러자 곧바로 금속경찰의 강철같이 단단한 몸이 흐물흐물 풀어지기 시작했다. 더 이상 머뭇거릴 시간이 없었다. 그가 다시 정신을 차리기 전에 도망쳐야 했다. 황홀한 표정으로 사탕을 빨아 먹는 금속경찰에게 홍두가 늙은이의 목소리로 말했다.

"이젠 집으로 돌아가."

"하아, 하아, 사탕 맛있어요."

"빨리 돌아가."

"하아, 하아, 알았어요."

금속경찰이 바닥에 떨어진 곤봉을 주워 들고 저수지 농장을 향해 걸어갔다. 열 걸음 정도 갔을 때 그가 걸음을 멈추고 뒤를 돌아보았다. 심장이 벌떡거렸다. 나는 마른침을 꿀꺽 삼키고 금속경찰을 주시했다. 그의 한 손이 스르르 올라가더니 좌우로 흔들거렸다. 나는 서둘러 홍두에게 말했다.

"빨리 손을 흔들어 줘."

일그러진 표정의 홍두가 급히 손을 흔들었다. 동치와 나도 손을 흔들었다. 그제야 금속경찰은 히죽거리며 돌아섰다. 그의 모습이 달빛 속에서 사라지자 우리는 절뚝거리는 동치를 부축해 언덕을 내려갔다. 검은개가 처참한 모습으로 쓰러져 있었다. 나는 두 녀석의 어깨를 떠밀었다.

"가자."

"잠깐만."

홍두가 죽은 검은개에게 다가갔다. 사체 앞에 선 홍두가 부적 몇 장을 꺼냈다. 그리고 중얼중얼하며 손에 든 부적을 사체 위에서 빙빙 돌렸다. 그런 다음 라이터를 꺼내 부적에 불을 붙였다. 불꽃은 순식간에 사라졌다. 나는 홍두에게 물었다.

"뭘 한 거야?"

"귀신이 되지 말라고 빌어 줬어."

홍두가 진지한 표정으로 말을 이었다.

"불쌍한 개야……."

사실 검은개는 인간의 욕심에 의해 인위적으로 만들어진 동물이었다. 마치 프랑켄슈타인처럼 괴물로 태어난 검은개는 철창에 갇혀 인간들에게 잡아먹힐 날을 기다리는 처지였다. 그러다 투견으로 변신했고 끝내 주인의 손에 비참한 최후를 맞이했다. 불현듯 언젠가 또 다른 검은개와 맞닥뜨릴지 모른다는 생각이 들었다. 어쩌면 지금 내 앞에 죽어 있는 검은개는 앞으로 만나게 될 수많은 개들 가운데 하나일 뿐이었다. 지금 이 순간 세상 어딘가에서는 검은개의 외피를 뒤집어쓴 수많은 괴물들이 발아하고 있을 것이다. 그리고 마침내 시기가 도래하면 검은개들의 왕이 모습을 드러낼 것이다. 검은개들의 왕은 내 삶을 송두리째 파괴하고 나를 지옥의 구렁텅이로 몰아넣을지 모른다. 나는 검은개들의 왕에게 무릎을 꿇고 머리를 조아릴지, 아니면 맞서 싸울지 선택해야 할 것이다.

갈대밭을 통과한 우리는 저수지 수문을 나와 황무지로 들어섰다. 어두운 황무지를 벗어나자 철길이 나타났다. 우리는 철길을 넘어간 뒤에야 길바닥에 주저앉았다. 마치 기나긴 여행에서 돌아온 느낌이었다. 홍두가 러닝셔츠를 찢어 내 팔목과 동치의 다리 상처를 단단히 묶어 주었다. 가로등 불빛에 상처를 확인해 보니 생각보다 심하진 않았다. 동치가 홍두를 쳐다보았다.

"어떻게 된 거야?"

"갈대밭으로 도망치는데 갑자기 배가 살살 아파 왔어."

"똥?"

과연 홍두였다. 그 급박한 상황에 똥을 눌 생각을 했으니 말이다. 홍두의 똥은 보통 똥이 아니었다. 위험을 감지하는 백만 불짜리 똥이었다.

"에라 모르겠다는 심정으로 바지를 내리고 똥을 눴어. 그리고 주위를 돌아보니까 저 아래쪽 창고에서 쾅 하고 문 부서지는 소리가 나더라고. 그래서 그쪽으로 엉금엉금 기어가는데 저수지 농장 쪽에서 금속경찰이 걸어오는 걸 발견했어."

나는 코를 훌쩍거리는 홍두에게 다시 물었다.

"어떻게 그런 생각을 했어?"

"금속경찰이 늙은이 말에 절대복종한다는 게 떠올랐거든."

우리는 홍두의 어깨를 두들겨 주며 칭찬했다.

"똥쟁이, 아주 잘했어."

홍두의 입이 헤벌쭉 벌어지며 귀에 걸렸다.

우리는 다시 일어나 읍내를 향해 걸어갔다. 가게들이 하나둘 문을 닫고 있었다. 건강원도 오디오 가게도 대성식육점도 불이 꺼져 있었다. 상가를 지나서 목욕탕 골목을 빠져나갔다. 좁은 골목길을 이리저리 돌아간 끝에 마침내 개울가에 도착했다. 자갈밭에 털썩 앉은 우리는 거의 동시에 소리쳤다.

"배고파!"

"먹어도 먹어도 자꾸만 배가 고파!"

"나도 그래."

홍두의 말대로 우리는 늘 허기에 시달렸다. 아무리 먹어도 조갈증에 걸린 사람처럼 허기가 몰려왔다. 잠시 허기를 잊었던 것은 귀신 할머니를 만났을 때뿐이었다. 나는 홍두를 돌아보았다.

"할머니는 지금 어디쯤 계실까?"

"천국에서 가장 높은 곳에 자리를 잡으셨어."

홍두의 말을 듣자 아홉 개의 태양에서 쏟아지는 풍요로운 빛을 받으며 활짝 웃고 있는 할머니의 얼굴이 떠올랐다. 하지만 다시는 할머니가 주는 사탕을 맛볼 수 없다는 쓸쓸함이 밀려들었다. 이제 우리는 무엇으로 그 허기를 채워야 하는 것일까. 우리는 밤하늘에 휘영청 걸린 보름달을 오랫동안 올려다보았다.

홍두가 중요한 게 생각난 듯 입을 열었다.

"너희, 제재소 알지?"

"거긴 왜?"

"며칠 전에 제재소에 귀신이 나타났어."

"귀, 귀신?"

동치의 눈이 왕방울처럼 커졌다.

"내가 조사를 해 보니까 그 귀신은 굉장히 예쁜 소녀 귀신이야. 내일 그 소녀 귀신 만나러 가자."

"뭐라고?"

귀신이라면 지긋지긋했다. 우리는 홍두의 팔을 잡아 개울가로 끌고 가서 물속으로 집어 던졌다. 상처 입은 다리를 붙잡고 자갈 위에 앉은 동치가 중얼거렸다.

"난 정말 귀신이 싫어."

서쪽 하늘에서 몰려온 검은 구름이 달을 집어삼켰다. 달빛이 사라지자 칠흑 같은 어둠이 개울을 뒤덮었다. 한 치 앞도 보이지 않는 지독한 어둠이었다. 나는 바닥을 더듬어 동치의 손을 맞잡았다. 물을 흠뻑 뒤집어쓴 홍두가 기어 왔다. 우리는 서로의 손을 꽉 움켜쥐고 일어났다. 그리고 어두운 밤길을 헤치고 집을 향해 걸어갔다.

그로부터 며칠 뒤 금속경찰이 정신병원으로 다시 실려 갔다는 소식을 전해 들었다. 우리는 가끔 할머니 집을 찾아가 먼지를 닦고 마당의 잡초를 뽑았다. 하지만 주인을 잃어버린 집은 하루가 다르게 쇠락해 갔다. 혼자 제재소에 간 홍두는 손가락을 치유하는 방법은 알아내지 못한 채 소녀 귀신의 사인만 받아 왔다. 홍두의 보물 1호인 낡은 수첩도 이제 빈 곳이 얼마 남지 않았다. 마침내 홍두는 귀신들과의 결별을 선언했다. 그리고 귀신들을 대체할 수 있는 새로운 대상을 찾아냈다. 그것은 바로 외계인이었다. 홍두의 할아버지는 손자에게 힘을 보태 주기 위해 사람들이 내다 버린 기계 부품들을 주워 날랐다. 녀석은 그것으로 외계인들과 교신할 수 있는 통신기계 제작에 돌입했다. 홍두네 집 좁은 마당은 그야말로 발 디딜 틈이 없을 정도로 낯선 기계들로 가득했다. 한편 동치는 본격적인 체력 훈련에 들어갔다. 열여덟 생일날 곱슬머리 사내와 한판 붙겠다는 원대한 계획을 세운 것이다. 동치는 아침마다 절까지 뛰어올랐고 오후에는 격투기 체육관에서 구슬땀을 흘리며 그날의 대결을 준비해 갔다. 아버지에게 연락이 온 것은 가을로 들어선 어느 날이었다. 아버지는 연태를 떠나서 북경으로 들어왔다는 소식을 전했다. 하지만 그것뿐이었고 소식은 다시 끊어졌다.

가을이 지나고 겨울이 찾아왔다. 날마다 굉장히 많은 눈이 내렸다. 아침에 방문을 열면 마당 가득 눈이 쌓여 있었다. 삼촌 집에서 눈을 치울 수 있는 사람은 나밖에 없었다. 나는 아침마다 삽을 들고 골목길까지 쌓인 눈을 치워야 했다. 그러던 어느 날 새벽, 바스락거리는 소리에 눈을 떴다. 창밖으로 굵은 함박눈이 쏟아지고 있었다. 다시 바스락거리는 소리가 들려왔다. 가만 귀를 기울여 보니 그것은 눈이 쌓이는 소리가 아니었다. 얇은 종이가 벗겨지는 것 같은 소리였다. 방문을 열고 마당으로 나갔다. 블록 담장 위로 눈이 사락사락 쌓이고 있었다. 혹시나 하는 마음에 지붕을 올려다보았지만 도둑고양이는 보이지 않았다.

새벽하늘을 올려다보았다. 쏟아지는 눈발 사이로 두 개의 달이 휘영청 푸른빛을 뿌리며 떠 있었다. 이번에는 투툭, 투툭 소리가 들려왔다. 그것은 다름 아닌 내 몸에서 들려오는 소리였다. 정확하게 말하면 내 몸의 허물이 벗어지는 소리였다. 팔과 다리에서 벗어진 허물이 쌓인 눈 위로 떨어져 내렸다. 이윽고 머리를 감싼 허물이 벗어지면서 새로운 내 몸이 모습을 드러냈다. 공중을 흩날리던 눈발이 약해지면서 두 개의 달이 눈이 시릴 정도로 선명하게 드러났다.

문득 두 개의 달을 목격한 사람들이 떠올랐다. 그들도 나처럼 많은 혼란을 겪었을 것이 분명하다. 그리고 여러 시행착오 끝에 하나의 달이 환영이라는 사실을 깨달았을 것이다. 그들의 다음 행동은 무엇이었을까. 짐작하건대 그들은 어느 쪽이 달의 환영인지 찾으려는 시도를 했을 것이 틀림없다. 그렇게 그들이 선택한 달의 환영은 알 수 없는 힘으로 그들의 운명을 송두리째 바꾸어 버린 것이다. 그들처럼 나도 달의 환영을 선택한다면 어떤 일이 일어날까. 또 다른 검은개가 나타날지도, 아버지가 활짝 웃으면서 대문을 열고 들어설지도 모른다. 순간 나는 깨달았다. 그 선택의 결과가 무엇이든 다가오는 운명과 스스로의 힘으로 맞서 싸워야 한다는 사실을. 나는 천천히 고개를 들고 밤하늘에 떠 있는 두 개의 달을 오랫동안 올려다보았다.

작 가 의   말

변화가 필요하다는 것을 알면서 그대로 방치하는 것은 참으로 고통스럽다. 낯선 사람들 사이에서 덧없는 찬사와 정제되지 않은 폭언을 늘어놓는 모습은 나의 일상이었다. 그렇게 암울한 굴신의 구렁텅이에서 허우적거리던 어느 날 존경하는 지인 한 분이 불의의 사고로 세상을 떠났다는 연락이 왔다. 통속적인 슬픔과 함께 둔중한 통증이 엄습해 왔다. 그것은 한 줌의 먼지보다 못한 나의 존재에서 오는 환멸 때문이었다. 장지에서 돌아오는 늦은 밤, 텅 빈 골목길에 들어서는데 어느 집 창문 틈으로 읊조리는 노래가 흘러나왔다.

더 늦기 전에 당신의 말을 하세요.
시간은 당신을 기다려 주지 않아요.

짧은 노랫말이 머릿속을 격렬하게 뒤흔드는 순간 불현듯 깨달았다. 오래전 망각의 늪으로 사라져 버린 내 '말'을 되찾아야 한다는 사실을. 이튿날부터 세상에서 오가는 모든 일에 손을 떼기 시작했다. 그런 다음에 곧바로 착수했던 일은 지금까지 단 한 번도 도달하지 못한 심연으로 침잠하여 내 '말'을 문장으로 옮기는 작업이었다. 하지만 세상 모든 이치가 그러하듯 원한다고 쉽게 이루어지는 일은 아무것도 없다. 선자들이 지나간 길은 찾을 수 없고 사위는 칠흑 같은 어둠뿐이었다. 절망과 공포가 물밀듯이 밀려왔다. 그때마다 허공에서 무의미하게 흩날리는 한 줌의 먼지를 떠올렸다. 그러면 거짓말처럼 알 수 없는 힘이 솟아났다. 나는 그것에 의지하여 희미한 빛을 향해 한 걸음씩 나아갔다.

내게는 세상 누구도 갖지 못한 수천, 아니 수만 개의 구슬이 있었다. 그러나 각기 흩어진 그 구슬은 그 무엇도 아니었다. 구슬은 제자리에, 하나로 꿰어졌을 때 찬란하게 빛나는, 진정한 보석이 되는 것이었다. 불행히도 나는 구슬을 꿰는 방법을 알지 못했다. 세상 이딘가에 숨겨져 있는 비법을 찾기 위해 수많은 시간을 길 위에서 보냈다. 하지만 그 신비로운 묘책은 세상 어디에도 형상으로 존재하지 않았다. 그것은 스스로 만들어야 하는 것이었다. 수많은 시행착오 끝에 이제야 그 길에 들어섰다. 이제 내게 남겨진 일은 단 하나뿐이다. 샤리아르가 보낸 처형자의 발걸음을 멈추게 한 세헤라자데가 되어 천 일의 이야기를 이어 나가는 것이다.

검은개들의 왕
ⓒ 마윤제 2012

1판 1쇄 2012년 1월 2일 | 1판 9쇄 2022년 5월 9일
지은이 마윤제 | 책임편집 김성진 | 편집 홍지회 원선화 이복희 | 디자인 이지선
마케팅 정민호 이숙재 한민아 김혜연 이가을 박지영 안남영 김수현 정경주
브랜딩 함유지 함근아 김희숙 정승민 | 제작 강신은 김동욱 임현식 | 제작처 영신사
펴낸곳 (주)문학동네 | 펴낸이 김소영 | 출판등록 1993년 10월 22일 제2003-000045호
주소 10881 경기도 파주시 회동길 210 | 전자우편 kids@munhak.com
홈페이지 www.munhak.com | 카페 cafe.naver.com/mhdn
북클럽 bookclubmunhak.com | 트위터 @kidsmunhak
인스타그램 @kidsmunhak | 대표전화 (031)955-8888 | 팩스 (031)955-8855
문의전화 (031)955-8895(마케팅) (02)3144-3238(편집)
ISBN 978-89-546-1720-8 03810

잘못된 책은 구입하신 서점에서 교환해 드립니다. 기타 교환 문의: 031) 955-2661, 3580

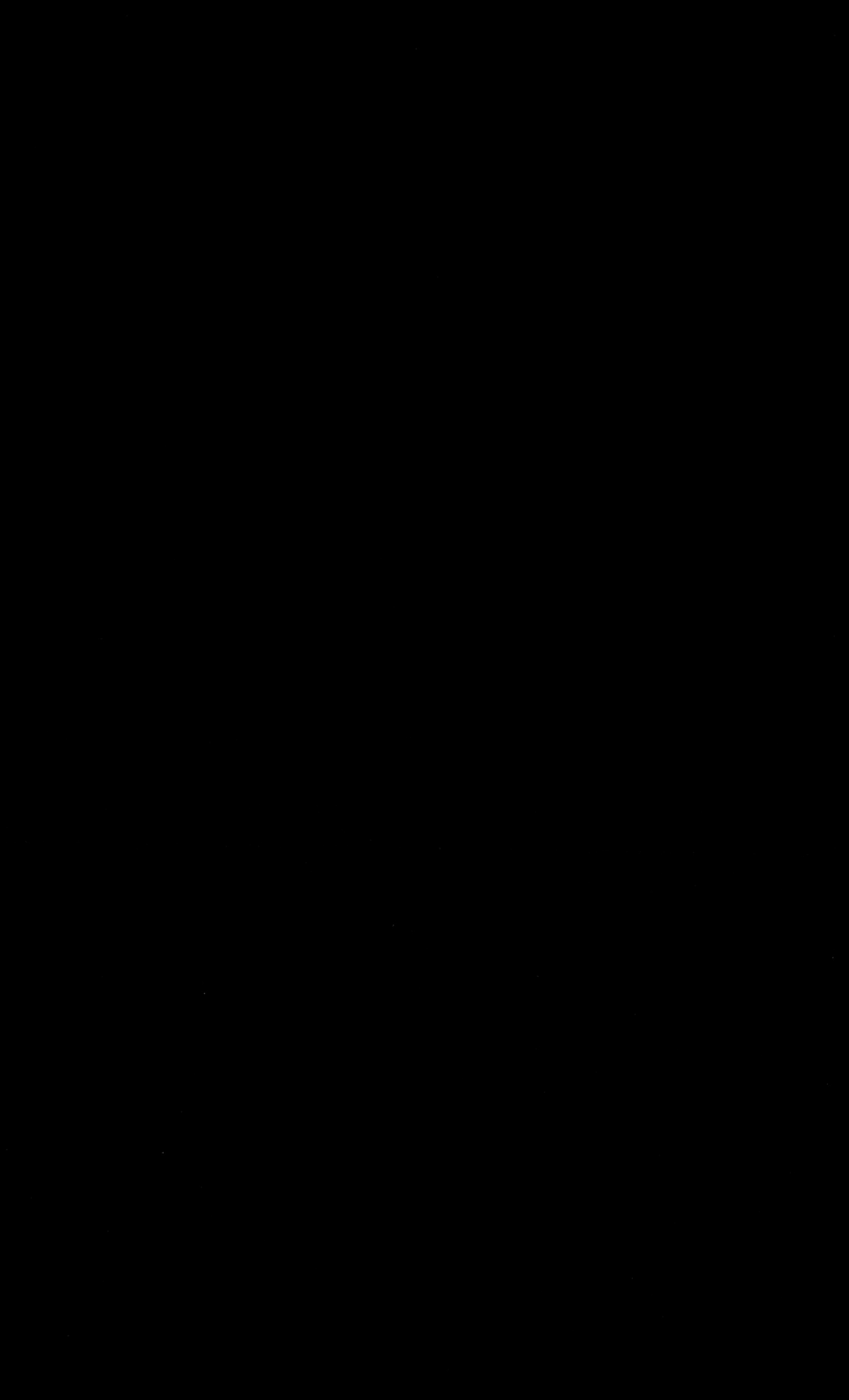